U0006066

GOBOOKS & SITAK GROUP ©

神鬼之家

紀嬰——著

伍 死亡求生熱線 伍

高寶書版集團

目錄
CONTENTS

第一章　死亡求生熱線

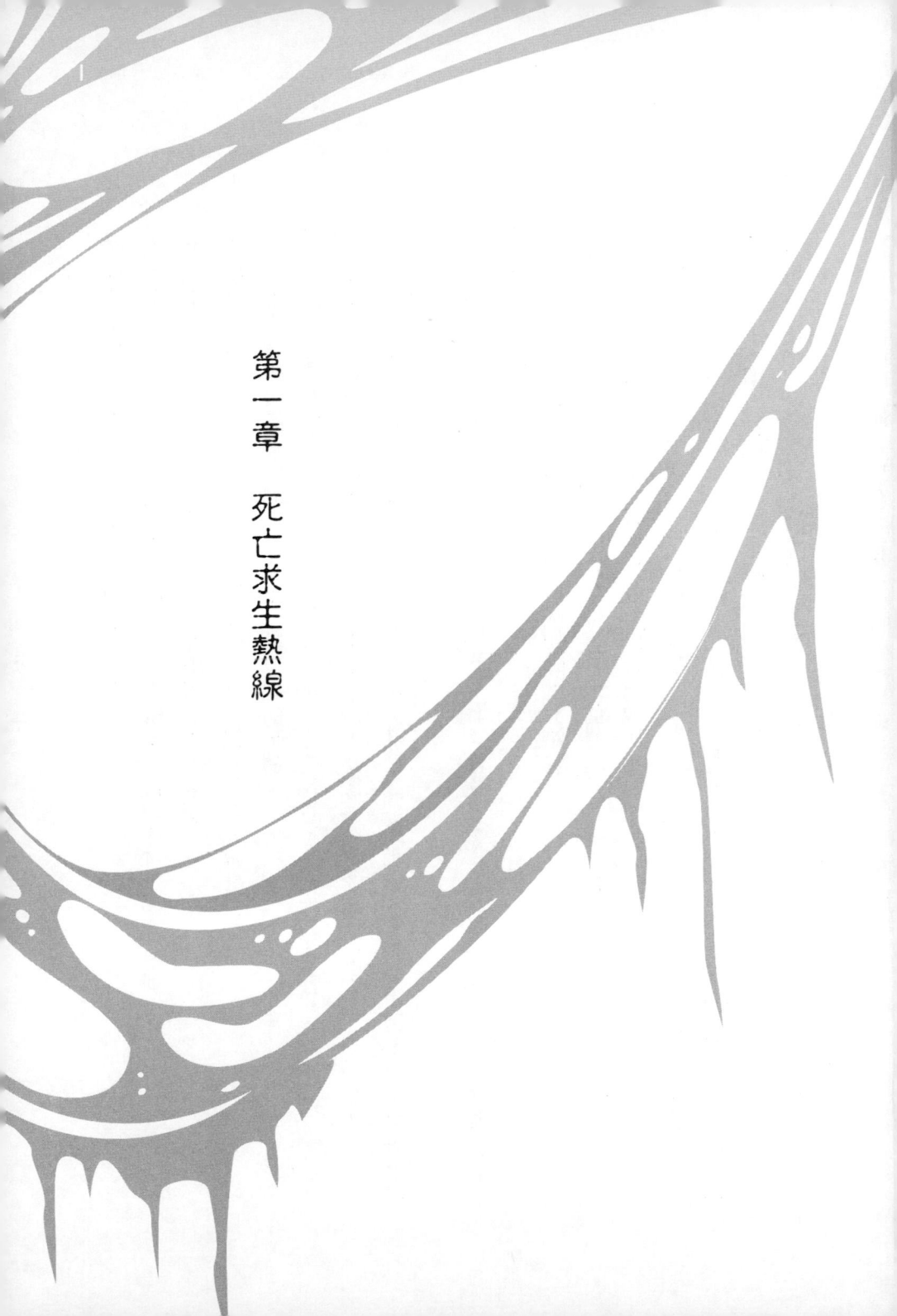

江綿的生日會結束後，白霜行清閒了一個多月。

沒再莫名其妙被拉進白夜，生活漸漸回到正軌，變得和往日沒什麼差別。

唯一不同的，是家裡居住著的人影，從兩個變成許多個。

光明神擁有淨化的力量，時常幫助筆仙、秦夢蝶和〇九九驅散邪氣。

在她的影響下，筆仙已經能幻化出一點鬼魂的形體。

那是個年輕的女生，和白霜行在「惡鬼將映」時見到的一樣，長髮披肩，五官清秀。

現在想來，她第一次被捲進白夜、進入百家街，就像很久之前的事情——

那時他們在房間裡舉行儀式召喚筆仙，厲鬼森然，頭髮垂落在文楚楚手臂上，把後者結結實實嚇了一跳。

如今筆仙不再受白夜控制，褪去了凶戾殺意；而文楚楚，在經歷一次次詭譎莫測的白夜後，對於鬼魂的接受度強大很多。

白霜行偶爾想起之前的遭遇，有種恍如隔世的錯覺。

在此期間，光明神與修羅不斷收集世界各地的靈魂碎片，力量得以恢復些許。

這兩位「神明」顯然不太合，把收集碎片當成比賽。

有時坐在餐桌上，修羅會佯裝不經意地提起：「〇九九，我昨晚找回了多少碎片？」

而光明神回以一聲輕笑，看向身旁的江綿：「綿綿，很多心智不成熟的小學生熱衷於互相比較。這是壞習慣，我們不要去學哦。」

白霜行覺得，毋庸置疑，修羅說不過她。

與此同時，薛子真所在的偵查局也在逐步深入調查，試圖探明邪神的身分和白夜的成因。

出於白霜行「神鬼之家」技能的特殊性，為了取得神明的協助，薛子真偶爾會向她透露一些資訊。

白霜行認真做了整合。

第一，白夜受到邪神控制，是祂收集恐懼的工具。

光明神說過，邪神以人類的恐懼和血肉為食。白夜降臨後，無數人死於生存挑戰之中，世界各地人心惶惶，恐懼感如同飛速傳播的病毒。

於祂而言，一舉兩得。

監察系統則是被邪神污染的人類靈魂，由於清空了生前的記憶，只懂得助紂為虐，萬事服從「主系統」的安排。

所以當白夜崩潰後，監察系統們才會像丟垃圾一樣，毫不猶豫地處理掉。

邪神從未重視過它們。

至於所謂的「主系統」──

白霜行覺得，它很可能是邪神力量的部分投射。

主系統擁有操控全域的力量，監管著每一場白夜，在它的注視下，連修羅和光明神都不敢暴露真實身分。

能讓他們如此警惕的，只可能是邪神本尊。

第二，在世界各地，存在不少邪神信徒。

他們將祂稱作「混沌之主」，至於名字，沒有人知道。

據說，只要看到或聽到祂的名字，無論是誰，都會陷入無盡的渾噩與驚懼之中。

說到這個話題時，薛子真的表情非常嚴肅。

「信徒的數量，遠遠超出我們的想像。」她說：「在百年甚至更久以前，關於這位邪神的傳說，就已經在流傳了——只不過，很長一段時間裡，信仰祂的人少之又少。」

這並非大眾的主流信仰，就連沉迷於靈異神怪研究的白霜行，都未曾聽聞過祂的存在。

「自從白夜降臨，祂的信徒正在以恐怖的速度迅速增長。」薛子真道：「我們審問過幾個，那些人聲稱『神主即將臨世，曾為他們降下徵兆』。」

聽到這，白霜行皺眉：「徵兆？」

「嗯。」薛子真點頭，「兩個世界之間的屏障出現裂痕，邪神本體雖然沒辦法過來，卻能散播意識。」

就像祂用意識控制白夜主系統那樣。

「有不少信徒做過與祂相關的夢。在夢裡，混沌之神降臨世間，導致生靈塗炭，大部分人類極度痛苦地死去，而那些信仰邪神的信徒——」薛子真一頓：「他們，將獲得至高無上的權力與榮耀。」

白霜行聽完嗤笑一聲：「這不是跟無良老闆畫大餅一樣嗎？」

「但他們對此深信不疑。」薛子真笑著搖頭：「因為有了這些夢，信徒的數量越來越多，對祂也愈發虔誠。」

更何況，白夜入侵現實的程度，正在逐漸加深。

無數人死於白夜之中，恐慌的情緒已蔓延到整個世界。

在這種人人自危的環境裡，邪神的出現，儼然成了信徒眼中唯一的生路。

只要信仰祂，就能活下去。

哪怕祂象徵著殺戮、混亂與無序。

「為了讓自己活下去，人類能做出很多事情。」在談話最後，薛子真正色對她說：「無論如何，你們要當心。」

一旁的沈嬋怔了怔：「當心……那些信徒？」

「白霜行連續破壞幾場白夜，還帶走了修羅和光明神的靈魂碎片，邪神不可能毫無察覺。」薛子真頷首，眸色微沉：「在祂看來，白霜行或許是個隱患。既然祂能托夢給信徒……」

沈嬋心下一凜：「祂可能會指使信徒，對霜霜不利？」

薛子真：「嗯。」

「神鬼之家」是她見過最特殊的能力。

想必在邪神眼中，同樣如此。

如果薛子真是那位「混沌之主」，一定會趁白霜行尚未成長起來的時候，儘早將其解決——否則，一旦她收集到更多神明的靈魂，將對祂造成不小的威脅。

更何況，白霜行還親手摧毀過祂的神像。

那可不是一位寬容大度的神。

「也許只是我想多了……不過未雨綢繆，加緊防範總是沒錯的。」薛子真嘆了口氣：「遇到任何問題，打我電話就行。現在白夜的數量越來越多，偵查局忙不過來，等過幾天，我們會抽調人手，對妳進行貼身保護。」

白霜行：「貼身保護？」

「當然。」對方頂著兩個碩大黑眼圈，很淡地笑了笑：「妳和妳的技能非常重要，再說，現在的妳，的確處於危險之中。」

起初，上級打算將她安排進安全屋。

但距離邪神降世還有好幾年，在這幾年時間裡，總不能讓白霜行一直大門不出。

而且……

雖然很不厚道，但白霜行「神鬼之家」的技能，完全得益於白夜。

如果她能進入更多白夜，收穫更多鬼怪乃至神明，抵禦邪神的底牌就能再多幾張。

這是窮途末路之下的無奈之舉。

薛子真說著微頓：「確定人選以前，在這幾天，我會陪在妳們身邊。」

白霜行沒有理由拒絕，點點頭。

「這幾天？」沈嬋納悶：「不能由妳一直保護我們嗎？」

薛子真睨她一眼，揚唇笑笑：「這個任務很重要，卻不適合我。」

比起一板一眼地待在房間，她更喜歡前往白夜現場，調查白夜的真相。

很危險，但薛子真對那種刺激感到著迷。

——於是從那以後，薛子真就短暫寄住在公寓裡。

一連幾天過去，白霜行沒發現身邊有什麼異常。

她和沈嬋照常上學上課，比往日裡多出幾分警惕；薛子真勤勤懇懇，從早到晚一直保持戒備姿態，一直到今天。

今天是週六。

季風臨做了奶油泡芙和藍莓蛋糕，前來做客時把小點心分給家裡的人。

修羅和光明神忙於收集靈魂碎片，不知去了什麼地方；秦夢蝶耐心地把甜點平均切開，整整齊齊擺放在桌面上。

筆仙最喜歡甜食，每次季風臨前來拜訪，祂都會滿心期待。

至於江綿——

季風臨來之前，她在和薛子真玩遊戲。

小朋友第一次接觸高自由度遊戲，如同打開全新的世界，愛不釋手。

不得不說，《怪談小鎮》做得很好。

與白夜裡的氣氛截然不同，遊戲中充滿幻想與冒險的奇幻元素，囊括了古今中外眾多故事形象，童趣又不失深度。

恰好，薛子真是極樂島的忠實愛好者。

一來二去，一人一鬼成為玩遊戲的結伴好友，在薛子真的指引下，江綿玩得不亦樂乎。

聽見哥哥來家中，女孩立刻放下遊戲搖桿，撲進季風臨懷中。

「真看不出來。」吃一口藍莓蛋糕，沈嬋發自內心地感慨：「薛子真居然還有這樣的一面。」

當她拿起遊戲搖桿，雖然臉上依舊沒什麼表情，眼睛卻倏地亮了起來，有種「我要打十個」的氣勢。

白霜行聽著笑笑：「她畢竟是玩過極樂島所有作品的遊戲粉絲嘛。」

今天天氣不錯，秋天的陽光和煦溫柔，從窗外暖洋洋透射進來，在地面灑下一片躍動的光斑。

白霜行正和其他人有一搭沒一搭地聊著天，忽地，聽見大門被人敲響。

心下一動，她循聲望向門口。

有點奇怪。

這是她與沈嬋合住的房子，平日很少有人前來拜訪。

如果是朋友或沈嬋的家人，來之前都會打聲招呼；她的家人更不用說，幾乎斷了聯絡。

薛子真起身：「我去開門。」

她做事謹慎，開門前透過貓眼看了看。

「是個老太太。」薛子真說：「手裡抱著水果籃。」

沈嬋立刻反應過來：「是住在隔壁的奶奶，她有時候會送一些水果給我和霜霜吃。」

白霜行也上前幾步，靠近貓眼。

確實是那位奶奶。

她朝薛子真點點頭。

薛子真不愧是專業的白夜調查員，直到此刻，仍沒放鬆警惕，默默護在白霜行身前。

得到肯定的答覆後，她擰動門把，打開防盜門。

門外是寂靜的走廊，陽光落在地上，明亮溫暖。

白髮蒼蒼的老人站在門前，見她開門，露出和藹的笑：「這是剛買來的葡萄，妳們想要嗎？」

說話時，老人舉起雙手，亮出裝滿葡萄的水果籃。

白霜行與薛子真對視一眼。

自從薛子真說過邪神信徒的事情，她下意識多了幾分謹慎，不會隨便吃其他人的東西。

「不用了，謝謝奶奶。」薛子真禮貌微笑：「我們剛吃甜點。您拿回去，和家人多吃些。」

「好。」老人眉眼微舒：「以後有別的，再送來給妳們。我先走了。」

薛子真鬆了口氣：「您慢走。再見。」

她說得溫和有禮，話音方落，正要抬手關門，忽然又見老人一笑。

「對了。」老太太看著她們：「還有這個。」

不知怎麼，當她開口時，白霜行心下一緊——

果然，再眨眼，便見老人右手一抖。

她的袖子又寬又大，這樣輕輕抖動，晃蕩出一道黑洞洞的縫隙。

而縫隙之中，落下一個似曾相識的小物。

被紅豔豔的布料包裹，底部沒被紅布遮擋的地方，隱隱約約，露出木頭雕刻的手。

白霜行：「是邪神雕像！」

薛子真的反應不比她慢。

在神像從袖口探出的瞬間，她迅速意識到不妙，立刻邁出房門，將老人死死制住。

出乎意料地，老太太沒有任何反抗，只是睜著渾濁雙眼，嘴角咧出癡癡的笑。

不祥的預感越來越濃，薛子真皺起眉頭。

手無縛雞之力，身上也沒攜帶武器。

安排這樣一個老人……是為了什麼？

很快，這個疑問得到解答。

——當她猝然回頭，猛地愣住。

原本站在門邊的白霜行不知何時消失影蹤，客廳裡，季風臨與沈嬋同樣不見人影。

三人如同人間蒸發，只剩下坐在沙發上的江綿、呆呆立在桌邊的筆仙、眉頭緊蹙的秦夢蝶。

以及滾落在地上，邪異古怪的木雕。

『叮咚！』

『歡迎進入白夜，生存挑戰即將開始。我是本場挑戰的監察系統四四四，正在檢索任務資訊……』

又是熟悉的感覺。

視野陷入一片漆黑，白霜行嘆了口氣。

在此之前，她做好一切防範，萬萬沒想到，信徒對付她的手段居然是將她拉進白夜裡。很符合邪神的作風。

耳邊的系統音仍在繼續，白霜行抿唇，微微皺眉。

既然是刻意安排的陷阱，那這場白夜的最終目的，必然是將她置於死地。

毋庸置疑，這裡處處殺機。

『挑戰名稱：死亡求生熱線。』

『挑戰難度：中級。』

『挑戰簡介：鏘鏘！白夜廣播電視臺，午夜時段最新節目，《死亡求生熱線》開始啦！新節目新氣象，相信這三位全新的主持人，一定能帶給觀眾們耳目一新的體驗！』

『你的角色：一名朝氣蓬勃的節目主持人。大學畢業後，你費盡千辛萬苦，終於進入夢寐以求的白夜廣播電視臺，主持一檔名為《死亡求生熱線》的午夜節目。你發誓要好好把握這個機會，把節目做強做大，成為電視臺裡首屈一指的當紅節目！』

『主線任務：接通今夜的所有熱線電話。』

『支線任務：未解鎖。』

『以上，就是本次白夜挑戰的全部已知資訊。祝三位玩得愉快！』

三位。

心有所感，白霜行略微側身。

在她有所動作的同時，身邊漆黑無物的虛空裡，出現一簇明燈。

緊隨其後，光亮奪目的白熾燈轟然亮起，讓她下意識瞇起眼睛。

「歡迎收看《死亡求生熱線》！我是節目組的吉祥物，小克老師。」

陌生的聲音從身前響起，白霜行順勢抬眸。

那是一隻巨大的……大概是章魚。

之所以用了「大概」，全因這位小克老師的長相太過離奇。

它的皮膚是死氣沉沉的灰，讓白霜行想起漿糊一樣的水泥，偏偏皮膚之上，還有一團團零散的血肉。

看起來格外噁心。

白霜行瞧不出它的種族，只能認出一條條類似章魚的觸鬚。

「小克老師」渾身上下皆被觸鬚包裹，腦袋則是圓形的，覆蓋著十幾雙密密麻麻的眼睛。

即便沒有密集恐懼症，見到那些深褐色的眼珠時，白霜行還是感到一陣惡寒。

能用這鬼東西當吉祥物，她覺得，節目播出的當天就能全球爆紅。

「嘶……」身旁有人小聲開口：「這是什麼東西啊？」

是沈嬋。

白霜行看她一眼，頷首以示安慰，與此同時，也窺見身邊的景象。

有點類似在「三精神病院」裡見過的綜藝節目現場，只不過沒有那麼花俏。

這裡更像訪談類的節目現場，純白燈光。環境素淨簡樸，見不到太多裝飾物，她、沈嬋和季風臨坐在一張長桌旁邊，每人面前擺放一個座機電話。

她想起這個節目的名字，求生熱線。

「居然直接被捲進白夜了。」沈嬋長嘆口氣，軟綿綿靠上椅背，「她最後丟出來的東西，妳看清楚是什麼了嗎？」

她當時坐在客廳的沙發上，和大門有一段距離。

白霜行：「是個小型的邪神像，被紅布裹著。」

難怪。

沈嬋恍然大悟。

「就是那東西把我們帶進來的吧。」她摸了摸下頜，「能讓客廳裡的的人也進入白夜……這種手段，就算再來一百個偵查局的人，也搞不定啊。」

——還可能會被集體拉進白夜裡。

以他們這樣的方式，除非白霜行躲去一個與世隔絕的角落，否則不可能逃過。

「這次要小心。」季風臨看了不遠處的章魚怪物一眼：「他們有備而來，白夜的難度不可能低。」

死亡求生熱線。

他們身為主持人，要在節目裡做什麼？接電話？

想必不是這麼簡單。

「這是我們節目播出的第一期，下面，讓我來為大家介紹三位主持人！」

小克老師站在長桌前的空地上，說話時，身下的觸鬚徐徐蠕動。

沈嬋看得渾身不適，默默移開視線。

下一秒，她忽地愣住。

進入白夜時，監察系統往往會幻化出虛擬形象，進入他們的腦海之中。

這一次的四四四號同樣如此，抬眼看去，那是個身穿小丑服飾、滿臉堆著笑容的像素小人，正一動也不動站在原地。

除它之外……

她居然還看到許多飄浮而過的白色字體。

『嘻嘻，終於有新節目了！上個節目的主持人怎麼死的，有誰記得嗎？』

『一個被惡鬼吃掉，一個死在殺人魔的電鋸下，最後一個澈底崩潰，瘋瘋癲癲自殺了。』

『哈哈哈哈哈還記得那個女人最後的樣子嗎？太精彩了！希望這次的節目不要讓我失望。』

「這是——」沈嬋：「直播間聊天室？」

是誰在留言？這個節目，不會真的有觀眾吧？

「看他們的語氣，」季風臨沉聲，「可能是白夜裡的厲鬼。」

多數厲鬼，對人類心懷怨念。而白夜，是厲鬼的巢穴。

白霜行目光微凝。

如果每一則留言都是由一隻厲鬼所傳，在這場白夜裡，究竟有多少惡鬼、多少怨念？

那是一個恐怖的數字。

不過這是最壞的打算——

那些留言也可能是由系統隨機生成，當不得真。

他們交談的同時，另一邊，小克老師發出刺耳尖笑。

它的聲音非男非女，像是兩三歲的小孩：「第一位，沈嬋！」

燈光晃動，集中到沈嬋身上。

「品學兼優的醫大學生，主修心理學，恰好與我們的節目有關。」古怪的章魚扭動身體：「相信她一定能發揮專長，為觀眾們排憂解難！」

沈嬋眼角一抽。

當小克老師開口時，她腦海裡閃過一串。

『看起來還不錯。大家覺得，她會是什麼死法？』

『刀殺？墜崖？被嚇瘋？被厲鬼幹掉？買定離手！』

『這三個主持人，看起來連第一輪都活不過，無趣。』

「系統。」沈嬋：「這些留言，能關掉嗎？」

『當然可以！』小丑終於出聲，笑著咧開嘴角：『留言可以自行關閉——不過妳真的打算取消嗎？在緊張的生存挑戰裡，有這些朋友的陪伴，能為妳緩解壓力喲。』

朋友。

緩解壓力。

好傢伙。

沈嬋覺得，這群監察系統都有很強的睜眼說瞎話天分，以及令人匪夷所思的厚臉皮。

她毫不猶豫關掉聊天室，聽見小克老師繼續說。

「下一位，是季風臨！」章魚怪物咯咯笑個不停：「無論體能還是智力，都穩居白夜電視臺主持人的前列，看長相，也是很討人喜歡的類型。」

「最後——」它倏地轉了個身，伸出一條觸鬚，指向桌邊。

「白霜行！這位就更厲害了，短短兩個月時間，毀掉四場白夜，不知道在今晚，她會有怎樣的表現呢？」

白霜行沒吭聲，瞟腦子裡聊天室一眼。

『就是她！』

『是她？有趣起來了。』

『殺了她！我要看她被活活吃掉！或是被折磨至死！』

『我想吃掉她……現在還能報名熱線嗎？』

看到最後一則，她動作微頓。

報名熱線？

所以說，聊天室裡的留言，的確由真實的厲鬼所傳。

而等等打來電話的，同樣會是惡鬼。

意識到這一點，她側過頭，恰好與季風臨四目相對。

這樣一來，他們不得不面臨一個毛骨悚然的問題：在這場白夜裡，究竟凝聚了多少鬼魂的怨念？

「好啦！主持人介紹完畢，接下來，節目正式開始！」小克老師原地跳幾下：「《死亡求生熱線》，是一個充滿人文關懷的優質節目。在這裡，每位遭遇到危險、瀕臨死亡的觀眾，都可以打電話進來求助。」

它說著一笑：「而我們的主持人，會竭盡所能幫助你們的！請不要猶豫，趕緊拿起手裡的電話吧！」

沈嬋在一旁默默地聽，神情複雜。

讓瀕死的觀眾打電話進行電視臺直播，而非立刻向警方和醫院求救，如此反人類的設計，也只有白夜能想出來了。

心裡暗自腹誹，沈嬋低頭，看向身前的電話。

就在章魚怪物聲音落下的瞬間，她聽見毫無徵兆的急促響音。

「叮鈴鈴——！」電話響了。

白霜行沒猶豫，直接拿起聽筒，試探性地開口：「你好。」

『妳、妳好。』電話另一頭，是個聲音沙啞的青年：『我……我最近遭遇了非常奇怪的事情，我覺得自己快要死了！』

他們三人的電話線連接在一起，每臺座機都能聽見青年的聲音。

季風臨溫聲接話：「先生，不要著急。你慢慢說，我們在聽——你遇到什麼事？」

『事情、事情是這樣的。』青年的聲音止不住發顫：『最初，是我午夜十二點下班回家，路過一條街道時，見到一輛飛馳而過的摩托車。』

他咽了口唾沫：『摩托車上的人……他、他沒有腦袋！』

「你半夜十二點才下班回家？」沈嬋神色複雜：「然後呢？」

她的話說完，對方的語氣似乎更低落了些。

『還有。』青年說：『等我回家後，家裡的狗一直叫……而且燈光閃個不停！我想起曾聽過的傳聞，那條街道光線昏暗，經常發生事故，一到深更半夜，就會有怨靈出現、尋找替死鬼！』

說到最後，他話裡帶了哭腔：『我是不是被纏上了？救救我，我不想死……啊！』

電話裡傳來一聲驚叫，白霜行皺眉：「怎麼了？你還好嗎？」

青年用力吸氣：『我聽見，浴室裡有水聲……祂在靠近！』

話題到此戛然而止，沒人再開口說話。

白霜行靠上椅背，默默整理思緒。

截至目前為止，在他們身邊，沒發生任何靈異現象。

經歷過這麼多次生存挑戰，她大概摸清白夜的套路——

他們接到的電話，很可能會變為現實。

也就是說，要麼在通話途中，要麼等通話結束，他們會被那隻「無頭厲鬼」纏上。

許是覺得太過安靜，青年怯怯出聲：『主持人，你們知道，這是怎麼回事嗎？』

『叮咚！』

『主線任務已更新！』

『任務一：無頭騎士異聞錄。』

『深夜的十字路口，總會傳來摩托車的轟鳴，當你細細看去，發現摩托車上的人沒有頭。』

『這究竟是什麼原因？請主持人們在一分鐘之內給出合理解釋！』

『注：本節目講究實事求是，不會忽略任何一位觀眾的訴求。若主持人無法解釋，將被強制進行外景拍攝，前往事發地點查明真相哦！』

果然如此。

白霜行神色如常，並不意外。

『開始了開始了！無頭騎士……他們會被摩托車碾成肉塊嗎？』

『越來越近的水滴聲，漸漸暗下的燈光，還有一點點逼近的無頭死屍，刺激！』

『我看過類似的節目。他們如果說這是靈異現象，厲鬼會立刻出現在他們身邊；如果解釋不出所以然，就會被傳送到事發地點——總而言之，不可能逃過厲鬼的追殺。』

這則留言涉嫌劇透，被監察系統隱藏起來，白霜行沒能看到。

「第一位觀眾的訴求出現了。」小克老師咧嘴一笑，頭頂一雙雙眼睛同時眨動：「一分鐘倒數計時開始！」

——這還能怎麼解釋？

沈嬋揉了揉眉心。

一分鐘時間太短，他們能說的，只有靈異現象。

但按照白夜的套路……

她能猜到，一旦老老實實說出口，不會有好事發生。

正在猶豫間，身旁的白霜行忽然開口：「我大概理清了，你聽我說。」

『你聽我說：你遭遇靈異現象，快跑吧。』

『來了！快用一句話召來厲鬼吧！』

『開場就是殺局，好刺激，我喜歡。』

厲鬼的惡意源源不斷，化為留言出現在她腦中。

其中涉及情節洩露的內容，盡數被監察系統四四四號隱藏。

白霜行語氣不變：「世界上不存在靈異現象，你所見到的一切，不過是巧合。」

『……？』

『笑死，都沒頭了，還不是靈異現象？她沒頭開車試試。』

『啊？』電話另一邊的青年微愣：『可、可是，我見到無頭人了啊！』

「哪有什麼無頭人。」白霜行：「你說過，當時是午夜十二點，而且那個十字路口燈光很暗，對不對？」

『嗯……啊。』他顯露一分遲疑和九分茫然。

「這不就對了。」白霜行笑了笑：「你見到的那位『無頭騎士』，只是個戴了純黑色安全帽的人而已。燈光太暗，他的安全帽與夜色融為一體，你乍看之下，當然像是沒有腦袋。」

『？？？』

聊天室飄過一串問號。

『可、可是，我家的狗不停叫啊！牠以前很乖，更何況家裡只有我們兩個。』

「這個也很好解釋。」白霜行說：「你說過，家裡的燈不停閃爍——燈光閃爍，在物理學上，可能源於什麼現象？」

「嗯……」這一次，季風臨替愣住的青年回答：「漏電？」

『？？？』

『等等，這什麼走向？』

『這兩個主持人怎麼一唱一和起來了？』

「對。」白霜行看他一眼：「你還說過，家裡不時傳來水聲。讓我們不去想和靈異有關的內容，單純從現實角度思考——」

「家裡電線漏電，剛好又漏了水，狗踩在水上，是不是會被電到，從而發出汪汪叫？」

『？？？？？？』

青年呆住：『那個，呃，好像……是。』

「而你穿著鞋子，橡膠鞋底是絕緣體，不會感知地上的電流。」白霜行沒有停頓，說得一氣呵成：「這就是你『見鬼』的真相，去修修家裡的水管和電線吧。」

白霜行的想法很簡單。

如果回答「靈異現象」，顯然會掉進白夜設下的坑裡，和從前一樣，親身經歷厲鬼的追殺。

任務要解釋，那她就給它一個合理又科學的解釋好了。

也許起不了多大作用，他們還是會被拉進靈異事件之中，但試試總不會出錯。

穩賺不賠嘛。

話音落下，聊天室炸開。

『這是什麼啊？』

『這……而且居然解釋通了？』

『規則讓他們給出合理的解釋……這一輪她解釋通了，不會直接跳過吧？』

『這是《死亡求生熱線》還是《走近科學》？我要換臺！』

『哦……嗯，好的。』電話另一邊，青年無話可說：『我去看看，謝謝主持人，那，再見。』

電話掛斷。

聽筒裡傳來嘟嘟忙音。

白霜行抬頭，看臺前的小克老師一眼。

章魚怪物笑容扭曲，觸鬚不停蠕動，發出微弱的古怪聲響。

不妙，很不妙。

如果一直按照她這種玩法，等節目播出完畢，《死亡求生熱線》就不在白夜電視臺了。它得改名成《走近科學》，被放到科普欄目。

——把恐怖鬼故事說成一段科普小故事，這人的腦子究竟怎麼長的？

它默不作聲，身下觸鬚瘋狂蠕動，顯示出心中的煩躁；虛空中的監察系統四四四號，同樣表情複雜。

它的白夜在世界各地出現過無數次，無數人慘死其中，為看戲的厲鬼們帶來無窮樂趣。這還是第一次，在剛起步的時候，就被人逼著不得不修改規則。

……沒錯，修改規則。

如果不取消掉一分鐘的談話環節，憑著白霜行的伶牙俐齒，不知道還能扯出什麼故事。

不過，問題不大。

它有信心，在下一通電話裡，讓他們團滅。

畢竟……那是個駭人聽聞、幾乎不可能破局的噩夢。

『叮咚！』

『恭喜挑戰者們順利完成任務一！』

『為了讓節目更加緊湊，經節目組討論決定，取消一分鐘的溝通環節。』

『主持人們，實事求是，去現場一探究竟吧！』

與此同時，偌大的演播廳裡，電話鈴聲再度響起。

果然修改了規則。

白霜行心裡嗤笑一聲，握起聽筒。

這次在耳邊響起的，是個帶著哭腔、極力壓低的女聲。

『救救我……救救我！』她說：『我們在別墅，其他人都死了，我也快死了……「祂」在瘋狂殺戮，沒人能活下去。』

說到這裡，壓抑的情緒達到頂峰，她哭出聲音：『可是……我找不到祂，從頭到尾，我看不見祂、更不知道祂在哪裡！』

第二章　他在哪裡

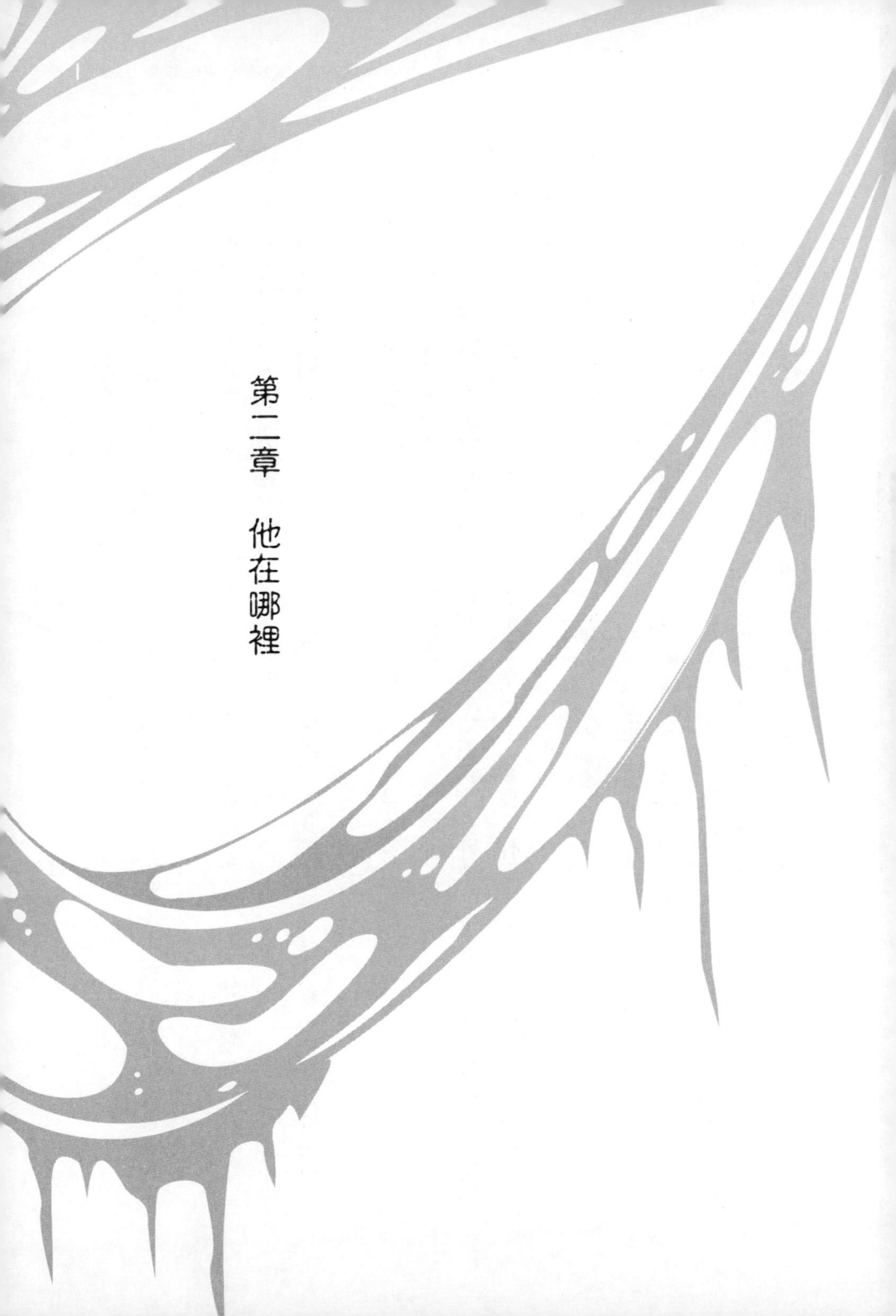

電話裡，女人的啜泣聲斷斷續續，壓得很低。

主線任務明確說過，主持人要「實事求是一探究竟」，再過不久，他們恐怕也會遭遇和女人相同的經歷。

白霜行抓緊時間，試圖詢問更多有效資訊：「別急，慢慢來。你們為什麼會遭到追殺？」

女人哽咽一下，哭腔更濃。

『我和兩個朋友去登山，中途下了大雨。』她說：『我們路過一棟別墅，就決定進去避避雨。』

比起上一個年輕人，她聲音裡濃郁的絕望與恐懼，幾乎要溢出來。

沈嬋聽得仔細，放柔聲音，從而安撫她的情緒：「然後呢？」

『我敲了門……開門的是個年輕女人。』不知想到什麼可怕的事情，她尾音輕顫：『她很熱情，看樣子和普通人差不多，除了皮膚非常白……家裡還有兩個小孩，一男一女，也都白得很奇怪。』

『我當時沒想太多，跟著朋友一起進屋。女人在做飯，分一些給我們。』

『飯桌上……』說到這裡，她停頓一秒：『飯桌上，她跟我們說了個故事。』

現在的每一句話都是關鍵資訊，白霜行聚精會神，牢牢記在心裡。

『她說，這棟別墅是棟凶宅，曾經住著一家四口。家裡的爸爸破產失業後，不願出門，日復一日酗酒家暴，母親忍不下去，在某天提出離婚，並打算帶走孩子。』

『就在那天夜裡……趁著妻子和兒女熟睡時，父親拿起廚房的菜刀，殺了他們。』

女人深深吸了口氣：『我聽完被嚇了一跳，一男一女兩個孩子，剛好能和餐桌前的小孩對上。』

就像故事裡死去的媽媽和孩子，在她眼前成為現實似的。

季風臨：「在妳所見的別墅裡，沒有父親？」

『沒有。』

似乎聽到異樣的聲響，電話另一邊，女人停頓許久。

再開口，她加快語速：『後來，一切都不對勁了。雨下得很大，我們不得不留在這棟別墅裡，沒過多久，經過走廊時，我們看見……』

她說：『看見男孩的屍體！』

白霜行：「是別墅女主人的孩子？」

『是。』女人的聲音抖一下：『他死狀很慘，被人用刀……緊接著，是女孩的屍體、女主人的屍體，還有我的同伴……他們一個接一個死去，有的人甚至在我面前被……』

『可我根本找不到那個凶手！他是從哪裡動手的？他藏在什麼地方？他、他為什麼要殺我們？』

到最後，她已語無倫次。

沈嬋想了想，問：「你們沒試著逃離別墅嗎？」

『沒用的，我現在──啊！』

電話裡，猝然響起聲嘶力竭的尖叫聲。

那聲音太過尖銳，彷彿凝集了全部恐懼與絕望，在劇烈疼痛的刺激下，一瞬間爆開。

季風臨皺眉：「小姐，發生什麼事了？」

對方沒有回答。

回應他的，只有一道沉重的悶雷，刀具劃開皮肉的聲音，以及某個重物跌入水中的聲響。

電話另一邊，傳來嘟嘟忙音。

通話中斷了。

沈嬋握著手裡的聽筒，不知怎麼，後背有點涼。

這通電話的壓迫感，遠遠超出之前那一通。

女人的痛苦無比真切，聲聲慟哭落在耳中，就連身為旁聽者的她，也能感受到無盡的絕望。

……看不見的厲鬼？要怎麼解決？

『叮咚！』

『主線任務已更新！』

『任務二：他在哪裡。』

『多年前一場駭人聽聞的凶殺案，讓山中別墅成為無人敢靠近的凶宅。幾個登山的年輕人誤入其中，卻不想，遭到厲鬼的追殺。』

『世界上真的有鬼嗎？如果有，祂究竟藏在哪裡，為什麼能神不知鬼不覺，殺光別墅裡的人？』

『注：本節目講究實事求是，不會忽略任何一位觀眾的訴求。主持人們，快去探明真相吧！

『當前任務：找到厲鬼的藏身之處，並殺了祂。』

『只有這樣，你們才能活下去。』

「真是一通精彩的電話！」自稱小克老師的章魚怪物咯咯低笑，用觸鬚捂住咧開的大嘴，「看樣子，這位觀眾的遭遇有些撲朔迷離呢！不過，請不要忘記我們節目的宗旨——《死亡求生熱線》，帶你探祕死亡背後的真相！」

白霜行看著腦海中的工作列表，聽它把聲調揚高：「主持人們，準備好了嗎？」

當然沒人回應它。

章魚怪物並不覺得尷尬，自顧自繼續說道：「那麼，立刻連線第二現場……」

「讓節目正式開始吧！」

眼前的景象瞬息變化。

白霜行原本還坐在主持臺上，一眨眼，視野裡填滿蔥蔥蘢蘢的綠意。

這是一片森林。

天空飄著小雨，落在身上，帶來濕漉漉的涼意。

樹林深幽，看樣子正處於半山腰，上不見頂，下不見底。

這是一個很尷尬的位置，難怪電話裡的人會選擇去別墅避雨。

她正四下打量身邊的景色，猝不及防，頭頂罩下一片黑黢黢的陰影。

還帶著熟悉的香味。

一抬眼，季風臨站在她身邊，脫下自己的外套，披在白霜行頭上。

「等等或許會下大。」

他語氣平平，開口時不經意地抬起視線，恰好撞見沈嬋若有所思的雙眼。

季風臨：「……」

沈嬋：「……」

沈嬋一言不發，乾脆俐落地脫下自己的外衣，一把罩在腦袋上。

與此同時，耳邊響起陌生的男聲——

「別墅？這地方哪有別墅？」

白霜行循聲望去，在不遠處的樹蔭下，見到三個年輕人。

兩男一女，穿著運動用的外套，身後都背著登山包。

她立刻想到電話裡的內容。

「和兩個朋友一起」、「登山」、「路過一棟別墅」。

所以……這三人之中的女性，就是打求助電話的人？

可他們怎麼會提前知道，這裡有棟別墅？

突然見到白霜行等人，三名登山客亦是愣住。

「你們——」中間的女人將他們掃視一遍，試探性發問：「你們也被捲進白夜了？」

聲音和電話裡的一模一樣。

沈嬋：「欸？」

白、白夜？難道他們和另一場白夜的挑戰者會合了？可這女人的聲音，為什麼……

『叮咚！』

系統提示音適時響起。

『請不要透露各位的主持人身分，也不要告訴他們，有關那通電話的內容哦！』

白霜行原本也有點困惑，聽見這個提示，心裡隱隱有了猜測。

眼前的三人正好能與電話裡的內容對上，既然女人親口說出他們的遭遇，毫無疑問，他們已經死了。

系統之所以讓他們保密，是為了不提前透露這三人死亡的事實。

他們之前就猜測過，在監察系統四四四號的白夜裡，禁錮著數量眾多的厲鬼——在白夜裡死去的挑戰者們，當然也是厲鬼之一。

也就是說，站在他們眼前的三人，早已死在白夜之中。

此時此刻，只不過是重現那場白夜的景象。

沈嬋與季風臨也意識到這一點，神情微變。

難怪在那通電話裡，哪怕身邊的同伴一個接一個死去，女人始終沒從別墅離開。

「嗯。」整理好思緒，白霜行溫聲笑笑：「我們打算到山裡散散步，沒成想，忽然就到這裡了。」

「那我們就是隊友了！」中間的女人十分熱情，聞言也笑道：「我叫姜采雲，左邊這人叫曾敘，右邊是李子言。」

姜采雲身形高挑，看起來二十多歲，綁著單馬尾，雙眼炯炯有神。

曾敘是個人高馬大的壯漢，平頭，身材健壯；李子言則戴著眼鏡，一副文文弱弱的模樣，略顯靦腆地笑了笑。

見到他們，白霜行不由自主想到那通電話。

如果電話那頭所說的情況完全屬實，在真實發生過的白夜裡……

記憶中女人的慘叫聲太過殘酷，她沒繼續往下想。

「我叫沈嬋。」沈嬋大大方方，把自己這邊的人逐一介紹：「你們接到的任務，是進入別墅嗎？」

她記得，對方不久前提過「別墅」。

「進入別墅，存活一天。」姜采雲點頭，沒有隱瞞：「你們應該也是這樣吧。」

置身白夜，只要不是對抗性質的挑戰，所有人必須相互信任。

面對厲鬼的追殺，他們是唯一能夠依賴的夥伴。

季風臨頷首：「我們的任務是，找到別墅裡的厲鬼，並活下去。」

他有意透露更多的資訊。

聽見「厲鬼」，姜采雲的神色變了變。

沒人想和厲鬼來上零距離接觸，如果可以的話，她寧願面對擁有實體的凶殘怪物。

看不見摸不著的恐懼，永遠是最令人害怕的。

一旁的曾敘問：「你們是第幾次進入白夜？我們三個都進過一次。」

「三、四次。」白霜行笑笑，指了指天空：「雨越下越大，儘快找到別墅吧。如果在白夜裡發燒感冒，那就糟糕了。」

得知他們通關過好幾次白夜，一路上，姜采雲表現得很激動。

這是個爽朗外向的年輕女孩，剛畢業沒多久，在一家事業公司工作。

「四次白夜，太厲害了！」她邊走邊說：「你們是怎麼撐過來的？我一次就快不行了。上次那個怪物……噫！嚇得我好幾天不敢睡覺。」

戴眼鏡的李子言溫聲笑笑：「不好意思，她話多。」

山路崎嶇，兩旁碧綠樹影掩映。

雨越下越大，當一聲悶雷響起，沈嬋同時發出聲音：「是別墅！」

那是一棟頗有年歲的房屋。

一共三層樓，有一個小院子，爬山虎長滿其中一側白牆，有種古怪而荒蕪的生機。

想到別墅裡的厲鬼，姜采雲生出幾分退卻之意。

可礙於任務，她不得不一步步靠近它——

如果不遵循白夜的指示，挑戰者將被直接抹殺。

面對白夜，他們渺小如螻蟻。

白霜行沒放鬆警惕，無時無刻緊繃著注意力，無言掃視四周。

這是山裡唯一的房屋，院門敞開，庭院空蕩蕩，只有幾簇無人修剪的野草，和角落裡渾濁的池塘。

……池塘。

下意識地，白霜行想到電話末尾，姜采雲死亡後的水聲。

主線任務讓他們留在別墅，姜采雲的活動範圍，僅限房屋和庭院。

她是在這裡，遭遇厲鬼襲擊的嗎？

大門的把手生了鏽，季風臨走在最前，輕輕敲門。

很快，大門吱呀打開。

和電話裡所說的內容一樣，白霜行望見瘦削蒼白的女人。

皮膚確實白得過分了些，整張臉毫無血色。

女人目光幽幽，看不出眼裡蘊藏的情緒，與季風臨四目相對，扯出笑：「你好，怎麼了？」

「我們來這裡登山，沒想到遇上下雨。」季風臨語氣如常：「請問，能進屋避雨嗎？」

「當然可以。」她笑著後退一步，為他們讓出進屋的通道：「快進來吧！外面太冷，感冒就不好了。對了，我正在做晚飯，你們要吃嗎？」

別墅古怪得很，白霜行還沒心大到那種地步，能夠毫無芥蒂吃下這裡的食物。

「不用。」白霜行笑容禮貌：「我們剛吃過壓縮餅乾和麵包，現在不餓。」

姜采雲悄悄看她一眼，搓了搓冰冷的雙手。

不愧是通關好幾次白夜的老手。

從頭到尾，姜采雲沒從她臉上見到任何害怕的情緒，她的回應更是游刃有餘。

「這樣啊。」

女人了然點頭：「浴室裡有吹風機，如果覺得冷，可以去用——這邊是沙發，請坐。」

說話時，她已將六人領入客廳。

白霜行不動聲色，端詳家裡的布置。

並不華美，甚至稱得上簡陋，與別墅的外觀格格不入。

客廳裡擺放著老舊的木桌和沙發，牆壁有脫落的痕跡，偌大空間裡，連電視機都沒有。

在最左側的沙發上，正坐著兩個小孩。

「那是我的孩子。」女人笑著說：「他們是對雙胞胎兄妹，很乖，不會打擾你們。」

如果在平常，白霜行一定不會多管閒事問這問那。

但置身於白夜裡，她必須刨根問底：「不好意思。房子裡只有你們三位居住嗎？」

女主人倏地抬眼。

她瞳仁漆黑，嘴角揚起的弧度從沒變過：「嗯。我和老公離婚了。」

接下來的一切，和電話裡的敘述沒什麼不同。

幾個外來的客人先坐上沙發，然後一起去浴室裡吹頭髮，沒人敢落單。

眾所周知，浴室是恐怖片裡的高死亡觸發地點。

女主人做好晚飯，三菜一湯。

一家三口坐在桌邊吃飯，白霜行靜靜端詳他們的模樣。

都很白。如同毫無生機的紙人，無論說話、微笑還是做動作，全都僵硬得古怪。

「請問，」曾敘說：「妳帶著兩個孩子，為什麼要住在山裡？」

他主動提問，想從女人口中得到更多的線索。

「這裡嗎？」女主人微笑：「因為，這裡很便宜。」

白霜行知道，開始了。

如同電話內容那樣，姜采雲好奇道：「因為在山裡嗎？」

「這是其中一個原因吧。」女主人目光悠悠一轉，嘴角弧度加深：「更重要的是……它是一棟凶宅。」

最後一句話落下，所有人停下動作。

「凶、凶宅？」雖然早就做好心理準備，親耳聽到這兩個字，李子言還是有些害怕：「這裡，發生過什麼事？」

「你們想聽嗎？」女主人聲音很輕，摸了摸身邊女兒的腦袋：「那是很多年前的凶案。這裡原本住著一家四口，爸爸、媽媽、兒子、女兒，後來，家裡破產了。」

白霜行看了埋頭吃飯的小女孩一眼。

如此駭人聽聞的凶殺案，女主人居然毫不避諱兩個小孩；孩子一言不發地聽，表情毫無波動。

她抿抿唇，有些頭疼。

別墅裡，乍看共有九人，熱鬧得很。

其實除了他們三個，全是鬼魂。

「破產之後，爸爸一蹶不振，媽媽提出離婚——」女主人說：「當天夜裡，男人拿起廚房的刀，殺光家中所有人。」

姜采雲打了個哆嗦。

一家四口……這棟屋子裡，不會藏著四隻厲鬼吧？

話題到此戛然而止，一時間沒人說話。

姜采雲與兩個同伴面面相覷，忽地，聽白霜行開口。

「殺死妻子和兒女後，」白霜行說：「父親去了哪裡？」

早在接通那個電話時，她就在心裡考量。

姜采雲臨死前說，其他人的死狀十分慘烈，都是刀傷。

而故事中，父親殺人的方式，正是用刀。

這場白夜裡怨念最深、殺意最強的惡鬼，大概就是他。

「父親？」女主人想了想，倏而一笑。

這個笑容不再是機械般僵硬，白霜行從她眼底看出幾分諷刺。

「殺人之後，他不敢自殺，也不敢報警，於是把屍體藏了起來，假裝一家四口仍然生活在一起。」女主人說：「後來，可能因為心理壓力太大，七天之後，他撥通報警電話，並割腕。」

七天。

沈嬋聽著，心下一寒。

她想起看過的恐怖電影，裡面說過，冤死的鬼魂會在七天後回來。

也就是俗稱的「頭七」。

男人的死因，或許不僅僅是自殺這麼簡單。

「男人把屍體藏了起來——」季風臨道：「請問，妳知道屍體被放在哪裡嗎？」

女人看他一眼，搖頭。

「這個我就不知道了。」她咧嘴笑道：「那麼久以前的事，我不是警察，哪能知道內部消息？」

妳已經透露很多內部消息了。沈嬋悄悄腹誹。

不過……問起凶殺的始末，女主人大部分時候知無不言，唯獨隱藏這條線索。

藏匿屍體的地點，會不會很重要？

但他們的任務是找出厲鬼，厲鬼能隨時隨地殺人，和藏屍地點有什麼關係？

想不通。

靜默間，天邊一道驚雷閃過，伴隨著轟隆隆的悶響。

白霜行側過視線，望向窗邊。

他們進入這場「白夜」時，時間將近傍晚。

因有雷雨，天色顯得更加昏暗陰沉，在傍晚時就已見不到陽光。

院子裡籠罩著灰濛濛的霧，雨越下越大，雷聲、風聲和雨聲裹挾混雜，頗有種山雨欲來風滿樓的氣勢，讓人心裡很不踏實。

再看天邊，雲層厚重低垂，彷彿隨時會壓下來。

餐桌上，男孩很快吃完飯，說要去洗手間。

他的背影漸漸遠去，白霜行與身邊兩人暗暗交換視線。

電話裡說，男孩第一個死去。

屍體在走廊被發現。

「這棟房子很漂亮。」白霜行沒表現出異樣，從沙發上起身：「我們能到處看看嗎？」

女主人欣然應允：「當然可以。」

「那個——」姜采雲小心翼翼：「不會有危險嗎？」

她把聲音壓得很低，沒讓女主人聽到。

沈嬋聽著，心裡有些不是滋味。

如果她沒猜錯，眼前三位年輕人，早就死在這場白夜裡。

活著的時候，他們是最最平凡的人，會害怕、會不安，也會在危機時刻心繫同伴。

「我們會小心。」白霜行垂眼看她，語氣溫柔：「有發現的話，一定第一時間向你們分享。」

她說完回頭，朝著女主人頷首致意，離開客廳。

至於目的地，當然是洗手間所在的那條走廊。

「這場白夜……究竟是怎麼回事？」好不容易有三人相處的時間，沈嬋迫不及待地開口：「我們，遇到打電話的求助者了？」

「死在生存挑戰裡的人類，會變成白夜中的厲鬼，和其他鬼魂一樣，一遍遍重複白夜。」

白霜行面色微沉：「就像姜采雲他們。」

「這也太——」沈嬋咬牙：「他們因為白夜丟了性命，結果還要被困在這裡……」

她沒再往下說。

沈嬋一共經歷過三次白夜，每一次都有驚無險地度過。

但大多數人，並沒有這樣的好運氣。

對於他們而言，白夜即是死亡的代名詞。

隨著白夜出現的頻率越來越高，每天、甚至每個小時，都有數不清的人類飽受折磨，因它而死去。

……全是和姜采雲一樣的普通人。

監察系統四四四號，讓他們成為白夜的一部分。

沈嬋覺得很噁心。

『哈哈，這麼快就意識到了啊。』

『笑死，現在還有閒心同情別人，明明過不了多久，就要變成慘死的厲鬼之一了。』

『這次的挑戰感覺好難，我完全沒有方向耶。嘻嘻，快死掉吧。』

『被刀砍死！鮮血四濺！肯定超級有意思！我要看血流成河！』

腦海中飄過一則則觀眾留言，白霜行瞥了一眼，面無表情，挪開視線。

他們三人步伐緩慢，佯裝出欣賞別墅景致的模樣，實則在等男孩出來。

沒過多久，洗手間的門吱呀打開。

白霜行飛快投去視線。

男孩只有五六歲左右，看起來像個蒼白的豆芽菜。

他神情冷漠，對他們視若無睹，目不斜視地離開。

白霜行站在走廊中央，當他經過時，感到一陣深入骨髓的冷。

不是錯覺。

冷意森寒，迎面而來，如同一灘黏稠冰冷的黑水。

剎那間，她想起在「惡鬼將映」裡感受到的陰氣。

此刻男孩身上，莫非……

這個念頭剛浮起，猝不及防，她的視野裡現出一抹紅豔豔的血光。

白霜行屏住呼吸。

——但見一條猙獰刀口從男孩後背猛然破開，幾乎要將他單薄的身體一分為二。

緊隨其後，便是猩紅鮮血狂湧而出，染紅牆面！

一切來得毫無徵兆，從頭到尾，白霜行連鬼影都沒見到。

就像……有刀進入男孩的身體，自行將他剖開一樣。

不等白霜行有所反應，寂靜的走廊裡，陡然響起兩聲尖叫——

登山三人組本打算一起尋找線索，萬萬沒想到，剛到走廊，就目睹如此血腥駭人的景象。

姜采雲和李子言驚叫出聲，曾敘也被嚇了一跳，滿目驚愕，看向走廊另一邊的三人。

他們和男孩隔著一段距離。

然而就是在這樣的眾目睽睽之下，他不明不白地死了。

尖叫聲傳遍整棟房屋，按理來說，女主人應該會前來查看才對。

然而客廳裡闃然無聲，驀地，又響起一聲刺耳的哭嚎。

白霜行聽出來，那是女主人的聲音。

不祥的預感騰湧而起，她毫不猶豫，快步走向客廳。

邁出走廊的瞬間，白霜行聞到一股濃郁的血腥味。

鐵鏽味預示死亡的臨近，向著聲源走去，她心下一緊。

餐廳位於客廳旁邊，女孩已然沒了氣息。

她一動也不動坐在木椅上，後腦勺被人拿刀劈砍，血肉模糊，看一眼就讓人頭皮發麻。

在她身旁，女主人雙手掩面，顯然被這幅場景嚇得不輕。

「這是怎麼回事？」曾敘看得後背發涼，上前幾步，靠近女人身邊：「她……」

「我、我不知道！」女主人渾身顫抖，簌簌落下眼淚：「我只是接了通電話，忽然聽到她猛地抽氣，回過頭就發現……」

「妳別著急。」沈嬋嘗試安撫她的情緒：「妳想想，在出事之前，這孩子做了什麼？有沒有任何奇怪的事情發生？」

「她——」女主人狼狽地抹去眼中淚水，突然一頓。

空氣宛如凝固。

當她再抬眼，漆黑的雙目之中，噙滿怨毒惡意：「是你們對不對？家裡只有你們這些外人……你們想做什麼！」

沈嬋啞然。

平心而論，女主人的懷疑沒錯。

幾個陌生人突然前來避雨，不久後，家裡的女兒離奇死亡。

看她的死狀，很顯然是他殺。

如果她是女主人，第一個懷疑的，也是這群陌生客人。

「妳誤會了。」姜采雲又急又怕，匆匆解釋：「絕對不是我們。我們剛剛全在走廊，怎麼可能——」

她的這段話沒能說完。

撲面而來的血腥味充斥鼻腔，幾滴鮮血飛濺而出，落在她頰邊。

——女主人的胸口被狠狠刺穿！

大腦嗡嗡作響，姜采雲後退一步，嘴唇發白。

又一個人在她眼前死去，沒有徵兆，也看不見凶手。

無形的刀刃穿透她的皮膚，天邊一道驚雷閃過，照亮女人蒼白如紙人的臉。

轟隆隆。

『叮咚！』

『主線任務已更新！』

同一時間，在場六人聽見歡欣愉悅的系統音。

『暴雨將至，山間危險，你們不得不待在這棟別墅裡。』

『可是……在這裡，似乎正躲藏著一隻心懷惡意的厲鬼。祂在當年殺害了妻子兒女，如今，要把你們一併拖入地獄。』

『在天亮之前，找到厲鬼的藏身之處，並竭盡全力解決祂吧！』

『溫馨提示：惡鬼不會無緣無故殺人，每次動手，都有原因。』

『探索其中的規律，能幫助你們找到祂喲！』

「可是我們根本看不到祂！」李子言渾身顫抖，眼眶發紅：「這要怎麼找？」

三名被害者，有兩個死在他們面前。

他們親眼目睹厲鬼行凶的過程，可即便如此，還是沒發現蛛絲馬跡。

現在線索斷了，他們怎麼可能找到出路？

當他的話音落下，不知從什麼地方，傳來孩童癡癡的笑聲。

清脆悠長，在緊張壓抑的環境裡，令他毛骨悚然。

『對了！請不要忘記，當年在別墅裡，一共出現四名死者。』

系統的語氣裡，多出看好戲的冰冷笑意。

『凶手的魂魄徘徊於人間，另外三名死者，當然不甘心離開這裡。』

『尋找厲鬼的同時，要小心避開祂們哦。』

雷聲轟響，又是一瞬閃電劃破天幕。

白光刺眼，照亮滿地殷紅的鮮血，以及女人驚駭萬分、死不瞑目的雙眸。

孩童的笑聲漸漸遠去，又像縈繞在耳邊。

別墅之中暗影浮動，有風吹過窗邊的樹枝，帶來系統愈發興奮高亢的聲響。

『努力活下去吧——』

『現在，生存挑戰正式開始！』

屋外雷雨交加，別墅裡，陷入短暫死寂。

白霜行站在餐桌旁，目光掠過不遠處兩具屍體，嘗試理清思緒。

系統已經明確提示，故事裡那個發狂殺了全家的父親，正是他們此次需要找到的厲鬼。

除他以外，母親與兩個孩子的靈魂，也在這棟別墅之中遊蕩徘徊。

他們既要找出厲鬼的藏身之地，又要避開另外三個遊魂的追擊——

這是個躲藏與尋找的遊戲。

「我們要……除掉厲鬼？」姜采雲說：「怎、怎麼才能除掉祂？」

於她而言，僅僅是躲避厲鬼的捕殺，就已經是噩夢級別的難度。

他們一群再普通不過的人類，既不會驅鬼除邪，也沒有防身的法器，頂多從白夜商城裡兌換幾張驅邪符。

驅邪符……能對付這種程度的鬼魂嗎？

曾敘臉色發白，胡亂抓了把頭髮。

起初，他們的任務只是在別墅裡存活一天。

他早就設想好，打算讓所有人老老實實待在客廳——只要不落單、不亂逛，大家聚在一起，活下來的機會很大。

沒想到，主線任務忽然提高難度。

如果一整個晚上滯留在客廳裡，他們絕對不可能找出厲鬼完成任務。

也就是說……即便知道別墅裡危機四伏，一行人還是不得不四處探索。

這不是要他們的命嗎。

「那男人是這場白夜的Boss，僅憑幾張驅邪符，應該對付不了祂。」季風臨想了想，沉聲說：「我們只能試試，在別墅裡搜尋更多線索，或許能找到有用的道具。」

聽到這句話，多數人的臉色都不太好。

他們還沒弄明白厲鬼殺人的原因，不知道什麼時候，會被一刀捅進脖子。

「任務限定在今晚，我們還有時間。」白霜行說：「先別著急，一起看看遇害現場吧。」

沈嬋點頭：「任務裡說，厲鬼殺人有祂的規律……既然這一家三口都死了，他們一定都觸發過對應的機制。」

姜采雲深吸一口氣，應了聲「嗯」。

她雖然膽子不大，卻足夠理智。

在這種環境下，哭泣與怯懦只會招致死亡，為了活下去，必須鼓足勇氣，竭盡所能尋找線索。

「死亡順序是兒子、女兒和母親。」白霜行說：「兒子死亡之前，去過洗手間；女兒坐在餐桌上，母親則是打了通電話。」

她看了桌面一眼。

晚飯已經吃完，桌上還沒來得及收拾。

一家三口食量不大，盤子裡剩不少青菜，女孩歪歪斜斜靠躺在椅子上，雙目圓睜，因痛苦而神情扭曲。

至於餐桌旁邊——

這棟別墅裡幾乎沒什麼家具，只零星擺著幾張必備的桌椅。

牆壁上空蕩蕩，靠近廚房的位置，有一扇玻璃窗。

窗子呈現半開半掩的狀態，有雨滴從窗外落進來，在地上浸出一灘水漬。

窗簾被吹得呼呼作響，不時向空中揚起，蕩開一片飄忽不定的影子。

「會不會是……水？」李子言小心翼翼：「洗手間裡有水，現在窗戶敞開著，這些雨水落進來，條件同樣成立。」

他說著扶了下眼鏡，挪開視線，不去看桌邊血肉模糊的屍體。

「有這種可能性。」季風臨頷首：「在恐怖電影裡，『水』是經常出現的意象，往往象徵著鬼魂的來臨——除此之外，還有鏡子。」

「我想的就是鏡子。」沈嬋接話道：「洗手間裡一定有面鏡子吧，至於廚房，廚房中那扇窗戶，也能映出人影。」

從某種意義上來說，玻璃窗和鏡子有相似之處。

而且，在她看過的恐怖片裡，厲鬼有八成會從鏡子裡出來。

聽她說完這句話，姜采雲猛地頓住。

此時此刻，他們正齊齊站在廚房裡，她、李子言、白霜行和季風臨的影子完完整整映在那面窗戶上。

至於沈嬋和曾敘，雖然只入鏡一半，但透過玻璃窗，同樣能看見他們。

這樣一來……該不會他們所有人，都被厲鬼鎖定了吧？

「鏡子和水是一個解謎方向。」忽然，白霜行開口：「但現在看來，厲鬼索命的機制，還有更深層的原因。」

她說著轉頭，看向那面玻璃窗：「如果靠近鏡子和水就會被殺……我們剛剛，已經差不多死透了。」

曾敘沉吟片刻：「有沒有可能，是要碰到水？」

在洗手間裡必然要洗手，至於餐桌上，正擺著一碗熱騰騰的湯。

這個猜想倒有可能。

白霜行想起那通電話。

電話裡，姜采雲逃到院子裡的小池塘邊，當時打著雷，在下雨。

離開房屋後，她一定會沾到雨水。

「有可能。」季風臨和她的想法一致：「無論這個猜測正不正確，我們儘量不要接觸水。」

姜采雲點點頭，仍然有些不放心，看了不遠處的窗戶一眼。

玻璃窗上，隱隱約約，飄浮著他們的倒影。

「鏡子也是其中一種可能。」白霜行上前一步：「如果可以的話，儘量把別墅裡的窗戶都遮住吧。」

說話時，她伸出手，試圖合攏窗簾。

還沒靠近窗邊，就見季風臨跨步上前，一把拉攏暗黃色的長簾。

他小心避開驟來的大雨，當窗簾被拉動，發出嘩啦響聲。

玻璃窗被擋住了。

季風臨沒說話，撩起眼皮時，與白霜行對視一眼，向她無聲示意。

——窗邊有水，既然水被納入危險範疇，能不靠近就儘量避遠一些。

「妳男朋友，」姜采雲揚起嘴角，試圖緩解緊張的氣氛，「對妳真好。」

沒想到，對面三個人，有兩個同時愣住。

剩下沈嬋瞇了瞇眼，輕咳一聲。

「不是。」白霜行笑了笑：「我們是朋友。」

季風臨看她一眼：「嗯。」

「……啊？」姜采雲臉上發熱，耳朵泛紅：「對、對不起！我看你們一直走得很近，還……」

不對，越描越黑。

從見到三名新隊友的第一刻起，她就下意識覺得，這是一對情侶加上他們的朋友。

畢竟，當時他們行走在雨中的森林裡，白霜行頭上頂著的顯然是季風臨的外套。

後來進入別墅，看他們的種種相處，有著心照不宣的默契——

坐在沙發上時，每當姜采雲抬頭，總會瞥見他們兩人匆匆對視，又不動聲色把目光挪開，不知是有意還是無意。

不知道該說什麼，姜采雲撓撓腦袋。

「一直待在這不是辦法。」曾敘看出她的尷尬，淡聲轉移話題：「接下來，要去別墅裡尋找線索了吧。」

「嗯。」季風臨道：「我們一起走，還是分成小隊？」

「絕對不能落單！」沈嬋搶答似的舉起右手：「恐怖片裡，落單必死無疑。」

「大家都不要單獨行動。」曾敘點頭：「別墅就這麼大，六個人一起行動反而不方便，遇到遊蕩的鬼魂，也不容易逃開——不如三三分組，你們覺得怎麼樣？」

這是最穩妥的辦法。

白霜行毫不猶豫應下：「沒問題。」

「和商量好的一樣，避開所有形式的水，看到窗戶或者鏡子，想辦法把它們遮住。」沈嬋說：「別墅一共三層樓，我們先分別搜查上下兩樓吧。」

姜采雲拍拍胸口，做好準備：「嗯。」

於是計畫初步擬訂。

一樓他們比較熟悉，而且空間十分空曠，調查難度不高。

姜采雲三人經驗不比他們豐富，順理成章留在一樓。

二樓是從未探索過的區域——

不久前聽到的孩童笑聲，聲音來源似乎就在那裡。

這個任務，落在白霜行他們頭上。

「注意安全。」臨走前，白霜行不忘叮囑：「如果遇到無法解決的危險，你們出聲求救，我們會來。」

姜采雲咧嘴一笑：「嗯，我們會小心的！驅邪符已經兌換好了，應該沒什麼大問題。」

「你們也要當心。」李子言扶了扶眼鏡，神情怯怯：「故事裡說，父親趁著家人熟睡，用刀殺光他們……案發的臥室，就在二樓或三樓。」

與三人暫時道別後，白霜行登上前往二樓的樓梯。

萬幸，別墅裡還能開燈。

古典風格的旋轉式樓梯，扶手斑駁，上面落滿了灰。

再看腳下，也是處處堆積著灰塵，不像有人居住的樣子。

她心裡大概猜測，在一樓所見的「一家三口」，很可能是由當年受害者的鬼魂所化。

之所以偽裝成人類出現在他們面前，或許是為了恐嚇，又或者，是系統特地安排的提示。

——他們必須從那三人的死亡裡，推理出厲鬼殺人的規律。

樓梯不長，登上二樓，白霜行見到一條走廊。

走廊兩邊分布著一個個房間，房門虛掩，都能進去。

她左右環顧，在其中三扇門上，發現了不同。

左側盡頭的房門貼著張畫紙，用無比稚嫩的筆觸寫上：爸爸、媽媽的房間。

然後是右邊緊鄰的兩個房門，分別寫著「小寶的房間」和「小嫻的房間」。

「小寶、小嫻，是家裡的兩個孩子吧。」空氣森冷，沈嬋打了個冷顫：「我們先去哪？」

正如李子言所說，臥室是第一案發現場。

就算經歷過一次次白夜，但置身曾發生過慘案的凶宅、與厲鬼們零距離接觸，只要是個正常人，任誰都會感到緊張。

季風臨：「先去父母的臥室吧。」

白霜行表示贊同：「我們要尋找的厲鬼是父親，在他的房間裡，線索可能會多些。」

屋子裡有冤死的鬼魂不斷遊蕩，他們沒在走廊停留，一起進入父母的臥室。

剛開門，白霜行就聞到一股令人作嘔的腐臭味，皺眉捂住口鼻。

季風臨走在最前，默不作聲垂眸看她。

覺察他的視線，白霜行略微挑眉，示意自己沒事。

於是他開燈，走進房間。

與一樓相差不大，臥室裡同樣簡陋。

一張雙人床擺在中央，床單被鮮血浸透，暈出大片腥紅。

角落裡有張書桌，窗戶關上，窗簾大開，能看見昏黑陰沉的天空，以及院子裡淅淅瀝瀝的大雨。

季風臨沒忘記之前的討論，動作俐落，拉上窗簾。

「鏡子和水……都有可能，但又都不太可能。」沈嬋輕揉眉心：「別墅裡，這兩樣東西幾乎無處不在。如果厲鬼能直接透過它們殺人，我們註定團滅。」

監察系統四四四號的白夜雖然凶殘，但不至於違反最基本的規則，創造一場毫無活路的屠殺。

再說，他們剛才進屋就正對著玻璃，沒遇上什麼稀奇古怪的事情。

「但仔細想想，三名死者所處的環境，只有這兩點相似。」白霜行若有所思：「會不會是……除了鏡子或水，還有另一個附加條件？」

交流的間隙，她靠近窗邊的書桌。

桌子上布滿灰塵，不知多久沒被人使用過。

季風臨打開左右兩邊的抽屜，在左側角落裡找到一幅畫。

他動作很輕，將畫紙從抽屜裡拿出來。

這個作品顯然出自孩童之手，風格稚嫩，毫無技巧可言，用五顏六色的蠟筆，畫著四個手拉手的火柴人。

白霜行站在他身邊，從左到右逐一看去，見到一個穿西裝打領帶的男人，一個穿著白裙子的女人，還有一男一女、兩個豆丁似的小孩。

是住在別墅裡的一家四口。

畫紙最上方，寫著「幸福一家人，永遠在一起」幾個大字。

字跡一板一眼，圓潤稚拙，是小孩寫下的。

「你們看這裡。」沈嬋指了指右下角：「這團水漬，不會是眼淚吧？」

白霜行點點頭。

那灘水漬暈開很大一片，呈現一個不規則的圓。

在它附近，還有好幾個相似的水團。

「這幅畫屬於孩子，卻出現在父母的臥室裡，上面還有淚水。」白霜行分析：「男人殺死家人後，沒有第一時間報警，而是繼續生活在房子裡……殺人只是一時衝動，等塵埃落定，他很可能感到後悔。」

沈嬋嘖了聲，眼裡湧出厭惡之色：「然後就對著這幅畫哭？早知如此何必當初，人渣。」

確實挺人渣的。

「話說回來，你們還記得與女主人的對話嗎？」白霜行壓低聲音：「殺人後，男人究竟還做了什麼，她一句話都沒透露。」

「對！」沈嬋：「尤其是關於藏匿屍體的地點，她一個字也不願意透露……這個線索，會不會很重要？」

「如果要和鏡子、水聯起來——」季風臨說：「院子裡的池塘？」

白霜行「唔」了聲。

這個猜想有一定可能性，可惜院子裡下著大雨，他們沒辦法出門驗證。

她站在桌邊靜靜思考，不經意抬起眼，看了看觀眾留言。

『無聊，厲鬼呢？厲鬼什麼時候出來？我才不想看他們推來推去。推理半天也得不出結果，不如直接死掉。』

『都過去這麼久了，該出現第一個死者了吧？』

『我要看血流成河！血流成河！』

全是毫無人性、暴戾瘋狂的言論，迫不及待想看到他們死去。

白霜行不禁皺起眉。

既然姜采雲等人是被禁錮在白夜之中的挑戰者，像他們一樣化為鬼魂的人類……

在監察系統四四四號的白夜裡，究竟還有多少個？

四四四，死死死。

把人類的靈魂當作玩具，從而製造更多死亡，這位系統，當真無愧於它的名頭。

想到這裡，她默默看向腦海裡的小丑。

由於尚未出現犧牲者，四四四打了個哈欠，一副提不起興趣的模樣，睡眼惺忪。

『我覺得，樓下的人會先死。幾個新手恐怕一遇上鬼魂，就被嚇得動彈不得了。』

『誰死都差不多。對了，規則裡不是說，這地方還有遊蕩的鬼魂嗎？怎麼還沒出來？』

『等等，你們有沒有聽到什麼聲音？』

幾則留言飛速飄過，白霜行眼睫一顫。

她也聽到了。

走廊盡頭，傳來清脆如鈴的笑音——是鬼魂！

進入臥室時，白霜行刻意關上房門，和其他房間一樣，讓門保持在虛掩狀態。

此刻笑聲響起，季風臨與她對視一眼，快步走到門邊，按下電燈開關。

燈光瞬間熄滅。

時值深夜，空中下著雨，窗簾又被拉上，空曠寂靜的臥室裡，幾乎隔絕了所有光源。

光線暗下，視野之中一片漆黑，猝不及防間，有人輕輕攥住白霜行的衣袖。

她被拉到門後的牆邊。

沈嬋瞥見季風臨的動作，默默朝著這邊靠攏。

臥室裡沒有衣櫃，躲在門後，是最穩妥的選擇。

雙眼逐漸習慣黑暗，白霜行放緩呼吸。

鼻尖縈繞著濃郁腐臭味，經久不散，平添壓抑。

門外的走廊裡，笑聲一點點靠近。

那是小孩的嗓音，時男時女，偶爾兩種嗓音混雜在一起，有種說不出的邪異。

伴隨著笑聲一同傳來的，還有若有似無的腳步聲，與女人幽怨低沉的慟哭。

踏踏，踏踏。

白霜行能清楚感覺到，身旁的沈嬋渾身僵硬得厲害。

這是一種難言的恐懼。

他們看不見鬼魂的模樣，只能隔著一扇門，感受祂們漸漸逼近。

也許下一秒，祂們就會破門而入；又或者，祂們將目不斜視地離開走廊，與屋子裡的人類毫無交集。

未知，總讓人心生懼意。

笑聲和哭聲越來越近，來到他們所在的臥室門口。

白霜行屏住呼吸——

下一刻，她聽見陡然加大的、無比清晰的女人低笑聲：「……嘻嘻。」

這道聲音由哭轉笑、由悲到喜，如同一串綿長的戲曲唱腔，滲出森森冷意。

四下幽寂無聲，怨靈的輕笑聲被無限放大，彷彿緊緊貼在耳膜上。

渾身血液凝固，白霜行點開技能面板，做好反擊的準備。

出乎意料地，對方沒開門。

幾秒鐘後，她又一次聽見腳步聲。

耳邊的響動漸漸遠去，哭聲與笑聲盡數消失在走廊另一邊。

走掉了……嗎？

季風臨沒放鬆警惕，透過虛掩著的房門縫隙，望向走廊。

走廊裡燈光昏黃，光線幽暗，一片沉寂。

沒有鬼魂的影子。

他沒出聲，朝著另外兩人點點頭。

「……走開了。」沈嬋滿手全是冷汗，心有餘悸：「這也太嚇人了……」

和鬼魂隔著一扇房門，她的心臟都快要蹦出來。

白霜行長出口氣：「臥室裡，還要再找找嗎？」

「我想到一個地方。」

沈嬋擦乾手心的冷汗，腳步輕快，走到床邊。

腐臭味的源頭是床上那灘血跡，靠近時，惡臭格外濃烈。

沈嬋屏住呼吸，飛快掀開被褥和枕頭。

很快，她目光微閃。

——在枕頭下，放著一本厚重的書。

書壓在被子裡，沒沾上髒兮兮的灰塵。

沈嬋迅速拿起它，後退好幾步，回到門邊。

床頭的味道，她簡直一秒鐘也忍受不了。

「床是人類的私密空間。」沈嬋揮揮手，散去鼻尖上的臭味：「在心理學上，象徵隱私和安全感——有些人會把重要的東西放在枕頭下面。」

她說著，順勢打開書。

白霜行低頭看去，眸色漸沉。

與其說是「書」，它更像一個筆記本。

沈嬋翻到的那頁，夾著一把造型古怪的小刀。

「這刀……」沈嬋小心地拿起它。

刀刃是血紅色的，刀柄上，雕刻著他們從未見過的複雜紋路。

至於筆記本上，寫滿了潦草的字跡。

『做了夢，又夢到他們……』

『我不想死啊！小寶小嫻阿舒，如果你們能看到這些文字，求求你們，放過我吧！』

『我不是已經答應，要和你們永遠生活在一起了嗎？』

『好好待在那裡。待在那裡，雖然陰陽相隔，但我們沒有真正分開。』

『爸爸其實是愛你們的！相信我！』

「是男主人的日記。」季風臨說：「『好好待在那裡』……是指藏屍的地點嗎？」

他到底把屍體藏在哪裡？

白霜行「嗯」了聲，繼續往下看。

『向大師求來這把辟邪的刀，可以讓遭到污染的厲鬼魂飛魄散……如果他們再來，我就……對！刺進他們的心臟！』

『不想死不想死不想死。』

『放過我吧放過我吧放過我吧對不起對不起對不起……』

「這人，」沈嬋蹙眉，「到最後，精神是不是不正常了？」

白霜行的注意力，卻是在另一句話上。

「辟邪的刀。」她指了指那個句子：「我們不是一直想不通，該如何除掉別墅裡的厲鬼？」

這本日記裡，甚至闡明了小刀的使用方法——

只要找到厲鬼，並將辟邪刀刺進祂的心臟，他們就能順利通關。

沈嬋恍然，神色複雜。

這個男人殺害自己的妻子兒女，在他們死後，仍不願放過他們的靈魂。

從故事後續來看，他失敗了。

索命復仇的鬼魂並沒有被小刀除掉，反倒是男人丟了性命，淪為第四隻厲鬼。

到頭來，這把被他用來驅鬼的刀，成了讓他魂飛魄散的利刃。

有種難言的諷刺。

「找到道具，接下來，就要找出厲鬼的位置了。」白霜行揉了揉太陽穴，有些好奇：「筆記本這麼厚，前面是什麼內容？」

沈嬋低頭，書本往前翻。

出現的內容，讓三人齊齊一愣。

『信仰我神……』

『神啊，我願向您供奉鮮活的生命，請您降下恩賜，為我帶來無上財富。』

再往前，是更為虔誠瘋狂的囈語。

『我神慈悲，讚美神明！』

『神明保佑……』

『什麼時候才能迎來神賜？家裡那個黃臉婆，居然打算把神像扔掉……臭女人，去死！我過得這麼不順利，一定全是因為她！』

「這個男人，」季風臨壓低聲音，「是邪神的信徒。」

受到邪神的污染，所以他才會變得越來越不正常。

也因此，在某個深夜，殺害了熟睡中的家人。

他將三名受害者作為祭品，獻上他們的血肉，試圖召喚邪神，換取東山再起的機會。

結果還沒等來財富從天而降，就先被厲鬼們奪走了性命。

實在噁心。

在臥室中的陣陣惡臭裡，沈嬋有點反胃。

「日記裡，著重強調了『待在那裡』。」白霜行思忖道：「接下來，我們或許可以試著想想，他可能把屍體藏在什麼——」

話沒說完，忽地，有人敲響房門。

沈嬋被嚇了一跳，可轉念想想，鬼怪才不會那麼禮貌，進屋之前還要敲門。

季風臨也明白這一點，輕輕把房門打開，走廊裡，站著眼眶通紅的姜采雲。

「出……出事了。」姜采雲深吸一口氣，極力壓住哽咽，渾身發抖：「李子言死了。」

白霜行趕到一樓時，空氣裡飄散著血腥味。

路過走廊，她驚訝地發現，男孩的屍體沒了蹤影。

長廊幽幽，充斥著暗黃色燈光，男孩原本躺著的地方，只剩下一灘污血。

「廚房裡的媽媽和女兒，也都不見了。」姜采雲用力擦去眼角的淚水，可眼淚還是止不住往下落：「我們出來的時候，只看到血跡。」

白霜行應了聲「嗯」。

之前她推測，他們見到的「一家三口」，只不過是鬼魂幻化的假像。

現在看來，果然如此。

真正的鬼魂，已經開始了對他們的追殺。

李子言死在走廊盡頭的雜物間裡。

走進雜物間大門，首先映入眼中的，是駭人的殷紅。

年輕的男人靠坐在窗邊，被刀從胸膛穿過，鮮血飛濺，染紅大半牆面。

這幅景象太過淒慘，姜采雲只看了一眼，就嗚咽著哭出聲。

好友離世，哭泣是人之常情。

白霜行拍拍她的後背，看向屍體旁的曾敘。

這個健壯高大的漢子早已沒了最初的魄力，整個人頹然地弓著身體，如同一株被壓彎的野草，沒有半點活力。

但他還是強撐起精神，帶著哭腔開口。

「走進雜物間，當時窗簾開著。」他說：「我和李子言走到窗邊，打算把窗簾拉上。我剛關好，他、他就——」

曾敘說不下去，抹了把眼淚。

季風臨輕聲：「窗戶裡，同時映出你們兩個的影子？」

「嗯。」曾敘點頭：「當時我還對他說，厲鬼殺人的機制，肯定不是照鏡子。之前在餐廳裡，我們所有人都照過鏡子，全活得好好的。」

他的語氣更加頹喪：「所以我特地看過窗戶，我們兩個的影子，完完整整映在上面。」

可李子言死了，他卻沒有。

白霜行：「李子言死前，沒接觸過水吧？」

見曾敘篤定點頭，她摸了摸下頜：「這樣一來，水就能被排除了……關窗簾的時候，你和李子言的動作同步嗎？」

曾敘想了想，搖頭。

「沒。」他說：「那時采雲站在我們身後，李子言轉過頭安慰她，說厲鬼不可能從鏡子裡出來。」

祂的確不會從鏡子裡出來。

男孩在走廊裡死亡，而走廊中，並沒有任何可以用來反射的、類似鏡面的事物。

「回頭……」沈嬋心下一動：「既然水被排除，厲鬼之所以出現，就很可能和鏡子有關——結合李子言的動作，會不會，是在照鏡子的時候回頭？」

姜采雲和曾敘雙雙愣住。

……回頭？為什麼不能回頭？或是說，為什麼不能在鏡子面前回頭？這和厲鬼的藏身之處有關係嗎？

他們兩人思索著沒說話，沈嬋剛才只是隨口一說，自己也講不出緣由。

而另一邊，白霜行的臉色漸沉。

沈嬋看出她的表情變化，小聲詢問：「怎麼了？想到什麼了嗎？」

某個念頭浮上心頭，白霜行後背隱隱發涼。

「我有個猜想。」她說：「之前我們一直納悶，不知道男主人把受害者的屍體藏在哪裡……對吧。」

姜采雲怔怔抬頭，不知怎麼，打了個哆嗦。

「他在日記裡說，會和家人們永遠在一起。」白霜行雙手環抱在胸前，眉目稍斂：「既然『水』被排除了，那麼藏屍於池塘，也可以不用考慮——更何況，池塘和他的距離，太遠了。」

「太、太遠了？」背後湧起一陣涼意，沈嬋跟上她的思考：「所以……他把屍體，藏在很近的位置？」

「還記得妳在臥室裡說過的話嗎？」白霜行看她一眼，目光晦暗不明：「床，象徵著隱私和安全感，與此同時，也是最親近的地方。」

當他們走進臥室，靠近那張床時，聞到了難以言喻的濃郁惡臭。

一灘血，真能散發出那樣的味道嗎？

沈嬋：「……」

沈嬋：「……靠。」

永遠生活在一起。

好好待在那裡。

雖然陰陽相隔，但我們沒有真正分開。

腦子裡嗡地炸開，刺骨寒意從腳底直衝脊髓。

姜采雲也反應過來，輕顫著後退一步：「屍體……在他的床下？」

「男主人把受害者的屍體放在床下。」曾敘覺得一陣惡寒：「可我們要尋找的厲鬼是他，不是那三個受害者。這和厲鬼的藏身之處有什麼關係？」

難道他也藏在床底下？

那樣的話，男主人怎麼可能無處不在、輕而易舉地殺掉他們？

白霜行深深看他一眼。

「你們有沒有聽過這樣的故事？」她自己也感到幾分毛骨悚然，朝著沈嬋和季風臨靠近一步：「有人深夜總是做夢，夢裡一直有聲音對他說，好朋友，背靠背。」

她頓了頓：「後來才發現，原來床板下藏著一具屍體。屍體臉部朝下，背部朝上，每天晚上，和他就像背靠背一樣。」

沈嬋的臉色更差。

她已經隱隱明白，厲鬼究竟藏在哪了。

「如果我們上樓前往臥室，把床板掀開，應該能找到三具屍體。」白霜行沉聲：「而他們……是面部朝下的。」

這就是白夜給予的提示。

有關「厲鬼藏身之處」的提示。

「背靠背……」目光不自覺瞟向身後，姜采雲頭皮發麻，哭腔更重。

為什麼，不能面對鏡子回頭？

——因為厲鬼正背靠著背，依附於每個人身後。

一旦他們站在鏡子面前，並轉過身……

厲鬼將看見祂的倒影，從而被喚醒。

背對著窗戶吃飯的女孩，在窗戶前抱起女兒屍體的女主人，或許曾在洗手間鏡子前轉頭的男孩，還有李子言。

他們全都因此死去。

這也解釋了，為什麼其他人明明都在窗戶的倒影裡出現過，卻好端端活到現在。

伸手關窗簾時，從來都是正面對著鏡像。

思及此處，姜采雲的後背上，倏然湧起大片雞皮疙瘩。

不只她驚訝得說不出話，聊天室裡同樣炸開了。

『我靠！居然是這樣！』

『刺激啊！厲鬼怎麼還不大開殺戒？他們找到了殺人的規律，這個任務，不會到此結束吧？』

『呵呵，下意識看了看我的身後。』

『血流成河！我要看血流成河！』

「這只是我的推測。」白霜行閉了閉眼：「為了以防萬一……還是去樓上看看吧。」

只要確認床下有沒有屍體，就能證明她的猜測。

這個想法實在駭人，沈嬋總覺得背上幽幽發冷，聞言用力點頭：「對對對！如果能確定下來，我們儘快解決厲鬼，從別墅裡逃出去！」

說完忽地一頓。

面前的姜采雲和曾敘，很早之前，就死在這場白夜裡。

只要白夜還存在，他們的靈魂不可能逃脫，將被永生永世困於其中。

「嗯。」姜采雲對此渾然不知，看同伴冰冷的屍體一眼，咬了咬牙：「走吧。」

穿過環形階梯，白霜行又一次來到二樓。

與一樓相比，這裡的溫度冷了許多，他們沒猶豫，直接走進男女主人的臥室。

和計畫裡一樣，曾敘與季風臨一起用力，將雙人床掀翻。

看著床下的情景，白霜行攥了攥右拳。

手心裡全是冷汗。

——床板下，果然釘著三具面部朝下的森森骷髏。

「所以，」姜采雲尾音發顫，「白霜行，說對了。」

厲鬼正伺機而動，依附於他們身後。

她心中害怕，朝著曾敘靠近幾步：「我們、我們怎樣才能除掉祂？」

白霜行張了張口，想要解釋，只可惜，沒能順利出聲。

在她回答之前，走廊裡有另一道聲音回應姜采雲。

——那是一聲清脆的孩童輕笑。

「該死。」意識到即將到來的危險，曾敘皺眉：「我們要躲起來嗎？」

可環顧四周，這地方家徒四壁，根本沒地方能夠躲藏。

白霜行眼疾手快，關掉房間裡的燈，做出噤聲的手勢。

沒人敢說話。

耳邊落針可聞，房門外，響起與之前一樣的腳步聲。

不知道是不是錯覺，這一次……聲音似乎更亂更雜了些。

窗簾被緊緊拉上，別墅外，雨勢更大。

沉寂的雷鳴再度響起，轟隆隆吵個不停。

在不絕於耳的電閃雷鳴裡，走廊中的聲響不甚清晰。

白霜行沉著視線，始終沒放鬆戒備，死死盯著門邊。

他們好不容易才察覺厲鬼出現的規律，只希望別出問題才好。

又是一瞬雷鳴。

姜采雲站在角落一動也不動，剎那間，愕然睜大雙眼——

門……開了。

吱呀一聲，響在耳畔，她整顆心倏然提起。

陰冷拂面而過，姜采雲喘不過氣，難以呼吸。

走廊裡的亮光滲進臥室，這一瞬間，臥室裡所有人，都聽見一聲淒厲笑聲。

季風臨皺眉：「小心！」

他反應極快，拉著白霜行與沈嬋迅速後退，與此同時，一隻尖利鬼爪轟然穿透房門！

心臟怦怦跳個不停，沈嬋差點忘記呼吸。

如果他們仍然站在門後……那隻手，已經穿透某個人的胸口了。

驚雷簇簇，房門被吱呀推開，與之一併響起的，是聲聲幽怨鬼哭。

看清走廊裡的畫面，白霜行心下擰緊。

門外……一共有四隻厲鬼。

女主人、男孩、女孩，以及剛死去的李子言。

和前三個鬼魂一樣，年輕的男人面無血色、蒼白如紙，一雙眼睛渾濁不堪，只剩下怨念深重的殺意。

「李子言！」姜采雲驚愕不已：「為什麼……」

『叮咚！』

『溫馨提示：在怨念過重的地方，死去的人們，會被同化為厲鬼哦！』

『是保護自己，還是殺死曾經的同伴……』

『哎呀，真是個想不透的哲學問題呢。』

混蛋。

白霜行在心裡暗罵一聲，目光微動，看向身邊的季風臨。

一行人中，他的身手最好，前往一樓前，由他拿筆記本和驅邪小刀。

不過……那把刀能不能除掉這四隻鬼魂，是個很嚴肅的問題。

她記得日記裡寫過，小刀能「讓遭到污染的厲鬼魂飛魄散」，但顯而易見，祂們沒有受到邪神污染。

否則，男主人拿著它防身，不可能還是死於妻兒之手。

他的妻子兒女生前都是正常人，之所以化作厲鬼，全因怨念深重，與「污染」無關。真正被邪神污染的，是寫下日記的男主人。

也就是說……這把驅邪刀，很可能只能除掉男人的魂魄。

如果不用刀，而是使用她的技能——

門邊的厲鬼殺意洶洶，不給他們更多機會，狂嘯一聲直撲而來。

曾敘咬牙，亮出手裡的驅邪符。

在短促的幾秒鐘之內，白霜行迅速思忖。

業火和修羅刀的確能斬殺鬼魂，但那樣一來，李子言也將魂飛魄散。

這四隻鬼魂生前都沒作惡，其中一個，還是被白夜所害的可憐人。

在業火灼燒下，他不可能倖存。

心臟怦怦，她動了動指尖。

還有一個辦法。一個萬無一失、不會出現額外犧牲的辦法。

門口的鬼魂們之所以逗留在別墅裡，是因為男主人的魂魄，仍舊藏匿於此地。

它們因凶手而死，只有等到那人魂飛魄散，才願意離去。

四下沉寂一秒。

緊接著，天邊響起震耳欲聾的雷鳴。

白光漫天，當白霜行抬頭，與季風臨四目相對。

他的雙目黢黑沉凝，在道道刺眼的閃電之中，如同暈開的墨。

目光在空中短暫相觸，白霜行讀懂他的意思，微微點頭，向他做出了然的口型。

再眨眼——少年猛然動身，直衝窗邊！

『這是幹什麼？想從窗戶逃走嗎？這裡是二樓，好像行得通。』

『哈哈哈哈哈他們完蛋了！』

『群鬼環繞，太酷了！驅邪符完全攔不住祂們啊！』

『窗邊是危險區域欸！他該不會想要召出厲鬼吧！』

季風臨並未理會飄過的留言，動作飛快，拉開窗簾。

與此同時，沈嬋從商城兌換出一張驅邪符，按在李子言腦門上。

符籙用處不大，頂多讓厲鬼停頓幾秒，她心下著急，瞥見窗邊的動靜，不由一愣。

季風臨……毫不猶豫，轉過了身。

黑沉沉的暮色籠罩四野，走廊裡的燈光宛如暗潮，悄然湧入房間。

窗戶映照出少年高瘦的背影，正是此刻，刺骨寒意自他後背猛然竄出——

而他垂下眼睫，握緊刀柄，直直刺向身後！

人類的心臟在左。

厲鬼和他背對著背，那便是在右。

腦海裡，監察系統四四四號愉快看戲，揚起嘴角。

他們以為這樣做，就能活下去嗎？

只可惜，還是死路一條。

厲鬼出現，不會留給他反應的時間。只要他背對鏡面，厲鬼被喚醒……

由怨氣凝成的刀，就會將他刺穿。

這是必死無疑的局。想通關，必須有個人犧牲。

所有人都喜歡悲劇性的英雄情節，將它放在綜藝節目裡再合適不過，不是嗎？

不出所料，窗外閃電劃過，厲鬼露出猙獰面孔。

怨氣化作長刀，當季風臨抬手，刺向他的心臟——

『來了來了！血流成河！』

『終於！快殺光他們！』

『人類的速度，怎麼可能比厲鬼更快？他真以為自己能毫髮無損通關挑戰嗎，笑死了。』

留言一則接著一則，如同興奮高亢的污濁浪潮，奔湧不息。

然而，毫無徵兆地，小丑臉上的笑容止住。

等等，為什麼……

在厲鬼現身的同時，從不知道哪個角落……出現極其突兀的白光？

聊天室裡，盛大的狂歡猝然終止。

心有所感，四四四看向白霜行。

早在對視的那一秒，她和季風臨，就有了同樣的計畫。

她在頃刻之間猜出季風臨的想法，而後者，給予她所有的信任。

即便面對死亡，仍然毫無遲疑，全心全意信任。

白光柔和，如同巨大的繭，包裹住少年。

怨氣所化的長刀鋒利無匹，觸碰到白芒之時，卻如揚塵般散去，消弭無蹤。

而在季風臨身後，驅邪小刀寒芒畢露，狠狠穿透厲鬼心臟，勢如破竹。

千鈞一髮，恰到好處。

這是白霜行的技能——守護靈。

第三章　深山來客

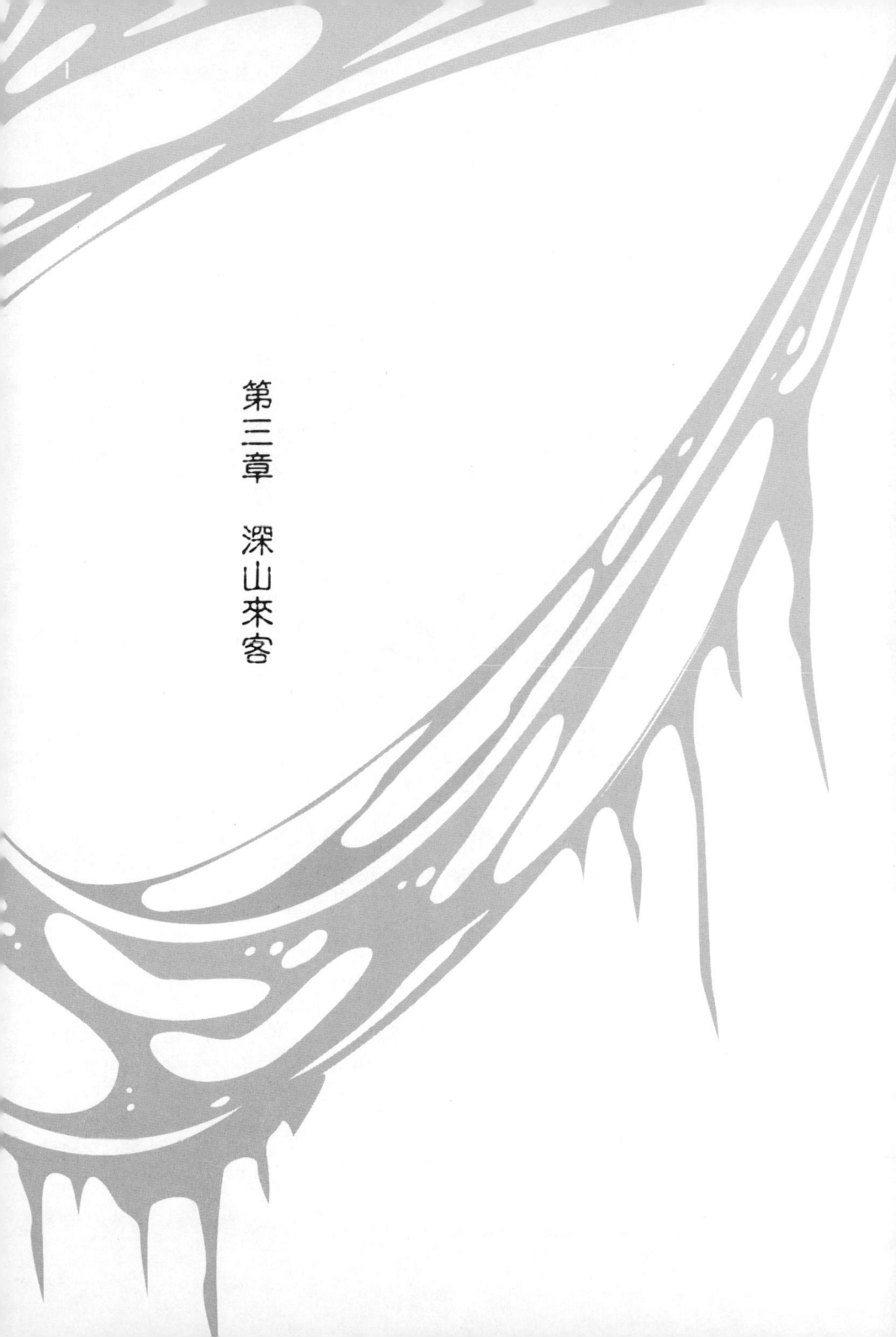

刀鋒沒入厲鬼心臟，聊天室炸開了。

『？？？？？』

『什麼情況？厲鬼的攻擊無效化了？』

『這是……技能？』

『所以，這群人無傷通關了？』

虛空之中，小丑模樣的小人暗嘖一聲，臉色不太好看。

從季風臨拉開窗簾，再到白霜行使用「守護靈」，一切發生得太快。

快到它根本沒注意到，這兩人到底是什麼時候商議好的。

平心而論，把自己活命的希望完全託付在另一個人身上，它絕對做不到。

只要白霜行有一秒鐘的猶豫，由怨氣凝出的長刀，必將穿透那小子胸口。

可他居然毫無遲疑，轉身就做了。

白霜行的猜測沒錯，厲鬼的魂魄被分成幾份，藏匿於每個人身後。

只要其中一個被驅邪小刀所傷，其餘魂魄也會受到波及，魂飛魄散。

簡而言之，他們通關了，並且沒有傷亡。

「守護靈」的白光散去，季風臨身後，惡鬼同樣不見蹤影。

白霜行暗暗鬆了一口氣，耳邊響起系統提示音。

『叮咚！』

『恭喜挑戰者們成功探明真相，揭開第二通電話的謎題！』

『三名登山客在別墅裡逐一遇害，居然是因為背對鏡面，喚醒了藏在身後的厲鬼。』

『心懷惡意的鬼魂，一直與他們背靠著背。』

『即將回到演播大廳，請稍候……』

「我們……」看著鬼影消散，姜采雲哽咽一聲，眼中豆大的淚滴滾落：「我們活下來了？」

男主人魂飛魄散後，別墅裡怨靈大仇得報，飄然退去。

短短幾秒鐘之內，原本處處殺機的臥室裡，恢復一片闃靜。

曾敘站在她身邊，大口喘著粗氣。

沈嬋聞言，欲言又止。

那通電話裡，姜采雲臨死前的哭喊猶在耳邊。

她心裡明白，眼前站著的，不過是兩道被困於白夜的意識。

在很久以前，他們就丟了性命。

「這地方太邪門，等任務時間過去，我們就儘早離開吧。」曾敘抹了把頭上的冷汗：「我去看看李子言的遺體。無論如何……得把他帶回去。」

他話音方落，正要轉身離去，驀地，一道白光從眼前閃過。

當白霜行再抬眸，她、沈嬋和季風臨，回到了《死亡求生熱線》的節目現場。

「真是一場精彩的探祕直播！」自稱小克老師的章魚怪物原地跳了跳，一副驚喜的模樣：「很好很好，上班第一天就表現得如此出色，你們非常有潛力。」

和它的態度截然相反，聊天室怨聲載道。

『有沒有搞錯？一場任務下來，居然一個人都沒死？』

『無聊！』

『下一場搞快點！難度要大大大！』

『這次的主持人有點意思，比之前那些強了不少。好期待他們死掉的畫面！』

目光落在最後一句話上，白霜行凝神不語。

「之前那些主持人」。

果然，監察系統四四四號用這種直播秀的形式，殘害過許多人。

「系統，提問。」沈嬋說：「我們帶著姜采雲他們通關白夜……對於他們的過去，會產生影響嗎？」

『哈？對他們的過去產生影響？』虛空裡，小丑彈跳而起，晃了晃鼻子上的紅球。

『真是抱歉，看來我們這位主持人，還沒理解場外直播的意義。』

四四四咧嘴一笑，不懷好意，『你們在場外直播裡經歷的一切，並非真正意義上的「白夜」，而是求助者的一段記憶。』

它說：『記憶而已，怎麼可能改變現實呢？』

白霜行認真聽它這段話，神色微沉。

她開門見山，直接發問：「在你的白夜裡，一共囚禁多少挑戰者的靈魂？」

『這個問題——』小丑眼珠一轉。

白霜行本來並不覺得它會如實相告，沒想到，對方居然彎眼一笑。

『應該很多吧。』監察系統四四四號語調輕鬆：『幾百個肯定是有的，畢竟，我的白夜進行過好多好多場——啊，妳也想成為其中一個嗎？留在我的白夜裡，感受非常不錯哦。』

小丑說著，咯咯笑出聲。

季風臨看著它，目光很冷。

也就是說，因它而死的人，有成百上千個。在白夜裡被折磨至死後，受害者們無法前往另一個世界，而是被困在這裡，一遍遍重複痛苦與死亡。

想改變這一切……或許，毀掉白夜是唯一的辦法。

「好啦！讓我看看觀眾來電吧！」小克老師扭動著觸鬚，密密麻麻的眼睛同時一眨：「因為主持人這一輪的表現很好，觀眾熱情大漲，節目組收到好幾通電話哦。」

「嗯……」將來電記錄篩選一遍，章魚怪物笑道：「就這個吧！」

它尾音輕快，悠悠響起時，帶來一串刺耳的電話鈴聲。

叮鈴鈴——！

白霜行平復好情緒，拿起身前的聽筒：「你好。」

『你、你好。』電話另一頭，是個中年男人的聲音：『是《死亡求生熱線》嗎？』

他哽咽一下，深深吸了口氣：『我想……我想求助。』

男人的嗓音被極力壓低，白霜行努力分辨他說的話，耐心回應：「你遇到了什麼事情？」

『是這樣的。』他聲音更小，低不可聞：『我和女朋友都是民俗研究者，最近在西北部的山區裡搜集民俗文化。』

白霜行「嗯」了聲。

眾所周知，恐怖作品裡的三大高危險職業，老師、記者和民俗學者。

『就、就在兩天前，我們無意中發現一個與世隔絕的村落。當時天色很晚，我們決定進去借宿，順便打聽當地的特色文化。』

說到這裡，他話裡帶著哭腔。

『我們根本不該去的……不該去的！』男人說：『進入村子後，我的第一印象就是壓抑。村民個個穿著白色和灰色的大褂，走在路上不說話，特別奇怪。』

白霜行微微頷首：「然後呢？」

『當時我們沒想太多，只覺得他們勞作一天，可能累了。』男人抖了一下：『出乎意料的是，見到我們以後，他們表現得非常熱情——妳能想像嗎？忽然之間，所有人臉上都露出微笑，像假人一樣。』

一旁的沈嬋開口：「你們沒覺得不對？」

『我們只當是好客。』男人的語氣裡，有濃郁悔意：『村長出面，把他家勻出來給我們，讓我們睡在客房。當天晚上……怪事就發生了。』

聽到重點，白霜行集中注意力。

『我和女朋友在村長家吃完晚餐，一起出門閒逛，中途、中途經過一戶人家。』男人說：『那戶人家的院子裡，擺著一塊木板，木板上……是個蓋著白布、隱約能看出輪廓的人！』

「白布？」季風臨：「那人死了？」

『死了。在他身體周圍，還擺著幾朵白色的菊花。』男人吸了吸氣：『屋主看見我們，解釋說，那是他們村子裡特有的喪葬習俗——人死後的第一天，必須將屍體擺在院子裡，接受神的指引。』

白霜行脫口而出：「神？」

上一個任務裡，別墅男主人之所以殺害全家，就是因為信仰了邪神。

這次的電話……

『對，神。』想到可怕的事情，男人顫抖得更加厲害：『屋主說，那是他們全村一起供奉的神靈，沒有名字，也不知道來由，但只要信仰祂，就能得到無上的庇佑。』

季風臨心下一動，與白霜行默默對視。

「這是個無名神？」白霜行說：「村子裡有祂的神像嗎？」

『有。』男人回答：『在村子中心的祠堂裡，我和女朋友去看過一次，蒙著塊紅布，不讓人掀開。』

他身為一名合格的民俗研究者，擁有職業道德，即便心裡千百般好奇，也絕不會破壞別人的規矩。

沒有名字，蓋著紅布，顯然就是邪神。

——這一場白夜的觸發媒介，是老太太扔進客廳裡的邪神雕像。

或許正因如此，白夜裡每個任務都和祂有關。

到最後……他們會不會直面邪神的力量？

白霜行沉聲追問：「後來呢？」

『這個村子，所有人都不正常。』男人語速加快：『他們對「神」懷有超乎想像的信仰，虔誠程度讓人匪夷所思。更可怕的是，當我們走遍村子，居然在六個院子裡，都見到蓋著白布的屍體！』

屋主告訴他們，只有死去的第一天，死者才會被安置在院落。

也就是說……在同一天內，這個村子死了六個人。

『正常的村子，一天之內怎麼可能有這麼多人出事？顯然不合邏輯。』男人咬牙：『我們當時就意識到不對勁，想趕快從村子裡離開。但時間太晚了，山裡伸手不見五指，又有野獸出沒，除了那個村落，我們無處可去。』

他啞聲道：『所以……我們還是回村長的房子，覺得只住一晚，不會有事。』

白霜行安靜地聽。

『沒想到——』電話裡，傳來一聲痛苦的嗚咽：『第二天起床，一切都變了。』

『半夜突然下起暴雨，土石流堵住了離開村子的兩個出口。』男人說：『在村口的老槐樹上，我們見到一具上吊的屍體，臉色青白，眼睛裡流著血淚……是村長的兒子。』

村長的兒子？白霜行暗暗思忖。

這些村民無比虔誠地信仰邪神，只要獻上祭品，就能得到邪神的庇護。

為什麼在短短兩天之內，會有這麼多人死去？

等等……祭品。

邪神以人類的血肉與恐懼為食，他們哪來的祭品？或者是說，這些看似熱情無害的村民，把誰當作祭品？

『我們被嚇得半死，那些村民卻表現得……怎麼說呢，雖然臉上也有驚訝和害怕，但給人的感覺，就像演出來的一樣。』男人說：『路被堵住，我們不得不留在村子裡，沒過多久——』

他的牙齒開始打顫：『我和女朋友，見到鬼。』

沈嬋眉心一跳：「什麼樣的鬼？」

『很多，有男有女，年紀也不一樣，長相很嚇人，渾身全是血。』男人說：『有時候，祂們站在陰影裡，幽幽盯著我們看；有時候，祂們會當著我們的面……把村民殺掉。』

季風臨順水推舟，試圖問出更詳細的情報：「祂們怎樣殺人？」

『扼住他們的脖子、用手穿透他們的心臟、把他們的腦袋按進水池裡……』男人的哭腔更濃：『就在不久前，我女朋友也失蹤了。』

白霜行皺眉：「你們不是一直在一起嗎？」

『村子變成這樣，我們不敢出門，決定回村長家的客房裡藏好。』男人嗚嗚咽咽：『我去敲門，她站在我身後，結果一回頭——』

一回頭，她就不見了。

『我現在，就在村長家裡。』男人說：『山村沒有信號，電話打不通，不知道為什麼，只能聯絡上你們。聽我說！我在大興市的岐安山，求求你們，幫我報警吧！』

說到這裡，他的語氣愈發急促：『我已經感覺到，有什麼東西要來了……救救我，救救我！』

緊隨其後，是一聲短促尖銳的驚叫聲，以及手機掉落在地，發出的啪嗒悶響。通話到此結束，一秒鐘後，聽筒只剩下嘟嘟忙音。

「這是……」沈嬋皺眉：「一個全員信奉邪神的村子？」

「邪神以人的血肉為食。」季風臨點頭：「你們記不記得？他說剛進入村子時，村民對他們非常熱情——熱情到不正常。」

大家都是萍水相逢的陌生人，村民見到他們，沒必要生出這麼大的反應。

除非，他們有用。

白霜行聽懂他的意思：「這群村民有古怪。或許，他們打算將兩個民俗研究者當作祭品，獻給『神明』。」

「那要怎麼解釋，村民們一個接一個死去呢？」沈嬋想了想：「因為還沒來得及獻上祭品，所以惹怒了邪神？」

「這是一種可能性。」白霜行輕輕靠上椅背，語氣很輕：「不過……如果邪神大肆屠殺、視人命為草芥，我覺得，村民恐怕不會對祂如此虔誠。」

更何況，在那個中年男人的描述裡，殺害村民的並非邪神，而是厲鬼。

「這個村子信仰邪神多年，要想一直得到祂的庇護——」白霜行說：「就必須不斷獻上祭品。」

她頓了頓，飛快捋清思路：「電話裡的男人說，厲鬼會『當著他們的面殺人』，村民們直接死去，而非『失蹤』。」

沈嬋恍然：「所以他女朋友的失蹤，其實和厲鬼無關……而是被村民帶去當作祭品！」

後來他出事，應該也是同樣的原因。

「嗯。」白霜行點頭：「從頭到尾，厲鬼沒有傷害他們，只對村民下手。試想一下，有誰會如此憎恨村子裡的信徒？」

季風臨很快回答：「被他們當作祭品、獻給邪神的受害者。」

所以當男人見到厲鬼時，祂們的模樣才會無比淒慘，渾身被鮮血浸透。

這是被獻祭時的慘狀。

『……』

『……』

『？？？』

在他們交談的間隙，聊天室飄過一連串問號。

『這樣就推出來了？他們還沒進副本啊！』

『推出來又怎麼樣，這個邏輯又不複雜。該死的人，遲早要死。』

『這個任務裡，對他們威脅最大的不是厲鬼吧。厲鬼的復仇對象，本來就只有村民而已。』

虛空裡，小丑揉了揉太陽穴。

它也沒想到，只憑三言兩語，這群人就猜出厲鬼的身分。

不過，問題不大。與上一通電話不同，這次的任務邏輯很簡單，推理解謎並不重要。

真正的危機在於——他們要面對整個村落的殺意。在現實中，村民們個個都是普通人，掀不起太大風浪。

然而，這裡是白夜。村民們的惡意融合了邪神強大的力量，將誕生出恐怖的怪物。

白霜行他們，是引頸就戮的獵物。

想到這裡，小丑揚起嘴角。

如果說上一個任務重在「驚悚」，那麼這次，就是一場轟轟烈烈的逃殺。

僅憑幾個人類，不可能敵過全村的信徒。

等任務接近尾聲，這群不知天高地厚的人類被送往神明祭壇，成為祂今晚的食物⋯⋯

那時的景象，一定能讓祂感到愉悅歡欣。

它已經迫不及待。

「又是一通撲朔迷離的來電呢！」小克老師左右扭動身子，如同其他綜藝節目裡的吉祥物一樣，用力眨眨眼睛。

可惜，同樣的動作由它做出來，只讓人覺得毛骨悚然與噁心。

「雖然很危險，但我相信，主持人們一定能憑藉過人的本領，順利找出真相！」

『叮咚！』

系統提示音響起。

『主線任務已更新！』

『任務三：深山來客。』

『與世隔絕的村落裡，正在發生一件件怪事。遊蕩的厲鬼、橫死的村民、無故失蹤的同伴——一切的謎題，似乎都與祂有關。』

『外景拍攝即將開始！請主持人們做好準備！』

『本次任務：在村莊裡逗留至第二天，查明求助者女友的下落，並成功離開村莊！』

眼前一陣恍惚。

白光慢慢聚攏，凝出遠處綿延起伏的群山，和近處的一棟棟房屋。

白霜行仰頭，觀察四周。

她正站在一條小路的盡頭，看樣子，是村莊入口。

身邊空空如也，沒有其他人。

……大家分散了？

她想起來，打電話求助的中年男人曾說過，村落有兩個出口。

整理一番思緒，白霜行看了自己的打扮一眼。

沒有任何變化，說明在這次任務裡，他們並未被分配特定的角色。

眼前的村子，比她想像中漂亮很多。

環繞著青山綠水，一簇簇野花生長在村口，姹紫嫣紅，宛如綻開的明豔朝霞。一條清澈溪流自村邊經過，兩岸綠柳輕拂，蕩開層層綠意，說是世外桃源也不為過。

常人很難想到，在這樣的村子裡，竟舉行著以人為祭品的祀禮。

『分開了嗎？居然一個人落單到這裡，可憐。嘻嘻。』

『想來想去，還是決定看她的直播——有多少兄弟姐妹留在這裡？出來吱一聲唄。』

『我我我！別墅裡厲鬼的藏身地，就是她想出來的。看她的外景拍攝，應該比較有意思。』

白霜行看了留言一眼，微微挑眉。

他們分散以後，直播畫面也被切開。

厲鬼們作為觀眾，似乎只能看到其中一邊的景象。

「咦？」不遠處，傳來陌生的女聲：「妳是——？」

白霜行循聲看去，見到一個年輕女人。

和電話裡所說一樣，她穿著件樸素至極的白色長褂，渾身上下沒有任何裝飾。

遠遠望去，如同慘白的幽靈。

注視著眼前的一幕，小丑瞇起雙眼，嘴角溢出笑。

終於開始了。置身於這座被神明力量籠罩的村落，所有人都將成為待宰的羔羊。

從這一刻起，死局就已註定。

它神情悠哉，看著白霜行露出微笑，緩緩張開薄唇——

「妳好。」白霜行的語氣禮貌而溫和。

頓了頓，她再度開口，眉眼彎彎：「這裡就是遭到厲鬼侵襲的村子嗎？我收到神明降下的啟示，前來協助你們。」

監察系統四四四號：？

觀景：？

只用一句話，就讓聊天室瞬間陷入沉默。

緊隨其後，是鋪天蓋地的問號。

『啊？？？？？』

『什麼情況？她在說什麼？每個字我都認識，但組合起來……什麼鬼？』

『草（指一種植物）。』

『？？？？？』

女人也是一怔。

「神明的啟示……」她不傻，露出警惕的神色：「妳確定？」

「你們村對祂的虔誠信仰，神都看在眼裡。」白霜行語氣如常，柔聲輕笑：「神告訴我，你們正被厲鬼所困，讓我想想……一天之內，就死去六個人，對嗎？」

女人神色驟變。

白霜行是生面孔，她敢肯定，在此之前，對方從未進過村落。

可她卻對村中的異變如此熟悉，就連死者的數量，都說得分毫不差。

難道……

「還不相信嗎？」白霜行挑眉：「我們的神，生於混沌之地，想得到祂的庇護，必須以活人作為餌料——」

她聲音輕柔，卻帶著不容置疑的篤定。

這是對一切瞭若指掌的自信。

神明以人類為食，這是只有信徒才知曉的祕密。

女人看著她，眼中懷疑漸漸消去，只剩下淺淺的遲疑：「那妳是……能與神明互通的先、先知？」

自從白夜降臨，她聽說一些信徒能在夢中見到神明，得到祂的指引。

監察系統四四四號：『……』

它萬萬沒想到，白霜行居然會利用那通電話的內容，偽裝自己受到邪神的啟示——

近期確實有不少人夢見祂，這是信徒們都知道的事實。

而且，由於曾與邪神當面對峙，又得了偵查局的協助，白霜行清楚很多只有信徒才知道的內幕。

天時地利人和。

被她這樣一玩……

村民們把她看作隊友，到時候開啟大逃亡，她豈不是能安安穩穩坐在屋子裡？

說不定，還能憑藉「先知」的身分，享受到信徒們送來的供奉。

一時哽住，小丑嘴角微微抽搐。

這種發展，合理嗎？

『？？？？？』

『我不理解，但我大受震撼。』

『超出我的想像範疇了……那通電話，原來應該這麼用？』

「先知？」白霜行眨眨眼，笑意不變：「做了場夢而已，擔不起這種殊榮。」

說著，她略微頷首：「信仰我主，我神慈悲。」

女人目光驟亮：「我神慈悲！」

『我神慈悲……這句話，怎麼有點耳熟？』

『是別墅裡男主人日記上的原話啊！她原封不動搬過來了！』

『想起來了，男主人也是邪神的忠實信徒……這就是傳說中的「物盡其用」嗎？』

『這是信徒祈禱時的口號吧？聽到這句話，村民更不可能懷疑她了啊！』

「按照神的指示，你們的村子正面臨一場危機。」白霜行說：「或許我能盡一盡微薄之力……在另一邊的村口，已經有幾個祭品被我引來了。」

『靠。』

『直接賣隊友可以嗎。』

『這是明智的做法。另一邊的人，肯定只說自己是迷路的遊客，和她「先知」的說辭對不上，如果之後強行說他們是同伴，反而顯得奇怪。』

『嗯……而且這樣一說，村民對她的信任直接滿了呢。』

「是嗎？」果不其然，女人大喜：「感謝我神……感謝先知！」

白霜行揚唇笑笑：「都是神的子民，這有什麼好謝的。準備收網吧。」

與此同時，村落另一邊。

沈嬋行走在村莊的小路上，有些不放心：「不知道霜霜怎麼樣了……這地方好詭異。」

看似是個世外桃源，其實陰森森的，讓人心生不適。

季風臨：「她應該被傳送到另一個村口，不久就能與我們會合。」

他說著撩起眼皮，看向身旁另外兩人。

是打電話求助的民俗研究者，和他的女朋友。

在當前的時間線裡，他們尚未遇到接下來的一連串詭異事件，滿心憧憬，希望能在村子裡搜尋更多民風民俗。

他和沈嬋以「登山客」的名義，與這對情侶一路同行。

「奇怪。」村子裡的氣氛不太正常，沈嬋覺察出不對勁：「村民……怎麼忽然都出門了？」

而且，不是迎接他們。

與電話裡所說的「熱情」截然不同，不知發生了什麼事情，村民們紛紛打開大門，朝村落另一邊快步走去。

與他們的方向相反。

「實不相瞞，在我們村子裡，供奉著一位神明。」接待他們的村長搓了搓手，渾濁雙眼裡，溢散出古怪而狂熱的光：「就在今天……一位受到神明啟示的先知，來到這裡！」

……先知？

沈嬋一愣。

電話裡，沒有這一段啊？

季風臨微怔，隱約意識到什麼，眸光一動。

他們這邊的觀眾們，也是滿臉茫然。

『先知？什麼先知？』

『突然蹦出來的角色？不應該啊！這不就違反劇情了嗎？』

『邪神的先知……好期待，一定是個心狠手辣、蛇蠍心腸的壞種，在幕後主導所有陰謀詭計的大Boss！這群主持人完蛋了！』

『快看快看！那邊有個人，被村民們圍著過來了！』

『不愧是信徒……看他們的反應，好狂熱啊。』

正如留言所說，小路另一邊，一道人影緩步行來。

可是……看身形，為什麼有種莫名的熟悉？

修長纖細，皮膚很白。有風拂過那人漆黑的長髮，然後是略微上挑的漂亮鳳眼。

看清對方的長相，沈嬋呆住。

腦海中的留言，亦是瘋狂滾動。

『？？？？？』

『這張臉，是我想的那個人嗎？』

『笑死，剛從隔壁的直播過來，只能說意想不到，很精彩。』

『這什麼劇情？還能被分配到村民陣營嗎？對抗戰？』

『救命哈哈哈哈哈，目睹了隔壁全程的我，哈哈哈哈哈哈。不是被分配到村民陣營，而是劇情澈底崩了！』

「各位請看！」村長笑意加深，眼中是虔誠的敬意，遙遙看向不遠處的人影：「那位，就是神明為我們派來的先知！」

在他目光所及之處，赫然是被村民們團團簇擁著的——白霜行！

她手裡堆滿了各種瓜果蔬菜，和信徒們送來的小禮物。

很悠哉，很春風得意。

同樣的身分，同樣被傳送到村口的地獄開局。

在隊友們老老實實走劇情時，某些人，已經成為敵方陣營裡地位最高的大Boss。

四四四：『……』

劇情大崩特崩，如同脫韁的野馬，帶著它設想好的眾多殺戮情節，一去不復還。

它有點茫然。

不知道為什麼，雖然這場任務剛開始，但它心裡，已經浮現出三個大字：完蛋了。

劇情發展超出想像，觀眾一片譁然。

『什麼意思？所以是，她偽裝成神明方的先知？』

『我大受震撼……還能這麼玩嗎？』

『但這樣做也有很大的弊端吧！你們忘了嗎？在這個村子裡，厲鬼正在大肆屠殺信徒欸！』

『對哦。那她現在，豈不是變成厲鬼的首要攻擊對象了？』

一邊是心懷怨念的厲鬼，一邊是受到邪神污染、滿村子凶戾殘暴的怪物。

想活過第二天，無論站在哪一方，他們都將面臨很大的風險。

白霜行……難道不怕厲鬼找上門來嗎？

聊天室沸騰，此刻的村莊裡，同樣熱鬧。

對於虔誠的信徒們而言，得到神明啟示的人，便是神派來的使者。

如今的白霜行，儼然成為「神明」威嚴的象徵。

被村民們簇擁其中，與沈嬋四目相對，白霜行彎了彎眉眼。

「先知。」站在她身邊的女人壓低聲音：「就是他們嗎？」

——就在不久前，為儘快取得村民的信任，白霜行把自己和隊友們劃清界限。

他們誤入這個村莊，反正遲早要被當作祭品，與其說是意外迷路，不如把這份功勞算在她頭上。

托他們的福，村民對白霜行已是畢恭畢敬，清一色覺得她十分可靠。

「就是他們。」白霜行低聲：「我謊稱自己也是登山客，為他們指了這個村子。」

她音量極小，只有身邊的人能夠聽到。

說到最後，白霜行笑了笑：「由我去招待他們吧。」

一旁的村民恍然大悟。原來如此，難怪那幾個外來者進入村子後，一直在詢問他們，有沒有見過長髮鳳眼的年輕女生。

所以他們和先知，是這樣認識的。

很合理，很無懈可擊。

白霜行笑意不改，見到沈嬋等人，抬手揮了揮：「好久不見。指路時忘了告訴你們，我在不久前做夢得了神靈的啟示——就是這個村子裡供奉的神。」

沈嬋會意，腦筋飛快轉動。

在原本的故事裡，並不存在「先知」這個角色。

也就是說……霜霜很可能憑藉著電話內容，佯裝自己預知了未來，從而以「神明信徒」的身分，打入村民內部。

妙啊！

季風臨也猜出她的用意，聞言笑笑：「多謝妳為我們指路，要不是妳，我們今晚恐怕要睡在深山裡了。」

順利接上了。

白霜行朝他挑了挑眉梢。

「神明？是哪位神？」聽到這個話題，民俗研究者立刻有了興趣：「我們能見一見嗎？還有，『得到神明啟示』……請問是什麼內容？」

白霜行不動聲色，瞟他一眼。

這是個長相斯文的中年男人，黑髮微蜷，戴著黑框眼鏡，看起來三四十歲，儀表堂堂。

在他身旁是個氣質溫婉的女人，身材高挑，眉眼中自帶一股書卷氣。

顯而易見，這就是打來電話的民俗研究，和他將會莫名失蹤的女朋友。

「忘了自我介紹。」男人說著笑笑，禮貌頷首：「我叫溫懷彥，這位是我的女朋友羅蔓，我們都是民俗研究者，特地來山裡搜尋本地獨有的習俗。」

「民俗研究者啊。」白霜行身邊的女人揚了下嘴角，十足熱情：「歡迎歡迎！我們村子有趣的習俗還挺多。現在時間不早了，山裡危險，你們就在這住下吧！」

她話音方落，村民們齊齊露出微笑。

「對啊！等明天，我帶你們在村子裡逛逛。」

「你可真來對了！單說我們信奉的那位神明，和玉皇大帝、耶穌基督不一樣。祂是世界上最偉大的神！」

他們七嘴八舌，聽著耳邊聒噪的人聲，即便是白霜行，也感到一絲不自在。

正如電話中所言，這地方的人們，過分熱情了。

笑容浮現在他們臉上，無論眼角還是嘴邊溢開的弧度，都讓人生出微妙的違和感，像極紙糊的假人。

盛情難卻，況且他們的確無處可去。

溫懷彥點頭答應：「村長已經讓我們去他家住下了。謝謝你們。」

「我也是第一次來這個村子。」白霜行看向村長：「您家還有空房嗎？我和他們在山裡走了段時間，算是剛認識的朋友，乾脆住在一起吧。」

「家裡還有一間客房。」村長連連點頭：「先知不嫌棄的話，儘管住進去就是。」

這個身分果然挺舒服。

白霜行笑了笑：「在山裡走了大半天，現在有點累。能帶我去房間看看嗎？我想先洗個澡。」

她停頓一下，對上村長的目光，語意加深：「然後……再和你們好好談一談那個夢。」

聽見最後一句話，在場村民全都眸色微亮。

『仔細想想，她很難演下去吧？關於這個村子、關於那些厲鬼，她幾乎一點線索都沒有啊！』

『村民之所以相信她是先知，最大的原因，是白霜行聲稱自己被神明托了夢，前來拯救這個村子。但是……她根本不瞭解整件事情的全貌，騙一時還好，等村民詳細問起，肯定要露餡。』

『快露餡快露餡！已經迫不及待想看到那一幕了哈哈哈！得知自己受到欺騙後，村民絕對會把她大卸八塊！』

『提出先去洗澡，就是因為編不下去了吧。可惜洗澡這件事，應該沒有答疑解惑的功效（樂）。』

『血流成河！我要看血流成河！』

白霜行既然已經做出承諾，村民們便不好意思再死纏爛打，追問她夢境的內容。

村長聞言點頭，一雙渾濁的老眼裡溢出迫不及待的笑意：「好好好！其他客人也都累了吧？請跟我來，房子在這邊。」

白霜行面色如常，神情自若地撩起眼，與沈嬋和季風臨交換眼神。

這次的任務，正式開始了。

村長家位於道路東邊，是村莊裡最大也最精緻的建築。

這是一棟漂亮的別墅，由自家修建，白牆紅瓦，院子裡種滿花花草草。乍看之下，很有悠然自得的田園風情。

村長逐一帶領他們前往不同的客房，寸步不離，表現得尤其親切——但白霜行知道，其實這並非真正的親近，只不過是種監視手段而已。村長在防止客人們逃跑。

這樣一來，位於村長的眼皮子底下，她沒辦法和隊友們交換資訊。

白霜行沒說話，路過一處轉角，戳了戳沈嬋的手臂。

當對方望過來時，她微微斜過眼，看了看前方帶路的村長。

沈嬋不傻，恍然大悟。

「真是的——怎麼這麼倒楣！」

猝不及防一道女聲響起，村長警惕地轉過頭。

沈嬋皺著眉，模樣有些焦躁：「本來打算好好爬山，沒想到居然迷路了。我明天還有事，今晚必須回去。」

說到這裡，她看向季風臨，言語間充滿不耐煩：「要不然我們別住村子裡了，趁天還沒完全黑，找找下山的路吧。」

到嘴的鴨子，怎麼能讓它飛走。

村長趕忙道：「這怎麼行？小妹妹，別怪我沒提醒妳，這附近全是荒山野嶺，裡面不知道有多少野獸——妳搜一搜新聞就知道，好多人在深山裡失蹤，連屍體都找不到！」

白霜行眼睫一顫。

突然失蹤、找不到屍體。

那些人真正的死因，恐怕並非豺狼虎豹，而是成了村子的祭品吧。

沈嬋露出幾分猶豫：「可是，我明天真的有事……而且一個人睡在這，我會害怕。」

「有什麼事？」很有默契地，白霜行順勢接話：「一個人害怕的話，我可以陪妳。」

她眸光一動，看向村長：「房間已經安排完，辛苦你了。這樣吧，我先陪她在房間裡坐坐，說說話。」

開口時，白霜行凝視著身前的老頭，極輕地點了點頭。

這是非常微妙的、類似上位者應允的動作。

村長見狀一愣，很快明白過來：懂了……先知是在千方百計為他們留下祭品！

可剛可柔，甚至能毫不違和地打起溫情牌，不愧是她！

面對白霜行篤定的目光，老頭亦是決然點頭：「好。」

『……』

『這劇情發展，屬實是我沒想到的。』

『被賣了還要替人數錢，村長，你糊塗啊（悲）。』

『得了吧，白霜行頂多得意一下子，等信徒問起詳細的夢境，她絕對答不上來——邪神是什麼樣？怎麼獻祭？他們舉辦儀式這麼多年，厲鬼為什麼會突然出現？她知道答案嗎？』

村長轉身離開，看著他遠去，沈嬋鬆了口氣。

他們的談話很可能涉及白夜，不適合讓兩位民俗研究者聽到。

於是等兩人回房後，白霜行和季風臨才走進沈嬋的客房裡。

「呼……嚇死我了！」沈嬋用力拍一下胸口：「霜霜，看到妳的第一秒，我還以為這場白夜變成對抗性質。」

她不想和白霜行成為對手。

萬幸，當沈嬋看向白霜行時，沒瞧見半點驚慌與緊張，只有把一切掌握在手中的悠然自得。

於是她悟了。

「村子裡，藏著很多祕密。」白霜行低聲：「與其以客人的身分一點點探索，倒不如，讓村民主動全盤托出。」

聽見這段話的監察系統四四四：『……』

妳也知道，正確劇情應該是「以客人身分一點點探索」嗎？現在叫什麼，一步通關？

被白霜行這樣一玩，很多精心設計的驚嚇環節，全用不上了。

它快被氣死。

「有兩個問題。」季風臨說：「第一，妳把自己偽裝成神明的使者，讓村民信以為真的同時，也會引來厲鬼。」

電話裡曾說過，厲鬼在村中殺了不少人。槍打出頭鳥，如今白霜行成了信徒一方的代表，厲鬼們的殺意，自然會集中在她身上。

白霜行頷首：「這個我有辦法。」

「第二，關於這個村子，我們所知甚少。」季風臨道：「一旦村民們問起解決厲鬼的辦法……能答上來嗎？」

「厲鬼出現後，村民們開始為邪神尋找祭品。」沈嬋想了想：「他們想得到的，應該是尋求邪神庇護，用祂的力量鎮壓厲鬼吧？」

「嗯。」白霜行笑：「我一路上也在思考這兩件事，得出的結論是——」

她說：「它們可以同時解決。」

沈嬋一愣：「同時？怎麼解決？」

二十分鐘後。

夜色已深。

白霜行舒舒服服洗了個澡，站在浴室的鏡子前，用毛巾擦乾頭髮。

上一個別墅裡的任務讓她夠累了，從頭到尾神經緊繃，這時終於洗上熱水澡，可謂身心舒暢。

嗯……算一算時間，也差不多了吧。

她的頭髮長而濃密，沾了水後，如同垂落的錦緞絲綢。

鏡面中倒映出她的影子，白氣氤氳，四周沒有聲音。

忽地，不知從什麼地方，驟然傳來一聲輕響。像是彈珠落地的聲音，又像一聲短促的笑。

白霜行停下動作。

浴室很靜，將此刻的輕響襯托得格外明顯，幾秒鐘後，她聽見女人幽幽的啜泣聲。

……來了。

啜泣聲綿長低啞，如同砂紙輕輕摩挲過耳膜。

水龍頭分明已經關緊，卻從中滲出一滴滴血紅色的液體，滴答、滴答。

白霜行感覺到，哭泣聲越來越近。

『誰！剛打開直播，居然就看見這麼刺激的畫面！這個主持人活不久了吧！』

『她怎麼還不跑？一動也不動站在原地，難道被嚇傻了嗎？』

『浴室殺，可以啊！恐怖片經典橋段，鏡子，滴答滴答的水龍頭，還有一隻突然冒出來的手，都有了。』

除了新來的觀眾，也有不少老觀眾留言討論。

『……聽過他們三個的商量，雖然講得很隱晦，但我覺得，白霜行還有後手。』

『她說要用技能……就是那個可以保護人的光團嗎？可我仔細觀察過，光團頂多承受一次致命攻擊，不久就消失了。厲鬼對她的身分恨之入骨，怎麼可能只攻擊一下！』

『等著翻車唄。拜託，這可是讓整個村子的人都聞風喪膽的惡鬼啊！憑她一個人，怎麼可能活下去。』

啜泣聲幽幽，漸漸貼近耳邊。

當白霜行抬眸，透過那面沾著水霧的鏡子，瞥見她身後正站著一道血紅色的影子。

而一隻蒼白枯槁的手，已靠近她後背。

剎那間，聊天室安靜下來。所有觀眾聚精會神，觀察她的下一步動作。

但見手中白光一現，白霜行猝然轉身——一張驅邪符勢如破竹，被按在厲鬼手臂上！

『？？？』

『不是吧……這就是她的計畫？』

『哈哈哈哈哈哈這是在幹什麼！虧我還對她有一絲絲期待，結果居然只拿出一張驅邪符？別掙扎了，快去死吧。』

『她不會以為，一張驅邪符就能嚇退厲鬼吧？笑死，最低級的道具罷了，頂多壓制厲鬼三秒鐘。』

『等等。』

『為什麼……這麼長時間過去了，厲鬼沒有繼續攻擊？』

聊天室又一次陷入茫然的寂靜。

想像之中的反撲並未到來，驅邪符被怨氣侵染，化作一片飛灰。

厲鬼靜靜站在原地，一雙眼睛凝視著白霜行，目光裡有審視，也有懷疑。

奏效了。

白霜行鬆口氣。

一切都在掌握之中。

她聲稱自己帶來了邪神的啟示，將在今晚告知村民——厲鬼當然不可能讓她活到那個時候。

為了不讓村民得知神啟的內容，在那之前，厲鬼一定會對她下殺手。

白霜行只需要守株待兔。

她當然明白，驅邪符不可能除掉鬼魂，頂多將它壓住幾秒鐘。

不過，幾秒鐘就夠了。

浴室闃寂，白霜行神色坦然，與身前的厲鬼四目相對。

在她腦海中的白夜面板上，技能框一欄，顯示的並非「守護靈」。

而是工工整整的兩個大字——共情。

「守護靈」每場白夜只能觸發一次，在當下的場合並不適用。

制定計劃時，白霜行毫不猶豫選擇了「共情」。

共情，「神鬼之家」自帶的專屬技能，可以讓她與厲鬼心靈相通。

她能感受到厲鬼的喜怒哀樂，同樣，也能把自己的思想與情緒傳達出去。

在某種意義上，兩者實現了真正的、一瞬間的共通。

驅邪符只是用來爭取時間的道具，讓她有機會發動技能。

只要「共情」成功，厲鬼就能明白前因後果，從而知曉她臥底的身分。

一時的技能保護治標不治本，想在村子裡長久活下去，白霜行必須取得厲鬼們的信任。

浴室中陷入長久的寂靜，共情結束，白霜行眨了眨眼。

將自己的思緒傳達給對方時，她也不可避免地受到技能的影響，體會到這隻鬼魂的怨念。

那是由無盡痛苦、憤懣與恨意凝成的怨念——

在一幕幕記憶碎片裡，白霜行看見滿臉堆笑、熱情迎接的村民，看見一隻突然伸出的手，看見刀、血、燃燒著的火，也看見一處詭譎莫測、刻滿古怪符號的祭壇。

被火灼燒的劇痛一閃而過，讓她不禁打了個冷顫。

「……事情就是這樣。萬不得已，對祢使用了白夜技能，抱歉。」確認對方沒有動手的意思，白霜行知道，祂已經瞭解來龍去脈。

「我與偵查局達成合作關係，正在搜尋與邪神有關的線索。」她聲音很低：「我需要祢的說明，從而調查清楚，這個村子究竟發生了什麼。」

白霜行頓了頓，加重語氣：「作為交換……祢們被邪神的力量困在這場白夜裡，對不對？我能幫祢們。」

近在咫尺的紅衣女人靜默無言。

半晌，啞聲開口：「妳沒騙我？」

『厲鬼為什麼不動了？殺了她啊！她可是邪神派來的先知！』

『白霜行的技能不是那團白光嗎？為什麼變成……現在這算什麼，降低厲鬼對她的殺意？有這種技能嗎？』

『看了下主持人介紹，她的技能叫「神鬼之家」，能收集鬼怪的能力，為己所用。』

『這什麼逆天技能？』

『所以現在的局勢是，村民對她全心全意、敬若神明；厲鬼也明白她的真實身分，即將與她合作？』

這是兩、兩頭吃？

而且還混得如魚得水，地位不低，成為兩方最重要的救命稻草——村民期待她壓制厲鬼，厲鬼則等著她幹掉村民。

無論哪一方，都不敢得罪她。

……這次任務的劇情，原本是怎樣的？

「當然不會騙祢。」白霜行笑笑：「如果我真是邪神的使者，知道村子裡厲鬼橫行，怎麼可能毫無防備來到這裡？那幾個『被我刻意引來的祭品』也是假話，祢去問問就能知道，他們是我的同伴。」

這個理由無懈可擊。

「共情」的影響在腦海中盤踞不散，厲鬼定定看著她，良久，點了點頭。

於是白霜行、季風臨和沈嬋又一次聚在房間裡。

白霜行待在浴室時，以防萬一，他們兩人就守在不遠處的走廊上。

問清他們的身分，得知三人確實是一起被捲入白夜的朋友，厲鬼對白霜行的懷疑更少一些。

「根據我們初步推測——」白霜行說：「祢們之所以遇害，是被當作獻給邪神的祭品，是嗎？」

「嗯。」厲鬼垂著眼：「我死了太久，快記不起生前的事情了……應該是旅遊登山的時候，前來這個村子借宿，結果——」

結果遭到難以想像的折磨。

白霜行皺起眉頭。

人類的恐懼同樣是邪神衷愛的食物，她記得在「惡鬼將映」裡，百里對待江綿，就用了極其殘忍的手段。

祭品越是絕望痛苦，邪神就越發滿意，降下的「恩賜」也越多。

為了利益，人類可以變成自相殘殺的野獸。

沈嫿問：「村子裡打算把我們當作祭品，是為了鎮壓住祢們嗎？」

這一次，對方沒有立刻回答。

「……是。」厲鬼凝神，眼中充斥濃郁怨念：「獻祭的習俗，已經持續近三百年，祭品有登山的遊客，也有被買來的可憐人。」

如果是在其他地方，怨氣早就鋪天蓋地，把村莊澈底吞沒了。

但這裡不同。

「我們……」說到這裡，即便是厲鬼，也忍不住露出幾分驚駭的情緒：「我們被困在一片混沌裡，什麼也沒有，只有火，還有疼……就像死去時那樣。」

白霜行皺起眉。

如果祂的言論屬實，被禁錮在白夜裡的鬼魂……都在日復一日、不斷重複著死亡時的痛苦嗎？

想得越深，她越覺得毛骨悚然。

無盡的痛苦，將為邪神帶來無盡的養料。

在祂眼裡，人類的靈魂只不過是可以重複利用的食物，而白夜，正是食物的生產之地。

厲鬼說：「後來……也許是這座山裡的失蹤者太多，警方加強巡邏，好幾次進入這個村子。村民不敢輕舉妄動，安靜了很長一段時間。」

在祂眼中，淌出濃濃的哀怨之意：「正因如此，那股壓住我們的力量日漸鬆動，包括我在內，幾個怨念深重的鬼魂逃了出來。」

逃出來的第一件事，當然是復仇。

在今天，祂們殺掉六個村民。

季風臨：「現在，你們自由了？」

厲鬼一頓，搖頭。

「我們的屍體——」祂咬了咬牙：「我們的屍體，被放在祭壇周圍，祂鎖住我們……只要和祭壇綁在一起，我們就不可能離開村子。」

村子，就是這場白夜的範圍。

終於來到重點，白霜行眉心一跳：「祭壇？」

「是殺害我們的地方，也是那些人供奉『神明』的地方。」厲鬼誠實回答：「邪神得不到祭品，在村子裡的力量慢慢消退，但祭壇，仍然處於祂的管控之內。我能感覺得到……祂的力量……」

想到曾經的經歷，祂神經質地瞬大雙眼，兩行腥紅血淚淌下，瘋狂顫抖。

「破壞……祭壇。」祂說：「我們無法靠近那個地方，而人類可以。只要把它毀掉，我們就能解脫。」

平心而論，對於白霜行的說辭，祂半信半疑。

但祂沒有其他辦法。

村民們正在瘋狂尋找祭品，一旦儀式成功，祂將遭到封印，回到痛苦不堪的地獄。

在那之前，能夠求助的，只有白霜行三人。

——那兩個民俗學者手無縛雞之力，在沒有白夜技能的情況下，只會淪為村民們的刀下亡魂。

這是走投無路之舉，也是祂唯一的希望。

如果到頭來，發現白霜行其實是個滿口謊話的信徒，那祂也認了。

「祭壇……」在心裡默默整合已知資訊，白霜行點點頭：「明白了。」

用過晚餐後，在村長的帶領下，白霜行來到一棟偏僻的小木屋。

屋子裡空蕩蕩，只有中央擺著一張圓桌和幾把木椅，角落是個不起眼的花瓶。

大部分椅子上都坐了人，主位空著。

「先知請坐。」村長滿眼含笑，指了指空位：「您的位子。」

被許多雙眼睛同時注視，白霜行沒拒絕，穩穩坐下。

「我們信仰神明已久，這是第一次，被祂這麼重視。」村長說：「不知道在夢裡，神明是怎樣的形象？」

「神只降下了聲音。」白霜行禮貌微笑：「怎麼說呢……那些聲音有男有女，有老有少，混在一起。明明很雜很亂，我卻聽得很清楚。」

在「第一條校規」的興華一中裡，她曾與邪神神像當面對峙。

當時的感覺，就是這樣。

幾個村民對視一眼，村長無言頷首。

在村中的典籍裡，確實有過類似的記錄。

白霜行悠悠靠上椅背，嘴角上揚。

看來這群人沒有百分之百信任她，正在不動聲色地試探。

可惜，她真的與邪神有過近距離接觸。

村長搓搓手：「關於我們村子的怪事，不知道，神明有沒有說明原因？」

毫無必要的問題，還是在試探。

這一次，白霜行沒表現出之前的好脾氣。

「你們不相信我？」黑黢黢的眸子無聲一轉，嘴角勾起冷笑：「我為了你們，特地趕來這座山，浪費整整一天的時間，還帶來好幾個祭品——你們就用這種態度對我？」

『……靠。』

『村長明顯抖了一下……』

『她這是有恃無恐，作威作福。真的服了，這節目沒有工作團隊嗎？劇情崩成這樣了，救一下啊！』

一個女人連連擺手：「不不不！只是先知的身分過於敏感——」

白霜行嗤笑一聲。

「神說，你們供奉祂已有三百年，最近忽然減少祭品，讓祂對這地方的庇護減弱。」她不緊不慢地說：「再說明白一點……你們不打算帶我去看看祭壇嗎？」

村長又是一抖。

祭壇，是只有村中信徒才知道的絕密資訊。

更何況，她知道他們信奉神明的歷史。

說到這一步，已經沒什麼好懷疑的了。

「帶！先知想看的話，我們一定帶！」村長努力賠笑：「之前對不住，實在是，最近警方查得多，我們必須萬分小心。」

白霜行看他一眼，末了，眼尾勾出一弧淺淡的笑。

「我明白。」她聲音柔和，語氣篤定：「不透露資訊，是對神的保護。你們很有防範心，有這樣的信徒，神一定會滿意的。」

『這就是傳說中的打一個巴掌，再給一顆甜棗嗎……恐怖如斯。』

『厲鬼把什麼事都告訴她了，他們能試探出個鬼。』

『兩頭通吃真的……說一句毫無破綻不過分吧。』

『一番操作下來，這群村民對她的好感度拉滿，真強。什麼破節目，我是來看這個的嗎？再不流血死人，我就換臺了！』

『這樣都露不出馬腳？誰能弄死她！』

白霜行的態度忽而軟下來，沒有打算咄咄逼人的意思。

村長果然一笑，擦了擦額頭的汗珠。

沒有仗著身分為難他們，先知，真是個好人。

「祭壇就在這裡，請跟我來。」心裡壓著的石頭總算落下，他說著上前幾步，轉動角落的花瓶。

緊隨其後，是轟隆一聲悶響——圓桌下方的地板倏然移開，往下看，是一條伸手不見五指的黑暗長梯。

村長推開圓桌，跨步走進走道，按了下身側的按鈕。

昏黃的燈光亮起。

白霜行神色如常，跟上他的動作。

樓梯很長。在狹窄的空間裡，氣氛顯得格外壓抑，燈光極黯，透出難以言喻的詭異。

走到長梯盡頭，眼前豁然開朗。

白霜行愣住。

這是個寬敞的地下空間。中央是與厲鬼記憶中如出一轍的圓形祭壇，地面畫有一圈圈詭譎紋路，打掃得很乾淨，看不出異樣。

真正讓她感到不適的，是祭壇周圍的景象。

一具具屍骨被隨意丟棄在角落，血跡像是從未清理過，飛濺在牆上，讓人想起恐怖電影裡出現的煉獄。

不少屍骨之上，壓著沉甸甸的石頭，或是畫有古怪符號的紅布，骨架四散，有的還黏著烏黑的腐肉。

而在最高處，聳立著一座被紅布覆蓋的邪神像。

澎湃如海浪的壓迫感撲面而來，邪神的殺意毫不掩飾，讓白霜行呼吸微滯。

就是這裡。

無辜之人的靈魂飽受折磨、無法逃脫，邪神俯視他們，如同看著不值一提的垃圾。

目光緩緩移動，來到祭壇最左側。

白霜行心頭重重一跳。

出乎意料地，那裡居然有道人影，看模樣，是個小孩。

小孩的四肢被鐵鍊穿透，渾身上下血肉模糊，處處是割傷與砍傷。

他趴在地面上一動也不動，不知是死是活。

白霜行皺眉：「那是——」

「是我們得來的寶貝。」村長咧嘴一笑：「不瞞您說，有天晚上他莫名其妙出現在這裡，無論怎麼刀砍斧劈，很快就能復原。我們找不到更多祭品，就一直用他供養著神。」

他停頓幾秒，語氣略有惋惜：「不過，神似乎不太喜歡他，獻上血肉以後，用處不大。」

白霜行沉聲：「每次等他復原後……你們就重新割下他的血肉？」

「對！」老頭笑意更深，看起來有些興奮得意：「真的很神奇，不管怎樣，他都不會死掉。」

不會死亡。

擁有實體，就並非鬼魂；聽村長的描述，也絕不是人類。那他——

心跳忽地加速，白霜行上前，靠近那個沾滿血污的人。

聽見她的腳步聲，鎖鏈一顫，發出輕微脆響，小孩倏地抬頭。

入目是一張髒污不堪的臉，血漬沾滿大半皮膚。

男孩，長髮，面部輪廓稜角分明，雙目纖長銳利——一雙她熟悉的眼睛。

白霜行握了握手心，全是冷汗。

光明神由人的善意滋養，而人性極惡之地，將孕育出與「善」截然相反的惡神修羅。

這是……修羅幼年期的靈魂碎片？

第四章　邪神祭壇

鼻尖縈繞著濃濃的血腥味，白霜行定下心神，打量眼前的小孩。

看五官輪廓，的確是修羅沒錯。

只不過，比起日後冷硬俊美的青年形象，此刻的他顯得人畜無害許多。

孩童的身體纖細瘦弱，上身赤裸，下面穿了件破破爛爛的灰色長褲。

從白霜行的視角看去，能見到他瘦到凸起的脊骨，以及後背、胸膛和手臂上的道道傷疤。

一雙瞳孔是血一樣的紅，雖然妖異，眼神卻是懵懂而戒備，如同受驚的兔子——

見到村長，男孩咬緊牙關，從喉嚨裡發出野獸似的低鳴。

他試圖掙扎，然而身上的傷口傳來陣陣劇痛，雙手雙腳被牢牢縛住，讓他動彈不得。

修羅曾說過，他的靈魂碎片散落在世界各地，某些被困在白夜裡。

白霜行並不瞭解所謂的「靈魂碎片」，看對方的態度，這孩子應該不記得她。

在男孩望向她的目光裡，唯有抵觸和憎惡。他把她當作邪神的信徒。

白霜行看得有些難受，收回視線。

「他不是人類。」她說：「你們也看出來了吧。」

「先知難道不覺得，他的存在，正是神的恩賜嗎？」村長仰頭，遙遙望向祭壇之上的邪神雕像：「我們村子找不到祭品，眼看厲鬼將要肆虐，就在這個時候，這孩子突然出現在祭壇旁邊！多虧他，我們才能有祭品不斷進貢給神……這一定是祂的安排，為了拯救整個村子！」

白霜行：「……」

白霜行：「但你不是說過，神並不喜歡他的血肉嗎？」

村長頓住。

『一句話秒殺。』

『村長：無言以對。』

『這到底是什麼節目？究竟是反派大殺特殺，還是反派被大殺特殺？我怎麼覺得，從頭到尾都是白霜行牽著他們的鼻子走呢？』

『我有預感，她又要開始了。』

果然。

白霜行看向身邊的老頭，揚唇一笑：「這孩子擁有實體，就肯定不是厲鬼。非人非鬼……你覺得，他還能是什麼？」

村長動了動嘴唇，沒出聲。一個可怕的念頭，在他心中浮起。

「想一想，為什麼你們把這孩子當作祭品，神明反而不覺得高興？為什麼他出現的地點，恰好是供奉神的祭壇前？」白霜行語調輕緩，直視他的雙眼：「村長，我想，你們犯下了不可饒恕的錯。」

她當然是在胡謅。

邪神厭惡男孩作為祭品，是因為修羅並非人類，而是與祂同等的神。

即便是祂，也不會喜歡同類的血肉——

就像人類能歡歡喜喜吃下麵包，卻不願意把其他人當作食物。

而之所以出現在祭壇，全因修羅的靈魂碎片會被人的惡意吸引。

三百年以來，村子裡殘害了不知多少無辜之人，怨念、殺意與貪婪凝聚，才形成他們身前的小孩。

但，村長對此全然不知。

在白霜行有意的暗示下，他對於事情的前因後果，有了另一重解讀。

小孩突然出現在祭壇上，是因為他由祭壇而生，由神明而生。

當他們獻上男孩，神明毫無回應、並不買帳，是因為，神不希望讓他成為貢品。

「難道……」村長抖了一下，面露驚恐：「這孩子……是、是神派來的使徒？」

『……這種說法，居然非常合理。』

『我是新來的，難道村長說錯了嗎？這邏輯沒問題啊！我也被白霜行唬進去了？』

『很久以前，我無意中見過一次惡神修羅，怎麼說呢……和這小孩有七分相似。』

『修羅？那不是邪神的死對頭嗎！』

結果，被她說成神明的使徒了？

「沒錯。」白霜行收斂笑意：「你們忠心耿耿，侍奉神明近三百年，祂感受到你們的誠意，降下這位使者——」

說到這裡，她眸光漸冷：「為什麼祂不肯接受這孩子的血肉，你還不明白嗎？」

村長怔怔地看著她。六十多歲的老人劇烈顫抖，竟雙腿發軟，被嚇得坐在地上。

「實不相瞞，在我的夢裡，神還說了一件事情。」白霜行垂眼瞧他：「使徒被困，儘早救出。」

在編故事上，她很有天賦。

白霜行壓低聲音，「起初，我以為你們背叛神明，所以沒說出此行的真正目的。不過現在看來……似乎是個誤會。」

「我、我們怎麼可能背叛神！」驚懼交加，村長兀地落下眼淚：「先知！求求妳，一定要為我們解釋清楚！我們只是一時心急，理解錯神的意思……救救我們！」

身為信徒，那位神明有多可怕，他心裡再清楚不過。

白霜行對上他渾濁的雙眼，微微一笑：「我明白。」

她開口，語氣輕柔，如同低沉的蠱惑：「我會幫你們，別擔心——把這孩子送去我的房間吧，由我和他說說話。」

就像抓住一根救命稻草，村長忙不迭點頭。

『先讓他恐懼到極點，再話鋒一轉，用溫柔的態度施以援手……好可怕。』

『如果我是村長，也得對她感激涕零。』

『所以她憑藉一頓唬爛，不僅坐穩了先知的身分，還順帶拐走一個修羅？』

『絕了。這主持人有點意思，在她死掉的時候，我會為她開香檳慶祝的。』

腦子裡的留言飛速飄過，白霜行默不作聲，看了角落裡的小丑一眼。

劇情已經崩壞到十萬八千里，監察系統四四四號神情陰鬱，一動也不動盯著她。

在它的雙眼裡，是毫不掩飾的殺意。

而白霜行回以禮貌一笑——

這才到哪。等時機成熟，她會給村子裡所有人，送上一份大禮。

「之前對你們有所懷疑，有關夢境的內容，我沒有全部告知。」

白霜行收回思緒，看向身邊如蒙大赦的村長。

她彎起眉眼，模樣親切又溫和：「今晚午夜十二點，召集村民們在這裡集合吧。」

對男孩「使徒」的身分信以為真，村長幾乎是手腳並用跑出地下室，叫來好幾個村民，一起為修羅解開鎖鏈。

為防止逃跑，鐵鍊毫不留情穿過他的腕骨，被取下來時，男孩死死咬著牙，發出幾聲低啞的悶哼。

得知他的身分，村民們個個臉色發白，有幾個甚至當場紅了眼眶，不知是源於恐懼還是內疚，失聲哭出來。

白霜行站在一邊靜靜地看，心中不自覺生出一個念頭：當他們意識到，她的言行舉止從頭到尾都是騙局……那時候不知道會是什麼表情。

應該非常精彩吧。

年幼的修羅被小心翼翼抬出地下室，清洗包紮一番後，送入白霜行房間。

村民們自認犯了大忌，不敢多加打擾，匆匆離開客房。

幾分鐘後，等沈嬋推門進來，看清床上小孩的長相，結結實實嚇了一跳：「這……修羅？」

季風臨跟在她身後，輕輕關好房門。

白霜行點頭，為他們講述來龍去脈。

沈嬋聽著，眼中出現明顯的怒色：「對一個孩子下這種狠手，村子裡的人瘋了？」

仔細想想，接連殘害那麼多無辜遊客，他們和喪心病狂的殺人魔沒什麼差別。

默默嘆口氣，沈嬋把小孩認真端詳一番。

村民們已經將他上下洗淨，套上一件寬鬆的棉質上衣，深黑色的衣服，襯出蒼白如紙的皮膚。

這孩子對他們很抵觸，沉默著蜷縮在床頭，一雙血紅色的眼睛無悲無喜，只剩小獸般的警惕。

白霜行嘗試與他溝通：「還記得你是誰嗎？」

——她認識的那位修羅，喪失大部分記憶。

不知道他的情況怎麼樣。

男孩一聲不吭，沒有回應。被禁錮在祭壇旁這麼久，他見識過人類心中最純粹的惡，不可能因為幾句安慰，就瞬間敞開心扉。

白霜行抿唇，點開「神鬼之家」面板。

除了「共情」，她還有另一個自帶的技能——召喚。

在現實世界裡，召喚沒有使用限制；一旦進入白夜，每場挑戰中只能觸發一次。

觸發之後，被召喚而來的鬼怪無法使用任何能力，類似普通人。

眸光微動，白霜行點開其中一個角色框。

方框裡的頭像，是個冷漠俊美的長髮青年。

年幼的修羅不信任他們，更不可能與白霜行簽訂契約。

一旦白夜結束，他將被永遠困在這裡。

與其那樣，不如讓修羅自己來取回靈魂碎片。

按下頭像框附近的按鈕，十秒鐘過去，沒有任何回應。

白霜行有些無奈。如果對方不同意，「召喚」將會失效。

修羅和光明神忙於搜尋碎片，正是忙碌不堪的時候。

在這種情況下，他拒絕召喚，屬於情理之中。

這樣一來……她就得好好思考，怎樣才能說服幼年期的男孩了。

腦海思緒翻湧，白霜行正要開口，猝不及防，聽見熟悉的嗓音。

「叫我幹嘛？麻煩死了。」帶著點懶散以及十足不耐煩的腔調。

「前輩又在嘴硬。」他手裡的長刀壓低聲音：「接到邀請後，明明立刻終止冥想，到這來了。」

修羅：「……」

修羅：「你以為小聲說話，我就聽不見嗎？」

沈嬋好奇：「〇九九怎麼也來了？」

「它和修羅刀綁定，不算獨立的魂魄。」修羅神情淡淡，雙眼無聲上瞥。

目光落在床頭的孩子臉上，他驀地一怔。

「叫你來，就是為了這件事。」白霜行揉了揉眉心：「他是你的靈魂碎片吧？」

修羅蹙眉，男孩目露警惕，渾身緊繃地看著他。

四目相對，修羅有點頭疼。

他誕生不知多少年，從小就生長在由人性之惡形成的煉獄裡，漸漸養成了我行我素、看不慣就提刀砍的跋扈性格。

可眼前的小孩……為什麼渾身都是傷？在人類的世界裡有誰能欺負他？

除此之外，被白霜行他們見到自己幼年時期的模樣，也讓他覺得莫名彆扭。

「喂。」沉默幾秒，長髮青年冷聲開口。

似是被他嚇了一跳，男孩屏住呼吸，朝後縮。

沈嬋看在眼裡，心裡很不是滋味。

長期遭受到村民的折磨，對於突然出現的聲響，男孩已經形成反射性的恐懼。

「前輩。」〇九九小聲：「面對小朋友，要溫柔一點。」

——這明明就是他自己好嗎！

修羅下意識想要反駁，喉結一動，沒出聲。

白霜行看他一眼：「現在，能收回這塊靈魂碎片嗎？」

「不行。」修羅皺眉：「他被困在這場白夜裡，除非白夜崩潰，我才能與他融為一體。」

以他的實力，直接破壞整場白夜，其實不成問題。

但現在被白霜行召喚而來，他的能力被壓了下去，別說掀翻白夜，連對付一個小Boss

都難。

「這裡只是白夜中的一個挑戰任務。」白霜行頷首：「一旦任務結束，我們恐怕回不到這個村子。」

這是個問題。

修羅思忖片刻，撩起眼皮：「妳可以試試，和他簽訂契約。」

一旁的沈嬋愣住：「欸？可他不就是你嗎？」

「白霜行和我簽訂契約時，我也只是一塊靈魂碎片。」修羅瞟向床頭的男孩：「靈魂四散後，每個碎片都是獨立的個體，直到彼此融合——你們也看出來了，他和我，完全不同。」

這話倒是不假。

白霜行轉頭，正對上男孩血紅的雙眸。

一晃眼，還有季風臨。

季風臨生得高挑挺拔，這時微微俯身，罩下一片淺淡的影子。

他垂眼笑了笑，嗓音裹挾著乾淨少年氣，很好聽：「傷口很疼吧？」

男孩雙眼一眨也不眨，沉默地與他對視。

季風臨不急不躁，黑眸一動，看向身後的修羅：「他和你同為一體，能感覺到嗎？」

這句話，讓男孩輕微怔忪。

神明擁有獨特的力量，彼此之間能夠相互感應。

譬如初次見面時，光明神就察覺到白霜行身上殘留著的修羅氣息。

此時此刻，他當然能感受到，不遠處的黑髮青年與自己很像。

不對……不是「很像」，而是如出一轍。

同樣陰戾沉鬱的殺氣，如同地獄裡污濁的泥，比起他，青年的氣息更烈更濃。

男孩暗暗咬牙。

他殘留著些許記憶，知道自己誕生於極惡之地。

那是個充斥著厲鬼與怨念的地方，沒有陽光，更不存在所謂的「秩序」，只有生前作惡多端的暴徒，才會被困在那片煉獄。

由於體質特殊，厲鬼將他的血肉視為食物，每日每夜，經受著啃噬與襲擊。

久而久之，在一次又一次死亡後，男孩學會反抗與殺戮——

記憶到此戛然而止。當他再睜眼，不知怎麼，出現在陌生的祭壇前。

記憶缺失，力量全無，面對一擁而上的人類，他難以掙脫。

然後在今天，他遇到白霜行。

他不傻，從白霜行與村長二人的對話裡，聽出她在刻意誤導，從而救他出去。

她的目的是什麼？她也在覬覦這具能不斷恢復的身體嗎？

可不遠處站著的男人，確實擁有與他相同的氣息。

遲疑片刻，男孩終於開口。因為太久沒說過話，他的聲音很啞。

「你們……是誰？」

「我們是同為一體的靈魂碎片。」修羅淡聲：「你被困在這地方，我們會想辦法救你出去。」

他停頓一下，斜眼看向身邊的白霜行：「至於他們——」

朋友？單純只是認識的熟人？或是……

不知道應該如何介紹，非常罕見地，修羅頓住。

〇九九輕快地晃了晃身體，嗓音清亮：「是家人哦！」

家人？

這是個極陌生的詞語。

男孩露出困惑的神色，定定望向修羅，彷彿為了得到確切的答案。

白霜行也看他一眼，無言挑起眉頭。

修羅：「……」

長髮青年神情微僵，生硬地轉開頭：「算……咳，算是吧，後來認識的家人。」

白霜行敏銳地發現，他的耳根微微泛紅。

男孩眼中，迷茫更濃。

「這是未來的你。」白霜行指了指修羅，微微揚起嘴角：「他和我們生活在一起。」

他，和人類生活在一起？

男孩抿起唇角，無法想像。

自私，殘忍，為達目的不擇手段，這是他對人類全部的印象。

他們把他看作怪物，一遍遍割下他身上的肉。

心中的情緒起起落落，怔忪間，毫無徵兆地，有什麼東西落在他頭頂。

男孩猝然抬眸。

「沒事了。」白霜行沒有迴避他的目光，神情坦然而柔和，漆黑的雙眼裡，如有水波漾開：「那些遭遇都已過去……想看能讓你開心的事情嗎？」

她的手白皙溫暖，正輕輕覆在他柔軟的髮上。

即便是生長於煉獄之中的修羅，摸起來也是軟綿綿的。

搭配他愣住的表情，像隻小狗。

另一邊的修羅本尊：「……」

不知道為什麼，雖然那隻手沒落在他頭上，但他總有種自己被占了某種便宜的感覺。

沈嬋被吊起好奇心：「開心的事情？」

「今晚十二點，我約了所有村民在祭壇集合。」白霜行笑笑：「不久前那位厲鬼說過，被村民殘害而死的冤魂，都封印在祭壇裡。」

『？？？』

『不會吧，不會變成我想的那樣吧？』

『之前還在納悶，她為什麼要召集村民……這也太亂來了！』

『萬萬沒想到，會是這個發展。我原本只想看一齣人類拼命逃亡的大戲……詐騙綜藝！退錢！』

『村民，也算是人類吧？從某種意義上來說，確實是「人類逃亡大戲」。』

「暴露身分的話，妳會成為村民的眾矢之的。」季風臨頷首：「我們提前做好埋伏，到時候接應妳。」

他一向可靠，為她鋪好所有後路。

白霜行揚了下嘴角，很輕地點頭。

「速戰速決吧。」她說完，看向角落裡的男孩：「讓你單獨留在這不安全，到時候，還要麻煩你多多配合。」

小孩懵懵懂懂，也許是被她的笑意迷了下眼，喉頭一動，發出低低的「嗯」。

「話說回來，」沈嬋摸了摸下頷，「修羅是修羅，小朋友也是修羅……名字重複的話，不容易分辨吧？」

一旁的長髮青年微微愣住，下一秒，渾身緊繃。

就在沈嬋說完這句話的瞬間，他看見白霜行悠悠回頭，瞥了他一眼。

有種不祥的預感。

「很簡單。」白霜行笑眼彎彎，俯身與床頭的男孩對視：「都是修羅，叫小名就行啦——你喜歡『修修』、『小修』、『羅羅』還是別的？」

修羅：？

修羅：？？？

雖然他和床上的小孩有差別，但歸根結底，他們是同一個靈魂。

什麼「修修」、「羅羅」……他絕對不接受這種稱呼！

飛快看向男孩，修羅眸色微沉。

以他對自己的瞭解，幼年時期的他，不可能選擇這種名字。

從很久以前，他就是個刀口舔血的惡神了。

沒有哪個惡神，會願意被叫小名。

果然，空氣靜了好一陣子。

男孩長睫倏顫，如同黑漆漆的小扇，似乎覺得不好意思，當他開口時，怯怯地低下頭：

「……小修。」

聲音小得像蚊子嗡嗡。

修羅：「……」

「那我們就叫你小修。」白霜行展顏笑開，逐一介紹在場所有人，最後說起自己：「我的名字是白霜行，你叫我姐姐就好。」

——姐、姐？

長髮青年神經一繃。

他怎麼可能叫白霜行姐姐！

「喂。」修羅終於忍不下去，提醒小孩：「在家裡，我們的身分是小舅舅。」

「嗯，是小舅舅。」白霜行神色不改，狡黠地笑：「所以，叫我姐姐就好。」

小修歪了歪腦袋。

在他的知識範疇裡，什麼是「舅舅」，什麼是「姐姐」，沒有任何概念。

是人類族群裡，對家人的稱呼吧？

男孩無法參透其中的含義，有些茫然地開口：「姐……姐。」

修羅：「……」

聲音很輕，帶著疑惑與警惕，小心翼翼地，像踩在耳朵上的貓咪爪子。

更何況，他還有張人畜無害的臉。

長大後的修羅脾氣又冷又暴躁，一副拒人於千里之外的模樣，很不好接近。

此刻的他臉色蒼白，軟綿綿的長髮亂蓬蓬散落耳邊，一雙瞳孔圓潤澄澈，居然顯出幾分乖巧。

小孩的模樣太可愛，沈嬋被正中紅心，舉起手：「我我我！我是沈嬋姐姐！」

於是對方乖乖重複一遍這個稱呼。

沈嬋心滿意足，一把捂住胸口。

「你們這些傢伙——」耳朵騰起肉眼可見的紅，修羅深吸一口氣。

剛開口，手中的長刀就左右搖晃兩下。

「我叫〇九九，是你以後的朋友。」〇九九說：「你以後非常非常厲害，不僅救了我的性命，還幫助許多人，是個身手很強又很善良的前輩——大家都很喜歡你哦。」

這是未曾設想過的事情。

不只男孩，連修羅本尊也愣了愣。

〇九九輕咳兩聲，壓低嗓音：「嗯……乖，叫九九姐姐吧。」

修羅：「……」

修羅用力敲打刀柄：「……喂！」

被一群人占盡便宜，修羅氣得七竅生煙，紅著耳根走向床邊，對幼年期的自己進行常識科普。

白霜行則仗著先知的身分，在村子裡四處搜尋物資，為接下來的計畫做好準備。

不知不覺，時間到了午夜十二點。

祭壇位置偏僻，此時此刻，卻圍滿了神情各異的村民。

有人緊張，有人狂喜，有人忐忑不安，心心念念那位被折磨得不成人形的「神明使徒」。

只希望神不要因為這件事，生氣怪罪他們才好。

人頭攢動間，忽地，光線亮起。

地下空蕩陰暗，中央掛著盞色澤昏黃的燈。燈光影影綽綽，照亮高處被紅布遮擋的至高神像，以及緩緩走向神像的三道人影。

村長走在最前，白霜行牽著男孩的手，腳步輕盈。

在她另一隻手上，拿著密封的小盒子。

據她所說，那是神明傳達的聖物，珍貴非常。

見到她，祭壇周圍氣氛高漲，四下響起議論聲。

村長抬起雙手，示意村民們安靜下來。

「大家靜一靜！」他急不可耐，眼底燃著一團幽深的火：「三百多年……我們信奉神明三百年，就在今天，祂終於為我們帶來啟示！」

說到這裡，他的嗓音陡然揚高：「有請先知，向我們傳達至高的恩賜——！」

「恩賜」二字落下，肅穆狂熱的氣氛達到頂峰，信徒們紛紛俯身，為混沌之主獻上崇高的敬意。

村長深吸口氣，眼中笑意更深。

終於等來今天。

自從厲鬼掙脫束縛，他一直提心吊膽生活在恐懼之中，直到此刻，總算可以放下心來。

那些祭品身在福中不知福，能被獻給神，是他們三生修來的福分。

如今先知降臨，神明的力量必將驅散厲鬼、庇護全體信徒。就憑他們也想報復？做夢！

想到這裡，他神色期待而崇敬地注視著白霜行的動作。

先知……打開盛有聖物的盒子。

那會是什麼？

燈影閃過，隱約勾勒出那件物體的輪廓。

看清它的形狀，腦子裡嗡地一響，村長愕然愣住。

看錯了吧，白霜行手裡握著的，為什麼會是一個……鐵錘？

光影交疊，明暗莫測。

變故來得毫無徵兆。

沒留給村民反應的時間，在這一刻，尊貴的先知，帶來了屬於神明的賜福——

只聽轟隆一聲巨響，神像頭頂被她猛然砸破！

巨響刺耳，碎屑紛飛。

村長愣在原地。

村民呆若木雞。

緊隨其後，在場所有人都聽見幾聲悠長哀怨的嗚嗚。

這裡沒有窗戶，卻忽地湧起冷風。鬼哭聲聲，夾雜幾道清脆的笑，一隻毫無血色的手從某個村民後頸伸出。

這是……厲鬼。

神像被毀，鎮壓於此地的怨靈們，將不再受到制約。

地下室橫屍處處，那些淒慘死去的人們，終於得以展開復仇。

這可比神賜有意思得多。

毀了，全毀了。

怨氣橫行，留言狂飆，虛空裡，監察系統四四四號眼皮跳個不停。

不該是這樣的。

在既定的劇情裡，他們本應以遊客的身分，成為被村民獵殺的可憐蟲。

能活著逃出去就很不容易，根本不可能找到祭壇。

祭壇的位置是機密，村民們哪怕死去，也不會透露線索。

結果被白霜行一通唬爛，這群人樂樂呵呵，親自將她引了進來。

比油罐車還會自爆，神仙也救不了。

——現在發生的一切，根本不合理！

「這……」沒能明白究竟發生什麼，懷著最後一絲僥倖，村長看向身邊的年輕女性：「先、先知？」

雖然心裡有個猜想，但他不敢接受。

對於他，對於整個村子，那將是毀滅式的打擊。

「嗯，就是你想的那樣，從頭到尾，我沒說真話。」白霜行迎上他的目光：「我的確受了神明的指引，只不過，並非你們的混沌之主。」

老頭的表情瞬息萬變。

她每說一個字，對方的五官就扭曲一分。

憤怒，懊惱，恐懼，最後凝成極致的痛苦與癲狂，後悔到了極點，他的神色猶如山崩。

打從一開始，他就像白癡一樣被耍著玩？

「妳這混蛋！」渾身顫抖，村長雙眼猩紅：「其他神的指引……是誰、是誰！除了我主，世上哪有別的神！」

白霜行沒理會他的狂怒。

微微一頓，她握緊身邊男孩的手，似是安慰，也像堅定的庇護。

這是陌生的觸感與溫度。

小孩身形僵住，下意識想要縮回，眼睫顫了顫，抿著唇，又乖乖把手心留在她掌中。

「他可比邪神好得多。」白霜行笑了笑，說：「……你有沒有聽說過一位神明，名叫修羅？」

第一隻現身的厲鬼擰斷村民的脖頸，發出一聲脆響。

地下室裡，陷入短暫的沉寂。

失去頸骨作為支撐，那顆五官扭曲的腦袋輕顫著一晃，骨碌滾落在地。

由此引發的，是在場所有村民聲嘶力竭的驚叫——

事情為什麼會變成這樣？厲鬼是從哪裡出來的？對了，還有先知。

被他們眾星拱月的先知，為什麼親手打碎神像？

盒子裡，被她稱之為「聖物」的東西，居然是鐵錘。

他們想不明白。

他們也來不及去想明白了。

神像碎裂，邪神對這座村莊的庇護，終於來到盡頭。

而厲鬼們，展露殺機。

「妳、妳這——」

意識到自己受騙，村長不停顫抖，一雙眼睛像是浸著血，暈開濃郁的紅。

他無法接受，從頭到尾，自己只是個被耍得團團轉的小丑。

「妳這混帳！」

極度的羞憤湧上心頭，老頭面目猙獰，撲向白霜行。

監察系統四四四號：『……』

在原本的劇情裡，受到邪神力量的侵染，這些村民會變成力大無窮、形貌詭異的怪物。

如果是那樣的狀態，村長或許還能與白霜行一戰，可現在……

目光一動，落在碎裂四散的神像之上。

小丑眼角一抽。

可現在，邪神的庇護不復存在，地下室裡的男男女女，只不過是一群極盡貪婪、可憐又可笑的人類而已。

至於村長，更是個手無縛雞之力的老人。

老頭的動作狼狽不堪，白霜行輕易躲過。

他撲了個空，狠狠摔倒在地上，正要破口大罵，忽然神情僵住。

不對勁。

刺骨的寒意……正從他後背騰起。

隱隱意識到什麼，強烈的恐懼將他吞沒。

村長眼中噙滿淚水，顫巍巍轉過頭。

在他後背上，正趴著個紅裙女人。

膚色慘白，面部潰爛，渾身上下布滿大大小小的傷痕。

那是村民們一遍遍折磨她時，在她身上留下的印記。

四目相對，女人幽幽咧開嘴角，自混沌雙眼中，生出一抹笑。

——抓到了。

鬼手深深刺入骨髓的那一刻，老頭發出垂死動物一樣的悲嚎。

地下室瀰漫血腥味，白霜行站在最高處，垂眼俯視四周。

壓在屍骨之上的石塊與紅布自行碎開，露出一具具森然白骨。

鬼影重重，抓住村民們的後頸或腳踝，怨氣橫起，氤氳出血紅色的濃霧。

有人渾身無力地癱倒在地，有人轟然跪下，說自己只是一時遭蒙蔽，乞求厲鬼們的原諒。

也有人慌不擇路，竟把身邊的家人、朋友推進厲鬼之中，從而為自己的逃亡爭取時間。緊接著，他被家人、朋友死死拽住腳腕，仰面跌倒在地，動彈不得。

人性之惡，表露無遺。

直播聊天室一片沸騰。

『記得有個老哥說過，想看到血流成河。嗯……你要的血流成河來了。』

『不是這樣的「血流成河」吧！』

『看直播綜藝這麼久，第一次見到這麼清奇的通關方法。話說，下一局能讓白霜行死掉嗎？真的、真的很期待她一點點喪失溫度的樣子，肯定特別有趣！』

「妳這騙子！」

祭壇下，怒吼聲沒有間斷。

「是妳、是妳害了我們！賤人！」

一個男人青筋暴起，掄起身邊的石板，剛要抬手砸向白霜行，身側卻出現一道人影。

季風臨的動作乾淨俐落，一瞬間扭斷他的手腕。

——制定計劃時，他就考慮到這種情況，於是藏在堆放屍骨的角落裡，以防村民對白霜行不利。

「真是……讓人大開眼界。」沈嬋從另一邊出來，看著形形色色的村民，有種說不出的感慨：「這個村子的人，已經瘋掉了吧。」

她身側的修羅冷笑：「不要小看人類。」

人類的惡意，他再熟悉不過。

當他剛誕生不久、尚且只是個懵懂無知的孩子時，那些由人類化作的厲鬼，就能將他視作食物。

眼前的村民們同樣如此。

只要能讓自己獲得更多的利益，任何人的性命，都可以淪為他們的墊腳石。

見過太多人性至惡，久而久之，人類在修羅眼裡，成了笑話。

與此同時，祭壇上。

看夠了村民的掙扎與相互坑害，白霜行低頭，瞥向身旁一言不發的男孩。

面對這樣的景象，他眼中既無復仇的快意，也沒有別的情緒，如同一灘死水，毫無波瀾。

就像早就料到，會演變成這幅場景似的。

白霜行眸光一轉。

想起來了。修羅從小生活在惡意的包圍裡，雖然她並不清楚詳細情況，但想想也知道，那不會是多麼美好的記憶。

不識字，沒拿過筷子，更從未在正常的世界裡生活過。

對於人類，他只有嫌惡至極的負面印象。

被她握住的手很小，也很冰。

察覺到她的注視，男孩長睫輕顫，微微仰起頭——

在他的腦海中，出現陌生的聲響。

『叮咚！』

『白夜挑戰者「白霜行」向你發來契約申請！』

『是否接受契約，與之成為家人？』

家人？

「這裡快要崩潰了。」

白霜行在他身前蹲下，抬起雙眼，讓目光與他平齊。

「這些村民是毋庸置疑的人渣，不過……」她笑了笑：「或許，在世界的其他地方，有更好的人、更好的事存在。」

男孩一怔，靜靜凝視她的雙眼。

那是一雙噙了笑意的眼睛，尾端微微上挑，像一個小小的弧，或是不易察覺的鉤。

他聽見白霜行說：「想和我一起去看看嗎？」

又是一束血花狂飆，村民的慟哭此起彼伏。

四下充斥著鮮血、死亡與厲鬼不散的怨氣，而男孩和她四目相望，在靜默無聲的對視裡，簽訂此生的第一個契約。

『叮咚！』

『契約簽訂成功！』

『獲得家人：修羅（幼年體）。』

『家庭檔案：修羅的靈魂之一，尚未與其他碎片融合。』

他接受了。

白霜行揚起嘴角。

厲鬼散發出的怨氣漸深，地下室劇烈顫抖，全村上百個男女老少，即將被屠殺殆盡。

屍橫滿地，血流成河，村長從祭壇高處狠狠摔下去，時至此刻，居然還活著。

準確來說，是生不如死。

作為一切惡行的主導者，厲鬼們不會輕易放過他——

擰斷四肢，啃咬血肉，看他在痛苦中來回煎熬，求生不得求死不能。

這是祂們的復仇，就像當初村民們所做的那樣。

當最後一個村民再無氣息，祭壇被幽寂籠罩。

一道道鬼魂齊齊轉身，抬頭仰望。

見到白霜行時，不久前還在大肆屠殺的凶殘惡鬼們，向她深深鞠了一躬。

成為厲鬼之前，他們都是倍受折磨、復仇無門的人。

下一刻，系統音驟然響起，

『檢測到神像損毀、村民全體殞命，即將提前結束本次挑戰。』

『名不見經傳的深山裡，每隔一段時間，就會有登山客無故失蹤。竟是村民們信奉至高無上的神明，為得恩賜，向祂獻上人類的血肉。』

『恭喜主持人們成功破解第三通電話，外景拍攝結束！』

一恍神，白霜行被亮閃閃的白熾燈刺了下眼睛。

任務結束，他們離開那間地下室，回到熟悉的演播大廳。

唯一不同的是，她身邊多出一個小男孩，手裡還握著把漆黑長刀。

「主持人們回來啦！」小克老師蹦蹦跳跳，咧開嘴角：「這次也順利通關了呢！真是讓人——」

話說到一半，它忽地愣住。

等等，綜藝節目現場……不是只有三個人嗎？為什麼那孩子也被帶出來了？

小修和她簽訂契約，可以跟在她身邊，在白霜行的意料之中。

她沒出聲，挑起眉梢，看向手裡的長刀。

「我沒興趣參加什麼白夜。」修羅打了個哈欠：「在刀裡休息一下，遇到危險再叫我。」

〇九九哼哼一笑，用講悄悄話的語氣說：「前輩擔心你們出事，所以不想提前離開白夜——嗚！」

似乎被修羅敲了下腦袋。

在陰暗濕冷的地方待久了，第一次走進燈光灼目的演播室，小修很不適應，朝著白霜行身旁輕輕一靠。

他自尊心很強，即便心中緊張，神情也始終淡淡的，薄唇抿成一條直線。

「別怕，這裡是白夜挑戰的現場。」白霜行摸摸他腦袋：「目前沒有危險。」

男孩垂下眼：「……我不害怕。」

看來嘴硬的脾氣，從小時候就養成了。

白霜行忍不住笑了笑，點頭應他：「嗯。」

「不管怎麼說，主持人們的表現非常優秀。」小克老師乾笑一聲，抬起一條觸鬚，擦了擦額角：「我們節目的收視率，在今晚有了驚人的成長——大家都在熱情地討論，主持人們適合哪種死法呢！」

用歡喜愉悅的口吻說出這種話，不愧是白夜裡的吉祥物。

白霜行回以禮貌微笑：「他們生前的死法，我覺得都挺不錯。」

『？？？』

『這女人……是在嘲諷我們全都死了？』

『嘖，越看她越不爽，節目組能不能有點用處啊！來個不可能通關的高難度，趕快把她弄死！』

『姐姐，再罵我一次……』

「這個任務結束後，收視率上升，觀眾們的來電熱情也水漲船高。」小克老師嘿嘿一笑：「讓我看看，誰才是下一位幸運觀眾呢？」

它話音方落，桌上的電話頓時響起。

白霜行拿起聽筒，動作輕車熟路：「你好。」

『妳好。』耳邊傳來年輕女人的聲音，帶著恐懼與遲疑：『妳、妳是人類嗎？』

不等白霜行開口，對方用力深呼吸：『無所謂了……不管妳是不是人類，求求妳，妳真能救我嗎？』

沈嬋坐在白霜行身邊，試圖安撫女人的情緒：「我們是人類。請問妳遇見什麼事了？」

『是這樣的。』她似乎躲藏在某個角落，聲音很悶：『我被困在一場白夜裡，我們已經被逼到絕路……根本不可能活下去！』

白夜。

白霜行與沈嬋默默交換視線。

和山中別墅的任務一樣，這通電話，來自一位即將死去的白夜挑戰者。

季風臨沉聲：「能大致說說來龍去脈嗎？」

『我和另一個朋友，意外捲進白夜。』女人說：『場景是一座古堡，正在舉辦假面舞會，在場所有客人裡……只有四、五個是人類。』

沈嬋心有所感：「你們要藏好自己人類的身分，不被其他鬼怪發現？」

這是白夜的慣用套路，很多人都遇過。

在論壇上，她見過相關的討論。

『嗯。舞會開場時，有個怪物說，它聞到人類的味道。』女人咽了口唾沫：『但……任務的難點，並不是這個。』

還有別的設定？

沈嬋認真地聽。

『白夜，為所有人安排了身分。』不知想到什麼，她的語氣近乎崩潰：『我朋友抽到的角色，是進行職場霸凌的上司。被她欺負的對象……居然也在舞會上，還是隻厲鬼。』

白霜行「唔」了聲。

代入這個角色想想，閒來無事參加一場假面舞會，結果發現在場的全不是人類。

更要命的是，自己平日裡一直欺凌的下屬，竟是個殺人不眨眼的惡鬼。

不管誰遇到這種事，都會直接崩潰吧。

季風臨冷靜接話：「她遭到那隻厲鬼的追殺？」

『嗯。』女人吸了口氣：『逃跑過程中，她心跳加速、額頭冒汗，很快被所有鬼怪察覺人類的身分。』

然後理所當然地死去了。

白霜行繼續問：「那妳呢？妳的角色是什麼？」

『我被分配到一個家庭主婦，發現丈夫……』女人停頓幾秒，咬咬牙：『這個角色的丈夫也在舞會，是個……活死人。』

她用了一點時間，嘗試平復起伏的情緒。

話筒裡，只剩下女人沉重的呼吸。

『他的皮膚下面，是腐爛的肉塊和蛆蟲，我不能暴露自己人類的身分，必須假裝和他如膠似漆。』驚駭又委屈，女人哽咽一下：『妳能想像嗎？一具屍體，我要和他擁抱、牽手，甚至親他的臉……他還準備了人肉，要我吃下去！』

她當然偽裝不下去。

『他很快發現我的不對勁，還說，要把我變成真正的活死人。』女人聲音顫抖，透過電話，白霜行聽見她瀕死前的悲鳴：『他……他們，他們在找我，他們要來了！救救我，救救——』

帶著哭腔的聲音戛然而止。

沒人開口說話，白霜行聽見房門被打開的聲音。

吱呀——

緊接著，是皮鞋踩踏在地板上的悶響。

咚咚，咚咚。

下一秒，女人的尖叫震耳欲聾。

通話到此結束，電話聽筒裡，只剩下嘟嘟忙音。

「假面舞會……」沈嬋皺眉：「我們該不會，也要吃腐爛的血和肉吧？」

如果真要那樣做，恐怕她還沒被厲鬼殺死，就先被噁心死了。

「啊啊啊，聽起來，這位求助者的處境相當不妙呢！」小克老師語氣浮誇，用觸鬚捂住嘴巴：「主持人，只有你們能救她了！世界上真的存在鬼怪舉辦的假面舞會嗎？請你們帶領觀眾一探究竟吧！」

『叮咚！』

『主線任務已更新！』

『任務四：鬼面舞會。』

『這是一場舉辦於古堡中的舞會。誤入此地的你們，請記住，千萬不要暴露人類的身分。否則……今晚的宵夜，就是你們了。』

『外景拍攝即將開始，請主持人們做好準備！』

『本次任務：存活至午夜十二點。』

系統音落下的瞬間，不等白霜行做出反應，耳邊便又響起另一道提示。

『叮咚！』

『進入舞會，需要擁有適合的身分。』

『正在為你隨機分配人物角色，請稍候！』

和之前一樣，任務開始時，她的眼前變得一片漆黑。

唯一的不同點，是出現在半空中的巨大轉盤。

——白夜裡的老朋友，幸運轉盤。

幸運轉盤吱溜溜地轉，指標經過一個又一個小格子，停在某個淺粉色的位置。

系統的語氣輕快而愉悅，如同聽到有趣的笑話，帶出幸災樂禍的笑意。

『角色分配完成，請接收！』

腦海中浮起一段人物簡介，白霜行神色如常地看，幾秒鐘後，右眼皮重重一跳。

……喂喂。

監察系統就算有天大的惡意，也不至於這樣玩她吧？

『角色：腳踏多條船的海王。』

『你是一個青春靚麗的女大學生，由於外貌出眾，成為學校裡的風雲人物。你不是人渣，你只是犯了全天下人都會犯的錯誤，把一顆真愛的心分成幾份，送給不同的人。是的，你一共有四個男朋友。』

『今天，在這場舞會上，你見到他們——不，準確來說，他們並不能被稱為「人」。』

『被你劈腿的男友們，居然全是凶殘嗜血的厲鬼和怪物！更不幸的是，嗅著你的味道，他們將找到你，與你互動。』

『一旦被發現出軌，你就完蛋了。』

『本次挑戰個人任務：不要惹怒他們，竭盡全力隱瞞事實。』

白霜行：「……」

這一定是來自系統的黑幕。

打電話的求助者僅僅面對一個「丈夫」就被折磨得苦不堪言；她不但要逐一應付不同的鬼怪，還必須確保他們不對自己產生懷疑。

難度增加超過五倍。

不過，如果她能利用數量優勢，讓鬼怪們窩裡鬥……

這個念頭剛生出，系統提示音驟然響起。

『叮咚！』

『溫馨提示，鬼怪占有欲極強，不可能彼此爭風吃醋、大打出手。不屬於它們的東西，它們會直接毀掉。只要被發現腳踏多條船的事，你將成為第一追殺對象哦！』

……行吧。

白霜行無所謂地笑笑，看了虛空中的小丑一眼。

監察系統四四四號一動也不動，沒笑也沒說話，眼中是毫不掩飾的殺意。

它主導過無數場白夜，對於人類的套路瞭若指掌。

利用鬼怪彼此爭鬥，從而坐收漁翁之利，這個辦法，在它這裡行不通。

四四四不可能犯下新手等級的紕漏。

『角色分配完畢，即將開始傳送，請挑戰者做好準備！』

又是一道機械音掠過耳邊，白霜行眨眼，見到華美璀璨的燈光。

這裡是假面舞會的現場。一盞巨大的水晶吊燈懸在中央，四面各有留聲機，正播放著悠揚樂曲，舒緩輕柔。

正中的舞池人影攢動，細細看去，很快就能發現異樣。

一個女人沒有雙腿，翩翩起舞時裙裾翻飛，露出空空蕩蕩的裙底。

一個男人手上生有魚一樣密密麻麻的鱗片。

至於不遠處的餐桌……來來往往的客人，嘴角沾有詭異血漬。

舞會富麗堂皇，每個人臉上都戴著款式各異的面具。

透過幾扇窗戶向外望去，如今正值傍晚。

白霜行不動聲色，垂眼看了看身邊。

她正坐在一張圓桌前，不時有人出聲交談——

即便戴著面具，她還是一眼就認出沈嬋和季風臨。

他們三人在圓桌旁邊，但彼此間相距很遠。

沈嬋穿了件引人矚目的紅裙，面具則是簡約純粹的白色；季風臨身穿一件黑西裝，看他的面具，像隻貓頭鷹。

對上她的目光，沈嬋揚了下嘴角，季風臨微微頷首。

小修不是白夜挑戰者，由於綁定過契約，直接被傳送到白霜行身邊。

從沒見過這樣熱鬧的盛會，男孩眼中好奇的亮光一閃而過。

很快，被他彆扭地壓回眸底。

白霜行無聲笑了笑，低頭瞥向自己。

任務背景是假面舞會，她自然也被換上與之相襯的衣物。

長裙深黑，沒有裝飾，右側膝蓋以下分出一條衩，露出纖瘦白淨的小腿。

臉上的面具遮住大半張面龐。

修羅妖刀被她握在手上，難掩冷冽殺氣，顯得格格不入。

「該死，我總覺得，這地方有人類的味道。」圓桌旁，一位男士左顧右盼：「我的嗅覺一向靈敏……你們能感覺到嗎？」

「不會又有人類混進來了吧？」他身邊的綠裙女士一聲冷哼：「每次舉辦舞會，都要遇上這種事。他們非要不長眼地闖進來，被吃掉也是活該。」

「有嗎？」角落裡的年輕人笑了笑，語調散漫：「我沒聞到，會不會是你多慮了？」

「如果真有人類，那就祈禱他們能藏好自己的身分，別被送進廚房。」綠裙女士聳肩：「算了，說這個只會浪費好心情，不如繼續之前的話題吧——我們說到哪了？」

「說到日常生活。」年輕人摸了摸下巴，長嘆一聲：「真羨慕你們，每天都有新鮮的流浪漢能吃，不會被麻煩的警察發現。下一個輪到誰？」

他眸光一動，轉向白霜行所在的方向——

旋即輕飄飄掠過，最終落在她身邊的女孩臉上。

「這位小姐。」年輕人笑笑：「到妳了。能冒昧問一問妳的種族嗎？」

不是錯覺。

白霜行能感覺到身旁的女孩在發抖。

鬼怪當然不可能發抖。

這是……人類？

她想起來，打電話的求助者說過，古堡裡有好幾個人類。

「我……」女孩勉強擠出笑：「我是鬼魂，日常生活？當然就是四處遊蕩，沒什麼好說的。」

冷汗從她掌心滲出。

女孩吞了口唾沫，強裝鎮定：「有時候遇到人，就把他吃掉，然後——」

接下來的內容，她沒能說出口。

鼻尖罩上一股滾燙血腥味，白霜行屏住呼吸。

凶戾的怨氣凝成實體，電光石火間，穿過女孩的胸口。

鮮血四濺，染紅桌布。

上一刻還活生生的人，睜大雙眼，不再動彈。

「編假話，也不知道編得像樣一些。」綠裙女士面露不屑：「人類的偽裝，都這麼差勁？」

「畢竟，妳很擅長識別謊言。」她身邊的男士笑道：「像我，就聞不出說謊的氣息——把這具屍體送進廚房，讓廚子好好烹飪吧。今晚又多了道食材，不錯不錯。」

他頓了頓，抬起目光：「接下來是……」

視線悠悠一轉，掠過那具尚且溫熱的屍體，停在下一個發言者身上。

是她。

白霜行眸色微沉。

『哇哦，開局死人！這次任務，終於要動真格了嗎！』

『快快快！我要看白霜行被送進廚房，變成晚餐！』

『有怪物能分辨謊言。笑死，這次她還能怎麼胡謅？』

席間靜默一瞬。

季風臨正要開口，白霜行搶先一步，揚起嘴角：「好啊。」

她語氣如常，不緊不慢：「日常的話，就在來這之前，我剛和厲鬼玩過躲貓貓。」

綠裙女士用紙巾擦著手：「躲貓貓？」

「在一棟山野別墅裡。」白霜行迎上她的目光：「我們玩得挺開心，他藏在我身後，很長一段時間都沒被發現。」

停頓幾秒，她繼續道：「然後就是，邀請一整個村的惡鬼吃了頓非常豐盛的晚餐。這個應該也算日常吧？食物很多，祂們吃得很高興。」

『躲貓貓……是我心裡想的那個嗎……』

『絕了，重新定義「玩得開心」、「吃得高興」。』

『食物是指那群村民吧？明明是非常血腥的場景，被她一說，怎麼變味了？跟闔家歡似的。』

「再往前，我曾遇到紅衣厲鬼和操控屍體的傀儡師，介紹他們互相認識。」白霜行輕輕靠上椅背，氣定神閒：「他們很合得來，沒過多久就打得火熱。」

對面的沈嬋忍著笑，輕咳一聲。

紅嫁衣和傀儡師大打出手、瘋狂互撕的場面，她可沒忘。

而白霜行仍舊語氣淡淡：「還要說的話，用業火點煙花，和筆仙一起做數學題，幫一隻厲鬼同時介紹好幾個結婚對象，祂非常感激，說一輩子也忘不了我——」

白霜行：「這些夠了嗎？」

『？』

『雖然不清楚當時的情況，但我敢肯定，這個「打得火熱」，絕對是字面意義上的「打得火熱。』

『一輩子都忘不了她，確定不是因為恨之入骨？就算是厲鬼，腳踏幾條船，也會被撕碎吧……可以想像那位的結局了（點蠟燭）。』

『用業火點煙火，這什麼家庭環境？只有極度凶惡的高階厲鬼才擁有業火吧？』

『厲鬼、村民、傀儡師：我謝謝你啊。』

白霜行說得面不改色，沈嬋低頭忍著笑，觀眾大呼上當，瘋狂吐槽。

唯有坐在她身旁的幼年修羅眨眨眼，露出幾分憧憬的神情。

捉迷藏，很開心。

他只聽說這個詞，但從沒有人願意和他玩捉迷藏。

而且，聽白霜行的描述……似乎，她真的是個不錯的人。

很多鬼怪喜歡她，得到她的幫助，是她的朋友。

男孩腮幫子微微鼓起，眼中溢出星子般淺淡的光暈。

這就是普通人類的日常嗎？

『大家，注意看，修羅的表情。』

『被完全騙過去了啊可憐孩子！他不會真的以為，白霜行是個與鬼為善的大善人吧！這都什麼日常，很血腥很暴力好嗎！』

『最恐怖的是，白霜行從頭到尾，居然沒說謊——到底有多少鬼怪被她玩沒了啊！』

『話說，修羅小時候這麼可愛的嗎？居然傻乎乎信了她的鬼話，表情好認真，臉還白嘟嘟的，想捏。』

『笨笨的，像小狗。』

『笑死，已截圖。修羅本尊不是在場嗎？他能看到小孩的表情吧，不知道心裡是什麼感受。』

修羅本尊：「……」

還能有什麼感受，他只覺得腦袋瓜嗡嗡作響，熱氣不斷往上湧，讓他很想拔刀。

妖刀裡，〇九九小小聲：「前輩，你小時候的樣子，好可愛哦。」

修羅：「閉、嘴！」

第五章　鬼面舞會

感受到修羅刀輕微顫抖，白霜行瞟它一眼，無聲笑笑。

身旁坐著的男孩戴了黑金色的半臉面具，露出一對暗紅瞳孔。

當大半張臉全被遮擋住，外露的雙眼便尤其突出。

白霜行輕而易舉地讀懂他此刻的想法。

確實呆呆的。

「請問，」白霜行抿下笑意，望向滿桌鬼怪，「還要繼續嗎？」

她講述的日常生活可謂豐富多彩，尋常鬼怪遠不能及。

用業火放煙火那種事，更是它們想都不敢想的奢侈行為——由此可以推斷，眼前這個正和它們談笑風生的女孩，自身實力一定非常可怕。

角落裡的年輕人連連擺手：「不用不用。看來，小姐妳人緣很好。」

「經常出門走動而已。」白霜行禮貌微笑，倏而起身：「各位不介意我暫時離席吧？遇到兩位老朋友，打算和他們敘敘舊。」

她說著，眼神掠過沈嬋和季風臨所在的位置。

兩人瞬間會意。

白霜行不敢在大廳裡多待。

她被分配到的角色是「腳踏多條船的海王」，任務面板說過，「男朋友們」會循著她的氣味，陸續找上她。

大廳太過顯眼，很容易被發現。

她可不想和那群怪物男朋友打交道，更不願意被他們發瘋追殺。

古堡面積夠大，很快，三人帶著小修離開舞廳，來到庭院角落。

「剛剛那女孩……」想到對方死不瞑目的模樣，沈嬋心有餘悸。

綠裙女士擊穿她的胸口後，就在白霜行講述日常故事時來了個服務生。

如同處理新鮮食材，慘死的人類女孩被放上推車，送往廚房。

由此可見，面對人類，這個副本中的鬼怪不可能心慈手軟——

在它們看來，人類無異於遍地可見的廉價食物。

想效仿在上個村子裡的做法，試圖說服它們，幾乎不可能。

「對了，我們每個人，都被分配到不同的角色吧。」沈嬋開門見山，毫無保留：「我是『蛇蠍心腸的婦人』，為了得到保險金，害死老公——那位老公也會出現在這棟古堡。」

毋庸置疑，一旦雙方碰面，必將展開殘酷屠殺。

耐心等她說完，季風臨接過話。

「我是『學校老師』，因為和很多人類接觸，身上陽氣很重。按照設定，比起妳們，我的氣息更容易被鬼怪察覺。」

圓桌上，有位男士說「嗅到人類的味道」，很可能就是源自於他。

「我的話，只要盡可能避開『老公』，活下去就不成問題。」沈嬋摸了摸下頜：「季風臨……待在人跡罕至的地方，不和鬼怪接觸就行了吧？」

她多出幾分信心。

「這次的任務，好像不是很難。」沈嬋挺挺胸口，揚起嘴角：「打電話來的求助者之所以露餡，是因為她的角色太難。只要不被分配到過於離譜的人設，這局肯定穩了。」

季風臨卻是不語，看向白霜行。

從開始交談到現在，她一句話也沒說。

他隱約明白了什麼。

沈嬋也察覺到問題，好奇詢問：「霜霜，妳呢？」

白霜行：「……」

白霜行扶額：「『腳踏多條船的海王』，一共有四個男朋友，每個都在舞會現場。」

一句話落下，耳邊安靜至少三秒。

『沈嬋：愣住。』

『笑死，這局穩了。』

『四等分的戀愛，四等分的快樂，四等分的高難度，笑死。』

季風臨比沈嬋更先開口，神色晦暗不明：「四個男友？」

「我不清楚他們的設定。」白霜行揉了揉眉心：「系統只說，他們能感應到我的氣息，會循著氣息陸續找來。」

停頓一下，她無奈補充：「如果讓他們碰面聚在一起，發現我出軌的話，就完蛋了。」

從小到大，白霜行玩過不少遊戲，體驗過諸多人設。

這是頭一次，被分配到如此離譜的角色。

她在現實生活中雖然人緣不錯，卻和身邊的人都保持著一段距離，交心好友只有沈嬋一個。與某個人推心置腹地談戀愛，更是從沒體驗過。

明明戀愛經驗為零，現在進度加速再加速，直接有了四個男朋友。

這讓白霜行有些頭疼。

「系統是故意針對妳吧。」沈嬋好氣又好笑，想了想，止色說：「能讓他們爭風吃醋、互相殘殺嗎？情敵之間的修羅場，應該很管用。」

白霜行搖頭：「系統給過提示，他們不可能爭風吃醋。一旦發現我腳踏四條船，那群傢伙不會在乎情敵——把我殺掉洩憤就行。」

這還真是……

系統的殺意完全不加掩飾，沈嬋眼角一抽。

「鬼怪能透過氣味，追蹤到我們所有人。」白霜行認真思考：「打電話來的求助者藏在角落，最終還是被發現了。雖然躲藏不能百分之百避開它們……但想通關，最好還是遠離人群，讓自己的氣息盡可能不被察覺。」

她抬起眼，看向身前兩人：「你們覺得呢？」

「嗯。」沈嬋點頭：「一旦暴露行蹤，讓妳被兩個以上的『男朋友』發現……」

想到那時的場面，她皺起眉頭：「不僅他們會對妳展開追殺，其他鬼怪也會注意到妳，察覺妳人類的身分。」

那將是一發不可收拾的劇情發展。

整個古堡上上下下近百隻鬼怪一擁而上，就算白霜行擁有修羅刀和業火，也不可能敵過它們。

說到這，沈嬋看季風臨一眼。

季風臨一向沉穩冷靜，做事從不偏激。

毫無疑問，他會贊成這個想法。

然而出乎意料地，少年抬起眼睫，喉結一動：「或者——」

季風臨說：「把那四隻怪物全殺光，怎麼樣？」

他語氣平淡，聽不出起伏，說到「全殺光」時，就像不經意間聊起今天的天氣一樣，稀鬆平常。

用了好一陣子，沈嬋才把這句話消化完。

沈嬋：欸？

欸欸欸——？！

「任務面板裡說，他們會尋覓氣息陸續找來。」季風臨說：「既然是『陸續』，中途就有空出的時間，能讓我們動手。」

沈嬋有點茫然：「可是，如果在古堡裡殺死鬼怪，不會引起騷亂嗎？」

這一次，白霜行回答她的問題。

「在僻靜無人的地方動手就行。」白霜行迅速跟上季風臨的想法：「反正他們能循著氣味尋人，不管我藏得多偏，都可以找到。」

嗯，越想越覺得，這是個好辦法。

如果按照常規方法，在鬼怪面前竭盡所能地掩飾，不但要時刻擔心會不會被其他「男友」發現，她還得浪費時間和精力，對著那些凶殘惡徒虛與委蛇、假意親近。

白霜行當然拒絕。

躲藏遲早會被發現，治標不治本。

不如一個個殺掉他們，解決所有麻煩。

『等等，什麼鬼？這是普通人類能想出來的通關方法嗎？』

『好傢伙，一拍即合。我是在看反派視角嗎？』

『這兩人就是反派吧！之前還覺得季風臨沉穩可靠，居然殺心這麼強？』

『他們想得太簡單了。四個鬼怪，是那麼容易解決的嗎？哪一方先被殺光，還不一定呢。』

『沒錯，都給我死！古堡裡這麼多鬼怪，難道對付不了他們？』

留言洶湧而過，驚嘆和質疑的聲音此起彼伏。

季風臨沒有理會，繼續沉聲說：「那四個鬼怪只能認出妳的氣味，並不知道妳就是人類；而我，是人類的特質格外明顯。」

他對上白霜行的雙眼：「必要的時候，我可以充當誘餌。」

沈嬋：「……」

沈嬋決定重新打開被她關閉的聊天室，順便靠近小修幾步，獲得一些除了這兩人之外的陪伴。

「除此之外，還有沈嬋那位『丈夫』。」白霜行說：「如果遇上，也儘量解決吧。」

這個可以！

沈嬋點頭。

她可不想像來電的那個女生一樣，被迫和厲鬼牽手擁抱，吃帶血的腐肉。

決定好大致的方案，接下來，就得想想如何解決鬼怪了。

「我升級過技能。」季風臨說：「風能割破皮膚。」

「皮膚」是個非常寬泛的概念。

它可以在手上、腳上、軀體上，也能在最為脆弱的脖子上。

切斷手腳，對方將喪失行動能力；一旦脖頸被割裂，一條命也就沒了。

白霜行聽懂他的意思：「也就是說，如果對方並非厲鬼，而是擁有實體的怪物……你能輕鬆殺掉他。」

季風臨點頭。

「我我我也升級過技能！」沈嬋興奮舉起手，想了想，又撓撓頭：「不過『言出法隨』的概念非常模糊，我不太確定它能被使用到什麼程度。」

「我這裡，攻擊技能還剩下『業火』和『修羅刀』。」

白霜行說：「都對厲鬼有效。」

這樣想想，應該夠了。

「季風臨的『風』每場白夜能使用三次，『言出法隨』可以留著危急關頭救場。」她微微頷首：「不過，白夜之中變數很多，我們——」

話到嘴邊，忽地，耳旁響起提示音。

『叮咚！』

『檢測到挑戰者「白霜行」任務難度過高，當男友出現在範圍十公尺之內時，將提前進行系統播報。』

『叮咚！』

『有緣千里來相會，無緣對面不相逢。恭喜挑戰者，即將遭遇第一位男友！』

『你是否也在期待這場浪漫的古堡約會呢？』

白霜行：呵。

就算她毫不期待，這個環節也不會取消。

『第一位男友資料已發放！』

『姓名：洛一。』

『種族：食人貓。』

『小你一屆的學弟，黏人愛撒嬌，對於情感十分敏感，喜歡的食物是魚。』

學弟？

聽到這兩個字，沈嬋默默挪動視線，望向季風臨。

對方面無表情，眼睫輕輕下垂，看神色，有些微妙。

嗯……

沈嬋若有所思，瞇了瞇眼睛。

系統仍繼續播報。

『墜入愛河的他對你全心全意，千萬要小心，一旦被發現出軌的事——生性多疑的貓咪，會把你的心臟挖出來吃掉喲。』

因為是第一個出場的男友，所以名字叫「洛一」，實在有夠敷衍。

白霜行很認真地思考了一下，第二位會不會叫「張二」、「李二」或是「王二」。

不過……

眸光微動，白霜行靜靜環顧四周。

十公尺的距離很短，這道播報響起，意味著對方很快就能找到她。

果不其然。

就在她側過身子的剎那，不遠處便響起輕快悅耳的少年音：「學姐！」

聽見這個稱呼，季風臨微不可察皺起眉。

迎面跑來的是個身穿白色T恤的男生。

看起來十八、九歲，戴著金色的貓臉面具，見到白霜行，一把將面具拽下來。

圓杏眼，高鼻樑，瞳孔呈現琥珀般的色澤，被燈光映得熠熠生輝。

在多數人盛裝打扮的場合裡，他的純白上衣顯得格格不入，如同一隻歡喜的鳥雀，撲騰到白霜行身前。

在男生觸碰到白霜行的手臂之前，季風臨不動聲色上前一步，向他伸出手。

「你好。」季風臨笑笑：「我們是她朋友。」

被他攔住，對方怔忪一下，不得已停下動作，和他握了握手。

順帶抬頭打量他。

季風臨很高，穿著俐落的黑色西裝，身形挺拔頎長，表情雖然看不出異樣，對視時，卻有種說不出的威懾力。

模樣也挺好，是非常討人喜歡的類型。

這讓洛一很不爽。

「學姐，妳怎麼來了？」食人貓決定不去管他，朝白霜行靠近一步，姿態親密：「妳也不是人類嗎？太好了！我還想著——」

他說著一頓，笑容和煦爽朗：「我還想著，不久後親手把妳殺掉，讓妳變成厲鬼，一直和我在一起呢。」

現在好了，原來他們都不是人類。

白霜行挑眉，有些好奇：「如果我是人類，你就不願意和我在一起了嗎？」

「人類低劣又愚蠢，只配成為我們的食物。」食人貓冷哼一聲，再開口，又成了甜滋滋的語氣：「學姐，我是貓妖，妳想摸摸我的耳朵嗎？」

開口時，男生髮間微微一顫，冒出兩隻毛絨絨的貓耳。

他揚了揚下巴：「只有伴侶，才有摸耳朵的權利噢。」

白霜行一愣。

她當然不想摸這隻貓的耳朵，更不可能成為他的伴侶，只不過這句話，讓她想起在「怪談小鎮」時的經歷。

當初，她摸了季風臨的耳朵和尾巴。

下意識地，白霜行飛快瞧他一眼。

對方居然也在看她，四目相對，喉結上下滾動。

聽完食人貓這段話，乖巧旁觀的沈嬋打了個寒顫。

同樣是學弟，還好季風臨的性格不像這種。

如果他每天嗲著嗓音撒嬌，不說白霜行，連沈嬋都得連夜扛著房子逃跑。

可轉念一想，季風臨似乎又太正經內斂了些。

「奇怪。」食人貓在空氣裡嗅了嗅：「你們覺不覺得，這裡人類的氣味很重？」

「這是當然的。」白霜行笑：「不久前有個人類混進古堡，就坐在我們身邊，被識破後送去廚房了。」

她條理清晰地說著：「我們身上，或多或少沾了她的味道。」

食人貓恍然大悟。

他聽說，有張圓桌上發現渾水摸魚的人類，被當場處決。

原來就是他們所在的那一桌。

「學姐、學姐。」把這件事拋到腦後，他咧開嘴角：「我們去跳舞吧！舞池裡有好多對情侶，妳今天這麼漂亮，最適合跳舞了。」

那兩聲「學姐」，叫得人頭疼。

白霜行溫聲笑笑，默不作聲撩起眼，環顧四周。

『果然是反派劇本吧？臉上帶著笑裝作小情侶，心裡其實在暗暗盤算，該怎麼毀屍滅跡。』

『好可怕。反正我是不敢打電話給節目組了，凡是這三人進過的地方，鬼怪全沒了。』

『食人貓應該是最簡單的對手。在這種難度的副本裡，Boss只會一個比一個強，不可能讓他們輕鬆過關。』

『預感到貓貓的結局，為貓貓點一根蠟燭。』

『點蠟。』

正如留言所說，白霜行正在尋找合適的地點。

現在入了夜，客人們大多聚集在舞廳。

庭院僻靜，只有零零星星幾道人影。

偏僻，安靜，漆黑。完美符合動手的條件——

尤其是角落裡，那片用樹藤圍成的迷宮。

迷宮面積不大，充其量只是個複雜的花園，藤蔓朦朧搖綴，覆蓋下團團簇簇的陰影。

在燈光照射不到的夜色裡，如同一汪蕩開的潭水，黢黑森冷，難以被外界窺視。

「跳舞？好啊。」白霜行輕聲道：「我之前吃太多東西，立刻跳舞的話，可能有些難受——不如我們先在外面逛逛，怎麼樣？」

對方欣然應允。

於是白霜行拉上小修的手，避免與食人貓產生更多接觸，一路前行。

從頭到尾，不知道聽了多少聲黏黏膩膩的「學姐」。

一下是「學姐妳今天真好看」，一下是「學姐我們的紀念日快到了」，一下又是「學姐明天去我家吃新鮮的人類心臟吧」。

白霜行禮貌地聽，心中莫名感到困惑。

季風臨笑著叫她「學姐」的時候，她從未感到抗拒。

不知不覺，幾人有一搭沒一搭說著話，慢慢走進花園中。

這地方像一座小型迷宮，牆壁用藤蔓編滿，放眼望去，滿目盡是沉鬱綠色。

小修還是一副悶悶的模樣，悄悄端詳著眼前的景象。

在血海中待了不知多久，這是他第一次近距離觀賞茂盛華美的花叢。

白霜行保持微笑，抬頭看向季風臨。

少年沒出聲，微微頷首。

食人貓並非厲鬼，而是擁有實體的人外生物。

白霜行的技能要留著對付鬼魂，最適合解決這隻貓的是他的風。

他腳步很輕。

強大的風力能形成刀割般的氣流，在頃刻間殺人於無形。

四下肅寂。

忽地，響起草叢顫動的聲音——

不等他靠近，食人貓猛然轉身，伸手刺向白霜行！

超出想像的舉動，季風臨眼疾手快，將她一把拉向身後。

沈嬋皺眉，看向展露出利爪與獠牙的怪物：「你幹什麼！」

「學姐，妳背著我，在和這傢伙私會吧。」食人貓冷冷揚起嘴角，目光如冰，掃視季風臨：「從見面起，就覺得你們之間的氣氛很不對勁……真不巧，被我發現了。」

他眼中滲出殺意，一分鐘前的甜膩消散無蹤，只剩下野獸般的戾氣：「妳答應過我，不會跟別的男人有任何來往。」

白霜行抿起嘴角。

不跟別的男人有任何來往。

意思是，她不能與男性接觸，更不能和他們單獨相處。

早在食人貓見到季風臨時，就起了疑心。

……或許，還要加上一個不到十歲的小修。

此時此刻，食人貓看著她緊緊牽住男孩的手，眼中騰起火一樣的嫉妒。

『小孩的醋也要吃？看他的表情，像要把修羅碎屍萬段。』

『第一個男友就是這副德行，接下來的幾個……不敢想像。』

『翻車！翻車！快翻車！希望大家都能瘋得狠一點！』

『迫不及待想看翻車了嘻嘻，趕快死掉吧。』

留言滾動，直播間裡充滿快活的氣息。

花園陰影下，食人貓面目猙獰：「不跳舞、不牽手，連我們的紀念日都不記得……妳是不是想跟我分手，和這傢伙在一起！」

白霜行想起來了。

他的人物簡介裡寫過，食人貓生性多疑，對情感中的變化十分敏銳。

只要她表現得不像以往那樣熱情，或是被他見到和別的男性待在一起，這位看起來乖巧可愛的學弟，就會挖出她的心臟。

不愧是白夜裡的愛情，真夠刺激。

既然已經將他引來這裡，殺局布下，白霜行就沒必要繼續偽裝下去。

面對食人貓怨懟的怒視，她勾唇一笑，隨口回應：「大概吧。」

不出所料，對方渾身顫抖，白淨的臉頰上湧起黃白相間的貓毛。

「當心。」白霜行沒放鬆警惕，壓低聲音，將小修護在身後：「這隻貓算小Boss，難度——」

她話音未落，突然頓住。

耳邊傳來清脆系統音。

『叮咚！』

『眾裡尋他千百度，驀然回首，那人卻在燈火闌珊處。恭喜挑戰者，即將遭遇第二位男友！』

該死。

白霜行只想打出一個大大的問號。

在這個時候橫生變故，明顯是監察系統故意埋下的坑。

四四四抓準時機，要讓她的第一位和第二位男友碰面，也讓她死無葬身之地。

『第二位男友資料已發放！』

系統的音調愉快上揚。

『姓名：薛爾。』

『種族：活死人。』

『大你一屆的學長，成熟穩重，是學校裡有名的高嶺之花。』

『看起來不好接近的他，其實心裡懷有強到可怕的占有欲。一旦發現出軌的事，活死人會將你做成一桌美味菜肴，讓你永遠只屬於他哦。』

『友情提示：男友危險程度將依次遞增，請挑戰者做好準備！』

屋漏偏逢連夜雨，白霜行迅速回頭。

他們置身於幽暗草木間，不會輕易被發現；不遠處，燈光尚且能照射到的庭院裡，有幾道人影正在靠近。

為首的年輕人東瞻西望，尋找著什麼東西。

這位，顯然就是她的第二個男友。

『哦豁。』

『哦豁哦豁！』

『會翻車嗎？會翻車吧！終於能看到這女人被做成食物了，不枉我守在直播前面這麼久！』

『修羅場快來！哈哈哈哈哈白霜行會被撕個粉碎吧！』

聊天室一片幸災樂禍，白霜行穩下心神，冷靜思考。

庭院位於室外，視野極度開闊。

薛爾身邊跟著好幾個鬼怪，僅憑他們三個普通人類，不可能悄無聲息地解決。

只要雙方交手，一定會鬧出很大動靜、引起更多鬼怪的注意，讓三人成為整個古堡的公敵。

可循著氣味，不出半分鐘，對方就能找到她。

現在最好的辦法是——

季風臨沉聲：「妳出去，這裡我來。」

沒想到會遇上這種狹路相逢的情況，沈嬋手心全是冷汗，聞言點點頭，指了指自己。

她也會留在這裡幫忙。

分工合作，這是最穩妥的選擇。

沒留給他們更多討論的時間，殺機突起，食人貓低嗚一聲，衝上前！

聽見貓叫，不遠處的人影齊齊轉頭。為首的年輕人朝著這邊邁一步。

時間緊迫，容不得猶豫，需要有人立刻轉移他們的注意力。

白霜行點頭，帶著身旁的小修快步離開，思考如何才能拖住那群鬼怪。

心臟狂跳，沈嬋深吸一口氣。

白夜萬分凶險，要是出現紕漏，他們將淒慘死去、無路可逃。

如同在鋼絲上跳舞，每一步都讓人心驚。

一旦這裡的打鬥聲傳開，肯定會讓花園中的鬼怪漸漸生疑。

如果可以的話，他們必須無聲無息解決食人貓。

神經緊張到極致，沈嬋點開腦海中的技能面板。

她的專屬技能，名為「言出法隨」。

「我希望——」下定決心，沈嬋握緊手掌，由衷祈禱：「三分鐘內，花園外的鬼怪，不會進入這裡。」

『很遺憾。』

系統的提示音冰冷而乾脆。

『技能使用失敗。』

嘖。

她眉心跳了跳，加重語氣：「我希望，一分鐘內，花園裡的聲音不會外傳。」

『很遺憾。』

『技能使用失敗。』

能爭氣點嗎！

沈嬋咬牙，破釜沉舟：「……半分鐘！」

這一次，系統音停頓了半秒。

隨之而來，是久違的音效。

『恭喜挑戰者，技能使用成功！』

『正在為您覆蓋場景內聲波，請稍候。』

又是一息風聲拂過，沈嬋聽見若有似無的耳鳴——

同時，季風臨一拳擊在食人貓側臉，發出轟然悶響！

他學過體術，打法帶著幾分狠戾隨性的野路子，又用白夜商城的道具加強過體能。以目前的狀態，哪怕面對嗜殺如命的凶殘怪物，也能占據上風。

劇痛襲來，食人貓被打得尖叫哀嚎，狼狽跌倒在地，回過神時，衣領被人提起。

他看見一雙冷寂的黑色眼睛。

「你……」食人貓齜牙咧嘴，吐出一口血沫：「你一直悄悄看她吧？學——」

「學姐」兩個字還沒說完，小腹又被猛地一踹。

怪物疼出眼淚，破口大罵：「跟在她身邊有什麼用？我能看出來，她根本不在乎你！我才是她男朋友！在我面前，她甚至從沒提過你！」

他原以為對方會生氣。

然而季風臨始終神情淡淡，垂著眼，喉結一動。

「嗯。」他開口，用只有他們能聽到的、很低的聲音：「我樂意。」

話音方落，有風乍起。

疾風凶戾如刀，瞬間割破脆弱的咽喉。

食人貓駭然睜大雙眼，臨死前，不由自主打了個寒顫。

褪去所有溫和情緒，他眼前是張冷淡到極致的臉。

好似一把鋒芒畢露的利刃，那雙漆黑瞳仁裡，只剩下冰冷殺意。

讓他不敢與之對視，情不自禁脊背生寒。

季風臨和沈嬋走出花園時，白霜行已經與薛爾攀談了起來。

花園外的鬼怪被她暫時拖住，花園裡，沈嬋避免聲音外泄，季風臨則順利解決了食人貓。

一場危機就此翻篇，白霜行暗暗鬆一口氣，望向花園出口。

沈嬋沒受傷，見到她時很興奮，用力揮了揮手。

季風臨的髮絲略顯凌亂，蓬鬆地搭在額前與耳邊，黑西裝起了幾道褶皺，領帶半鬆。

食人貓的血跡被他清理乾淨，臉上和手上只剩下幾道被貓爪抓出的暗紅血痕。

「這兩位，就是妳說的朋友吧。」薛爾笑笑，展現出成熟學長應有的風度：「在花園裡散步？」

季風臨坦然對上他的目光，語氣平靜如常：「殺了隻煩人的貓。」

「這位是誰？」

他彎了下嘴角，抬起手，漫不經心整理歪斜的西裝領帶。

少年笑得溫馴無害，黑眸像極幽深暗潭，吐出兩個再熟悉不過的字眼：「學姐。」

第一個「男友」被順利解決，白霜行眨眨眼，眸底的殺意稍縱即逝。

再抬頭，她恢復柔和微笑。

「介紹一下，這是沈嬋和季風臨。」白霜行腳步輕快，靠近沈嬋時，親切地挽起她的手臂：「我最近新認識的朋友。」

薛爾一直對她動手動腳，白霜行很討厭與陌生人有肢體接觸，乾脆來到另一邊，和沈嬋待在一起。

沈嬋明白她的心思，眨眨眼，回挽她的手。

「你們好，我是她男友，叫薛爾。」活死人彬彬有禮，與食人貓截然不同，看不出半點殺意：「我們在同一所大學，我是霜霜的直屬學長——你們兩位的關係是？」

沈嬋毫不猶豫：「姐弟！」

開口時，她從容不迫，端視這位同樣危險的新男人。

薛爾穿著白色西裝，面具被摘下，露出清雋俊美的臉。

嗯……是標準的學霸臉，五官精緻，透出點若有似無的書卷氣，看起來溫文爾雅，彷彿永遠不會發脾氣。

在他身後，跟著五六個朝氣蓬勃的年輕人，顯然是他的朋友。

……怎麼還是覺得，和季風臨有點像呢？

白霜行打破沉默：「你們怎麼出來了？舞廳裡不好玩嗎？」

「太吵鬧，想出來透透氣。」薛爾笑道：「如果妳想去，我可以陪妳。」

這位男朋友，不太好對付。

白霜行臉上回他一個微笑，心裡覺得有些可惜。

薛爾身邊跟著好幾個朋友，就算她約他單獨見面，再把他迅速殺掉……察覺他不見蹤影，這群朋友首先懷疑的，就是白霜行。

到那時，她必然百口莫辯。

要怎麼解決才好呢？

「正好，我們也覺得裡面太吵鬧。」白霜行收回思緒，對上活死人的目光：「不如，一起在庭院裡走走？」

薛爾當然答應，而她順水推舟，前往與花園迷宮相反的方向。

食人貓的屍體還躺在那裡，不能讓其他鬼怪發現。

「花園我們剛剛去過了。」白霜行說：「找點別的地方逛逛吧。」

『泰然自若地把鬼怪引開了……這個反應速度，我是服氣的。』

『血流成河！我要看血流成河！！』

『這位血流成河還在呢？我以為被氣到換臺了（樂）。』

『你不懂，這是一種執念，越看不到他們死掉，就越不甘心。』

古堡占地極大，不僅建築面積令人瞠目結舌，周圍的庭院也十分寬闊。

花壇與草木隨處可見，一條鵝卵石小路貫穿南北，道路兩旁零零散散佇立著幾盞路燈。

沈嬋為了讓白霜行和薛爾分開，表現出黏黏糊糊、死纏著白霜行不放的模樣。實際行為模式是，照搬剛被他們幹掉的食人貓。

「我和表弟在這裡沒什麼認識的朋友，能見到妳，真的很開心。」沈嬋輕拽她的手臂，睜大一雙貓貓眼：「妳能多陪陪我嗎？」

白霜行一秒接戲，無可奈何地笑笑，看向薛爾：「不好意思啊學長，你和朋友們在前面走著吧，我陪她說說話。」

身為一名體貼成熟的前輩，薛爾頷首應下。

於是兩方之間隔一段距離。

「忽然想起來，有個很嚴肅的問題。」撒嬌撒完了，沈嬋才後知後覺：「這傢伙占有欲超強，不會連女孩子的醋都吃吧？」

她可沒忘，當食人貓憤憤看向豆芽菜一樣的小修時，滿眼都是嫉妒的怒意。

白霜行的四個男朋友，沒一個正常。

「他偽裝得不錯，目前看不出有什麼異常。」

白霜行說著，眼神落在季風臨身上。

他與食人貓死鬥一番，雖然占據上風，但難免被爪傷。

季風臨早已習慣疼痛，對這種小傷毫不在乎，她默了默，從白夜商城兌換兩張ＯＫ繃。

見到白霜行抬手，看清她手裡的東西，少年微微一怔。

「用這個吧。」白霜行低聲笑笑：「人類的血腥味應該很容易被鬼怪發現。如果遇上嗅覺靈敏的傢伙，你就露餡了。」

這是個無法反駁的理由，季風臨小心接下，道了聲謝。

很快，白霜行轉移話題：「這一位，要怎麼解決？」

沈嬋認真思忖：「他如果出了事，那些朋友會在第一時間找上妳吧。」好麻煩。

不管怎樣，白霜行都會被視作第一嫌疑人。

「有很多朋友，或許也是一件好事。」白霜行想了想：「他的精力會被朋友們分散，從而減少對我們的關注。」

譬如剛才，白霜行想支開薛爾，非常容易。

「不殺他，是最穩妥的辦法。」她整理好思緒，繼續分析：「要是遇上其他男友，我可以把『陪沈嬋四處逛逛』當作藉口，暫時從他身邊離開。」

他不像食人貓。

食人貓單槍匹馬地出現，在整場舞會裡只會黏著白霜行一個人；薛爾被一大群好友環繞，即便與白霜行分開，也有不少事情需要處理。

「不過，這樣做，有一定的風險。」白霜行說：「角色簡介裡寫，薛爾占有欲很強。如果我三番兩次找藉口從他身邊離開……他可能會發病。」

到那時，只能再想個法子，儘快解決了。

計畫的雛形確定下來，白霜行輕揉太陽穴，看了看周圍的景象。

他們正經過一座池塘。

塘水清澈，在燈光照射下，泛起朦朧的青綠色澤。岸邊垂著兩棵柳樹，枝條脆嫩，隨風搖晃。

一幅令人心情舒暢的美好景致。

前提是，如果那道系統音沒突然響起的話。

『叮咚！』

『兩情若是久長時，又豈在朝朝暮暮。恭喜挑戰者，即將遭遇第四號男友！』

聽見這聲音，白霜行動作一頓。

四號？不是第三個嗎？

沈嬋也愣了愣，神情複雜。

「什麼情況。」一波未平一波又起，沈嬋嘶了口冷氣：「監察系統，不會是故意整我們吧？」

『四號男友資料已發放！』

系統沒理會她的吐槽，繼續歡樂地出聲。

『姓名：顧斯。』

『種族：紅衣厲鬼。』

『魅惑系男子，大你一屆的學長，男生女相，慵懶美豔。』

『無數人發自內心地仰慕他、愛戀他，他卻只對你情有獨鍾，在他眼中，只能倒映出你的影子。』

白霜行：「……」

別說了。

這段文字太辣耳朵，她的腳趾瘋狂蜷縮。

『他愛你幾近發狂，收藏所有與你相關的東西。你用過的鉛筆，你丟掉的試卷，你扔進垃圾桶的衛生紙，甚至你落在地上的髮絲。每天晚上，他都會握著那一縷髮絲入眠，這讓他感到難以言喻的幸福。』

季風臨：「……」

季風臨眸色更沉，破天荒地，露出一絲不耐煩。

『看見他手裡拿著的黑色皮包了嗎？裡面裝著的，全是你的照片。』

『他如此深愛你，想必，你不會忍心背叛他吧？』

『癡鬼之愛，決不允許背叛的可能。一不小心讓他生氣的話，你將被掏空內臟，變成擺在他家裡的人偶喲。』

沈嬋：「……」

這、這難道就是傳說中的，頂級病嬌？

不是吃掉就是做成玩偶，能來一點正常人的戀愛嗎！

紅衣厲鬼距離他們只剩下十公尺，現在不容細想太多。

白霜行極目遠眺，在小路另一頭，見到一個手拿黑皮包的年輕人。

黑長髮，綁成鬆鬆散散的馬尾。

他的眉眼被燈光模糊，逆著光暈，白霜行首先見到瓷器一樣白皙的皮膚。

正緩緩走來的青年眉目如畫，桃花眼，鼻樑挺拔，薄唇泛出妖異的紅。

他穿了件簡單的白色上衣，被單薄布料勾勒出瘦長身形，身旁跟著三個朋友，正有說有笑，朝著他們這邊靠近。

沈嬋瞇了瞇眼，誠實地想，長相確實很不錯。

白霜行卻沒有閒心欣賞對方的長相。

名叫顧斯的厲鬼似乎與薛爾認識，狹路相逢，二者停下腳步，低聲攀談幾句。

薛爾甚至轉過頭，指指白霜行所在的方向。

看口型，沒猜錯的話，應該是說，他女朋友就在這。

白霜行頭大。現在走也不是，留也不是，無論如何，都顯得欲蓋彌彰。

眼看薛爾揮手與他道別，末了還轉過頭，朝著白霜行一笑：「這是我朋友。」

白霜行：「……」

不幸中的萬幸，這地方路燈很少。

他們三人帶著小修，正站在樹叢的陰影之下。黑影幽暗，遮住每個人的五官，從遠處看，只能望見模模糊糊的輪廓。

厲鬼與活死人交談幾句，笑著告別。

緊隨其後，顧斯向這邊走來。

白霜行聽見自己的心跳聲。

她努力分辨過薛爾的口型，對方只說自己的女友在池塘邊。

顧斯一定能認出她的這張臉，想蒙混過關，只能靠沈嬋混淆視聽。

至於她——

思忖間，倏地，鼻尖有一道冷風襲過。

頎長挺拔的身影將她遮蓋住，白霜行屏住呼吸。

季風臨上前，微微俯身，與她距離很近。

靠攏的一剎，少年低聲開口：「失禮了，抱歉。」

他身上很香，是淡淡的洗衣粉的味道。

體溫滾燙，好似一團陡然貼近的火，在空氣裡悄然一燎。

不知怎麼，白霜行耳朵隱隱發熱。

季風臨靠過來的時候，她居然不覺得反感抵觸，只有心臟重重一跳。

屬於另一個人的氣息，將她裹住。

白霜行抿了下嘴角：「沒關係。」

顧斯一點點靠近，路過池塘，看了他們一眼。

一共有三個大人，一個小孩。其中兩個貼得很近，少年垂著頭，靠近女孩耳邊，像在說情人之間的呢喃低語。女孩被澈底遮住，看不清模樣。

在他們身旁，身穿紅裙的女孩明豔漂亮，與他四目相對時，揚唇笑了笑。

這位，應該就是薛爾口中的「女朋友」吧。

厲鬼回以禮貌的微笑：「妳好。妳和薛爾很般配。」

沈嬋：？

別這樣咒她好嗎？

『我靠我靠我靠，刺激啊！居然沒被發現！』

『我都等著翻車了，結果來這麼一出。』

『太猛了！看得我血脈僨張！』

『此情此景代入一下，不就是在現任男友眼皮子底下曖昧偷腥嗎！太刺激了，就隔著不到三公尺的距離啊！季風臨還靠得那麼近！』

『他耳朵好紅，這是可以說的嗎？』

『嘻嘻，我也發現了。看起來面不改色，不會在偷偷害羞吧。』

厲鬼和沈嬋不熟，沒必要和她多加攀談。

寒暄幾句後，顧斯帶著朋友們告別離開。

季風臨後退一步。他沒逾矩，從頭到尾並未觸碰到白霜行，退開時，不忘重複一遍：「抱歉。」

小修懵懵懂懂看著他們，茫然地歪了歪腦袋。

「……逃過一劫，謝謝。」白霜行摸摸耳朵，轉移話題：「儘快跟上薛爾吧。他發現我們不見，又得起疑。」

接下來的半小時裡，一切風平浪靜。

幾人把古堡周圍逛了一遍，期間白霜行不忘上前，向薛爾問起他那位厲鬼朋友的資訊。

「妳問顧斯？」薛爾笑得溫柔：「他和我同個年級，學美術的，性格不錯，人緣也很好。

怎麼，對他有興趣？」

最後一句話裹挾著淡淡笑意，白霜行卻聽出殺意。

「怎麼會。」白霜行噗嗤一笑，指指沈嬋：「幫朋友來問問。」

沈嬋瞭解她的套路，很配合，佯裝赧然地戳戳她的後背。

原來是這樣。

對方眼底的寒意迅速消融，化作春風般和煦。

「是沈嬋啊。」薛爾點頭：「他好像有女朋友，我不太確定，改天幫她問問。」

沈嬋從善如流：「謝謝啦。」

『笑死。其他人的白夜：和鬼怪鬥智鬥勇，不停逃命。這群人的白夜：悖德遊戲，戀愛戰爭。』

『已經開始輕車熟路配合起來了，這就是隊友嗎……』

『再這樣下去，他們絕對能輕鬆通關啊！節目組呢？趕緊加大難度！』

『題外話，洛一、薛爾、顧斯，一二四，這節目的取名水準把我逗笑了。』

雖說有驚無險躲過一劫，但見到四號的厲鬼後，白霜行還是不太安心。

「我們第三個遇見顧斯，他卻排在四號。」她說：「系統提示過，四個怪物的實力會逐一增強。四號顧斯，應該是最強的一個。」

……也是最變態的一個。

正常鬼魂，誰會收集女朋友用過的衛生紙和頭髮啊。

「而且，他人緣很好。」季風臨跟上她的想法：「和二號的薛爾一樣，在他身邊跟著幾個朋友。要把他單獨引開，肯定會被朋友看見。」

他們幾乎沒有動手的機會。

白霜行「唔」了一聲，雙手環抱在胸前。

白夜果然沒那麼容易通關。僅憑殺戮，他們很難完成這次的任務。

隨著時間推移，天色越發陰沉。季風臨手上有手錶，看了眼時間，是晚上七點。

根據任務，他們要在這裡待到午夜。

「走回來了。」

在古堡附近逛了一圈，兜兜轉轉，幾人回到最初的花園迷宮前。

薛爾靠近白霜行，很有紳士風度地笑笑：「一起進去跳個舞吧？」

到這種時候，白霜行沒有理由再拒絕。

她看了古堡正門一眼，確認沒有熟人：「嗯。」

時至此刻，食人貓死了，還剩下三個男朋友。

腦袋飛速運轉。舞池裡人來人往，肯定不能逗留，更何況，以四號厲鬼的交際花性格，有百分之九十的機率出現在那裡。

「我第一次來這座古堡。」走在薛爾身邊，白霜行腳步輕快：「很漂亮。」

她懷裡抱著小修，避免和對方牽手的可能性。

「是嗎？妳今年第一次接到邀請？」薛爾揚起嘴角：「沒關係，以後多來幾次就習慣了。」

「參加假面舞會，還是把面具戴好吧。」沈嬋抬手，幫白霜行戴上之前的面具。

遮住面孔，確實是一種掩藏身分的手段，可惜收效甚微——

系統說過，鬼怪能透過氣息，分辨出最親近的女友。

與厲鬼顧斯在池塘邊相遇時，全因季風臨將她死死覆住，氣息相融，才混淆了對方的感官。

「不過，比起舞會，其實我對城堡的興趣更大。」白霜行摸摸懷裡小修的腦袋：「一起去城堡裡逛逛，怎麼樣——」

她的聲音戛然而止。

因為下一秒，熟悉的叮咚聲響在耳邊。

『叮咚！』

『百年恩愛雙心結，千里姻緣一線牽。恭喜挑戰者，即將遭遇第三號男友！』

不是吧。

沈嬋也悚然一驚。

這、這種時候？

『姓名：林三。』

『種族：人蛇。』

『你的同班同學，雷打不動的年級第一。智商極高，不苟言笑，冷漠孤傲。』

『唯獨和你在一起時，會流露出柔情的一面。』

『人蛇一族生性殘忍嗜殺，要求伴侶從一而終、忠貞不二。千萬不要被他發現你暗地裡的小動作，否則，你將被帶進森冷蛇窟，遭蛇蟲啃咬至死。』

聽到最後一段，沈嬋手臂上湧起一片雞皮疙瘩。

雖說被食人貓吃掉心臟，這種死法也很不幸，但對比下來……

想了想全是毒蛇的蛇窟，她背發寒。

原以為系統的播報就此結束，沒想到，居然還有溫馨提示。

『請注意：人蛇是特殊的生物種族，嗅覺敏銳，神祕詭譎，在眾多怪物裡，位於食物鏈高層。這不僅源於他們超強的攻擊性，更是因為他們的捕獵方式——』

『當人蛇發怒，雙眼將變得血紅，所有與之對視的生物，都會瞬間變成石頭。用通俗易懂的話來說，他們擁有「美杜莎之瞳」。』

美杜莎之瞳。

白霜行右眼跳了跳。

美杜莎是神話傳說中的著名女妖，擁有令人石化的能力。

這位男朋友，顯然也很棘手。

想來她的角色設定實在離譜，一個普通的大學生，居然在同一所學校交往了四個男友。不說鬼怪，就算是四個人類男性，翻車後也夠可怕。

「嗯？」薛爾看她一眼：「妳想在古堡裡轉轉？沒問題，先去二樓嗎？」

「好啊。」白霜行應付一句，掃視左右兩邊。

他們進入古堡正門沒多久，正位於寬敞華美的前廳。

耀眼燈光傾瀉而至，讓在場的每道身影無所遁形，全然不似之前昏暗的樹下。

沒費多大功夫，她就望見一個引人注目的少年。

背對著她，寬肩窄腰，自小腹往下，竟是一條深綠色的粗長蛇尾。

鱗片密密麻麻，嵌滿整條尾巴，被燈光一照，映出翡翠般的瑰麗流光。

他一定嗅到白霜行的味道。

毫無預兆，人蛇猛然轉身。

白霜行：「……」

她反應飛快，抱緊懷裡的小修。

沒找到想見的人，人蛇露出疑惑的表情。

可剛才的氣息不像是假……難道她也在這裡？

糟糕了。

眼見少年四下張望，白霜行攥緊手。

角色簡介裡明明白白寫著，這個種族「嗅覺敏銳」。

只要她身在古堡，被人蛇發現，只是時間早晚的問題。

這位三號男友……看起來孑然一身。

想來也對，他的性格拒人於千里之外，不像二號和四號，被設定成學校裡的風雲人物。

白霜行沒出聲，與沈嬋和季風臨暗暗交換視線。

沈嬋挑眉，做了個抹脖子的動作。

季風臨點頭。

『這麼光明正大地討論刀人，已經活成反派的樣子了呢。』

『預感到人蛇兄弟的未來，點蠟。』

『你們沒事吧？那可是人蛇，一種殺人不眨眼的超強怪物！他能被人類解決？我不相信。』

人蛇留著，始終是個禍患。

白霜行看了看身邊的二號男嘉賓。

薛爾的朋友們全都見過她，對於她的氣息很熟悉。

暴力解決的方法，在他和四號厲鬼那裡行不通。

還得想想別的辦法。

「啊呀。」另一邊，沈嬋已經有了脫身的想法，佯裝驚訝，抬起手：「霜霜，我的手鐲好像落在池塘邊了。」

「是嗎？怎麼這麼不小心。」瞬間猜出她的用意，白霜行壓下嘴角上揚的弧度：「別著急，我陪妳回去找找。」

說著，她看向薛爾：「你和朋友們先去舞廳休息吧，我們快去快回。」

薛爾一愣：「不用我陪著你們？」

「不用。」白霜行笑：「你跟在身邊，讓我朋友當電燈泡呀？多尷尬。」

這倒是真的。

薛爾也笑：「行。」

『好熟練，好流暢，好無懈可擊。』

『如果我是薛爾，也會被騙得團團轉吧……好可怕。』

『別人被鬼怪玩，他們玩鬼怪，服氣。話說，節目組呢？加大難度加大難度！你們節目之前不是這樣的啊！』

——煩死了！

虛空之中，小丑面目猙獰，狠狠砸空氣一拳。

它難道不想加大難度嗎？鬼怪男友之間的碰面從沒停過，全被白霜行他們糊弄過去了！

這次的白夜挑戰者怎麼回事，難道在現實世界裡，他們也是海王……

一遍又一遍，百煉成鋼了？

腦子裡嗡嗡作響，監察系統四四四號深吸一口氣。

既然這樣……只能採用那個辦法。

小丑目光陰沉，靜靜看向虛空中的螢幕。

就由它，來製造一場不可能避開的「偶遇」吧。

藉著尋找手鐲的藉口，三人帶著小修離開古堡。

嗅到白霜行的氣味後，人蛇必然能確定她就在周圍。

懷揣著這四位男友一以貫之的強烈占有欲，他一定會來找她。

接下來，只需要找個僻靜無人的角落，守株待兔就好了。

夜色靜謐，林中響起老鴉的鳴啼。

白霜行在心中暗暗計時，一分鐘、兩分鐘……

數到五分鐘時，她眼中溢出笑意。

就在視線可及的小路盡頭，一道似曾相識的身影緩緩而來。

他沒有雙腿，蛇尾粗壯有力，被月光映出寒潭般的冷意。

白霜行毫無懼色，輕挑眉梢：「好久不見。」

與此同時，古堡中。

薛爾和朋友們隨便找了個位子，在舞池旁坐下。

桌邊不只他們，還有幾個同校的男生。

沒有女友陪在身邊，薛爾興致缺缺，聽他們嘰嘰喳喳聊天。

坐在對面的少年喝了口雞尾酒，由衷感慨：「這次舞會，美女真多。」

「可惜，大部分都有男朋友了，我們沒機會。」另一個男生哈哈大笑：「還記得之前路過池塘，看到的那個黑裙子女生嗎？長得挺漂亮，我本來還想搭訕她，結果一眨眼，她就被身邊的黑西裝男抱住了，靠得那叫一個近。」

男生們哀嘆連連，薛爾漸漸皺緊眉頭。

池塘邊，黑裙子、黑西裝。

聽起來……好熟悉。

「抱歉。打擾一下。」心中生出不好的預感，薛爾沉聲開口：「你們見到那兩人，是在什麼時候？」

他心如鼓擂，雙手用力攥緊，而直播畫面前的觀眾們，興奮得幾近癲狂。

『哦豁。』

『哦豁豁！』

『哈哈哈哈哈哈開香檳慶祝！終於！要翻車了！』

『我要看！血！流！成！河！』

第六章　海王的生存法則

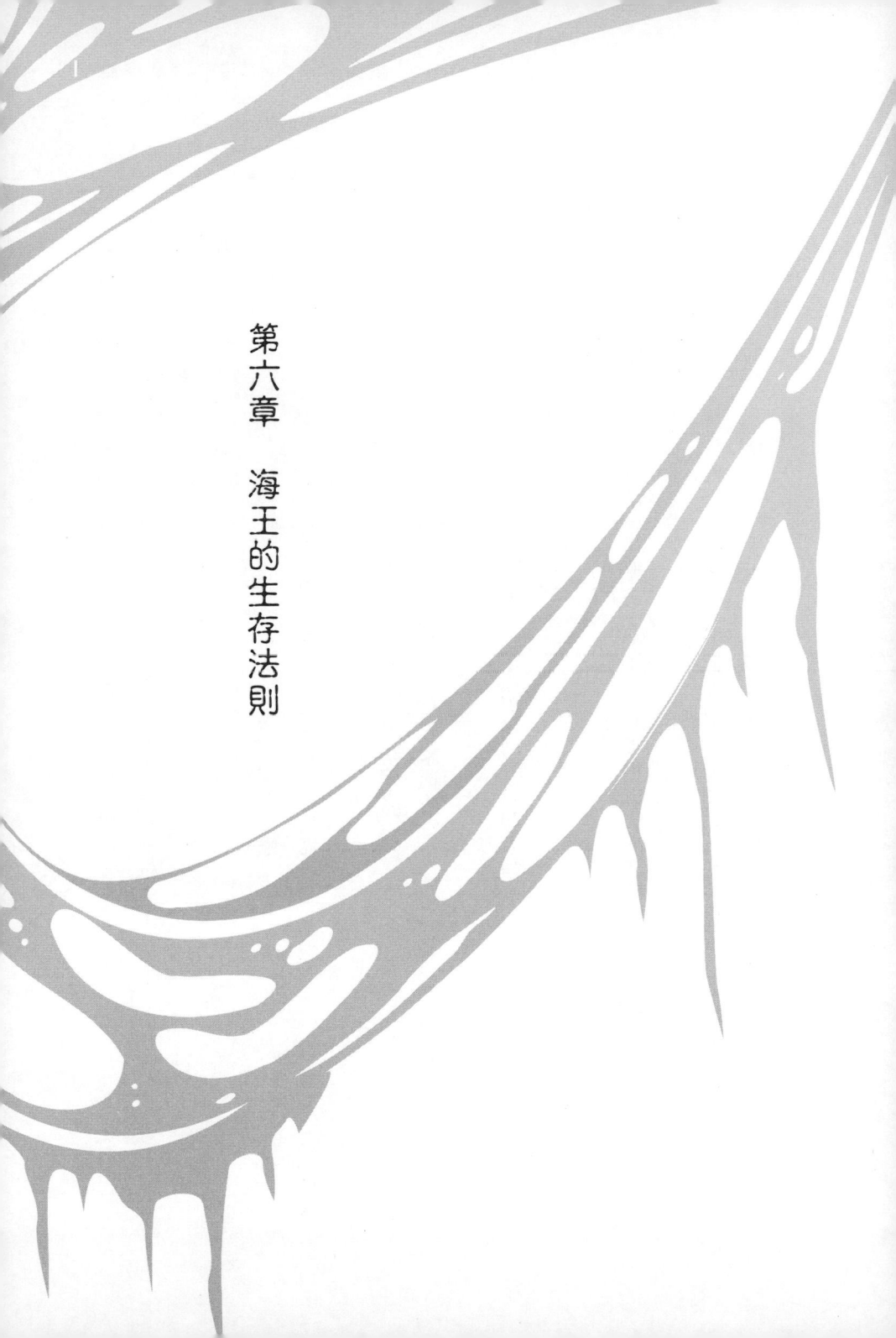

舞廳裡的觀眾留言洶湧如潮，只可惜，白霜行對此一無所知。

監察系統遮蔽所有涉及劇透的內容，在她能看見的直播面板上，目前一派祥和。

『為蛇蛇眾籌蠟燭，我最先來一根。』

『點蠟點蠟。』

『我覺得四個男朋友都很帶感欸！可惡，想要。順便點蠟。』

『你們有毛病吧！八字還沒一撇，就覺得白霜行他們能幹掉人蛇了？一堆蠢貨。我壓蛇贏。』

觀眾吵吵嚷嚷，至於白霜行本人，比它們冷靜得多。

與系統的描述一樣，名叫「林三」的人蛇看起來孤冷寡言、不好親近，見到她，立刻變了神色。

就像川劇變臉似的，眼底冷意褪去，化作初雪消融般的柔和。

蛇尾一晃，他愕然開口：「妳怎麼在這？」

頓了頓，又驚喜補充：「妳不是人類？」

不出意外的話，能出現在這場舞會上的，只有形形色色的厲鬼與異常生物。

不巧，白霜行就是那個「意外」。

「你——」目光落在他的蛇尾上，白霜行露出了然之色：「你是……半人半蛇？」

「人蛇。」林三語氣平靜，眼中卻滲出再明顯不過的笑意：「妳呢？」

『大家猜猜，她會回答什麼？』

『厲鬼吧？畢竟和人類最像。』

『或者狐仙？感覺跟她的氣質挺搭。』

白霜行揚起嘴角。

她當然不會告訴林三，自己究竟是哪種鬼怪。

交根交底是最魯莽的辦法，無論她怎樣回答，都要承受相應的後果。

回答「厲鬼」，對方可能讓她吃下帶血的人肉；回答「活死人」，她的呼吸和心跳就會隨之露餡。

就連回答「貓妖」，說不定林三會一時興起，提出想摸摸她的耳朵和尾巴。

面對這種問題，最好的回答是——

白霜行：「舞會結束的時候，再告訴你吧。」

林三一怔。

「在那之前，你可以試著猜猜，我究竟是什麼。」白霜行笑得人畜無害，瞇起雙眼：「猜對的話，有獎勵喔。」

『？』

『既能打消人蛇的懷疑，又避免了生吃人肉等等悲劇的發生，這就是戀愛中保持神祕感的小訣竅嗎？』

『活到老，學到老。大師，我悟了。』

『我知道！妳是人類！姐姐快給我獎勵，嘿嘿。』

她說出這樣的話，作為男友，林三自然不會步步緊逼。

人蛇輕聲笑笑，似是感到愉悅，尾巴在月光下搖了搖：「好。」

剛說完，他的目光突然暗下，面露警惕。

白霜行：「怎麼了？」

「我聞到人類的味道。」林三極目四望，語氣微沉：「很濃……就在這附近。」

上鉤了。心下一動，白霜行朝他眨眨眼。

商量好計畫後，她被安排在顯眼的地方等待人蛇，以便能讓對方順利發現。

而季風臨和沈嬋，則帶著小修走進偏僻的樹叢角落。

系統說過，人蛇的嗅覺極度敏銳，而季風臨擁有很濃的生人氣息。

舞廳氣息混雜，林三很難辨認出人類的氣味；此時此刻，置身這條空曠的小路，他的嗅覺被數倍擴大，能很快找到季風臨。

同時，也落入他們設下的圈套。

看到這裡，監察系統四四四號嘴角一抽。

季風臨被安排「學校老師」的角色，活人氣息格外突出，很容易暴露真實身分。

這個角色存在的目的，是為了讓他成為鬼怪攻擊的活靶子，最終無處可藏，悲慘死去。

可誰能告訴它，為什麼。

為什麼如此完美的設定，成了這群傢伙用來釣魚的誘餌？

「活人的味道？」儘管這些氣息裡有她自己，白霜行還是顯出驚訝的表情：「在這附近嗎？」

朝著人蛇靠近一步，她輕聲開口：「之前在舞廳裡，我就聽說有人混進來——當場被解決了一個，對不對？」

「三個。」林三道：「全部送進廚房，做成宵夜了。」

也就是說，後來又有兩人遇害。

白霜行眼睫一顫。

真實世界裡，並不存在這樣的晚宴。在這裡死去的人類，全是不幸被捲入白夜的無辜受害者。準確來說，他們早就死在這裡，如今白霜行體驗到的，只是他們曾經的記憶。

救不了，也救不活。

「我好像也聞到一點味道……是藏進這片林子裡了嗎？」白霜行收回思緒，撥開面前一根樹枝：「我們要不要進去看看？」

林三：「好。」

月光如水，無聲無息落在他的臉龐上。當白霜行側目望去，從他眼裡瞥見不加掩飾的濃郁殺意。興奮、殘忍與蔑視夾雜在一起的情緒，讓她心裡不太舒服。

偏偏林三的語氣很淡，帶著期待：「這是我們發現的獵物，到時候用什麼手段烹飪，由妳來決定，怎麼樣？」

白霜行笑笑：「嗯。」

她沒表現出絲毫異樣，腳步輕快：「人蛇……我記得，你的種族很厲害。」

林三哼笑：「普普通通。」

「不過，」白霜行用半開玩笑的口吻，「在以為我是人類的時候，你就和我成了男女朋友。如果我真的是人，那你怎麼辦？」

月下的身影聞言一動，若有所思。

「我們有祕傳的咒術。」林三誠實回答：「只要把人類切去雙腿，再將其放入蛇窟，用特製的藥水精心飼養七七四十九天——」

他聳了聳肩，語氣輕鬆：「那人就能長出蛇尾，成為我們的同族。如果妳是人類，我會用這個辦法，讓妳和我永遠在一起。」

更多細節他省略了沒說。凡是被這種方法製作出的人蛇，精神受到刺激，變得瘋瘋癲癲，難以與外界溝通。

對於林三而言，那樣正好。如此一來，心愛之人就能永遠生活在他的庇佑之下，不會逃離。

說這段話時，月光透過枝葉間的縫隙照射進來，落在他稜角分明的側臉上，晦暗不明。

進入白夜這麼久，白霜行少有地感到噁心。

林子不大，很快走到盡頭。

林三四下張望，片刻後，指了指左側的草叢，示意那是活人氣息的來源——

下一刻，風盤旋驟起，直逼他的脖頸！

白霜行攥緊手。

不對勁。

季風臨的技能速度很快，不過一眨眼，冷風就能割破對方的喉嚨，但出乎意料地……林三竟然躲開了。

彷彿提前預知到他們的埋伏，半人半蛇的影子霎時一動，迅速後退。

疾風擦過他的皮膚，只破開一條淺口。

「好險。」林三冷聲笑笑，睨著暗處的樹叢：「這個驚喜，還算不錯。」

被他冷不防一望，藏在樹叢後的沈嬋頭皮發麻。

這不合理。她知道人蛇嗅覺敏銳、戰鬥力超群，但他是怎麼看穿他們的埋伏，並且在季風臨動手的一瞬間，及時躲開的？

「喂！」沈嬋瞪向腦海中的小丑：「這是怎麼回事？」

監察系統四四四號揚了下嘴角。

『叮咚！』

『溫馨提示：人蛇能力特殊，不僅能嗅出獨特的氣味，還能感知身邊的殺意、提前做出防備哦！』

……這是哪門子離譜的設定！

沈嬋咬牙，想摔鍵盤。

比設定更離譜的是，這種生死攸關的能力，系統居然一直瞞著不告訴他們。

混蛋。

蛇尾冰涼，經過身邊的蔥蘢草木，發出古怪聲響。

林三動了動脖子，目光沉凝，轉過頭去。

「如果不是提前做好防備，我恐怕已經死在這裡了。」他語氣很冷，也很淡：「讓我好奇的是，進入樹林後，我那親愛的女朋友……對我的殺心，為什麼越來越重？」

——不好。

心臟重重一跳，想起系統之前的提示，白霜行快步後退，挪開視線。

正是這一刻，季風臨和沈嬋的聲音同時響起，不約而同警告她：「閉眼！」

人蛇一旦發怒，雙眼會變成紅色。任何與之對視的生物，都將化作石塊。

他們絕不能看他。

陰翳四起，月色慘白。

就在林三有所動作的瞬間，季風臨自他背後陡然現身。

在四個出場的鬼怪裡，除開不具備實體的紅衣厲鬼，人蛇是怪物中最強的一個。

與他之間的死鬥，無疑比食人貓艱難許多。

季風臨的動作有條不紊，靠近林三時，催動空氣裡淌動的夜風。

和之前一樣，當他殺意變強，對方敏銳地側身逃開。

更不妙的是，林三轉過了頭。

猩紅蛇瞳詭譎莫測，直勾勾望向他所在的角落，視線相交之前，季風臨垂下眼睫。

他們原本的計畫，是直接用風解決這個怪物。

想法倒是毫不費力、一氣呵成，卻沒料到，系統隱瞞了重要資訊。

無法直視對手，能逃脫所有的攻勢，本身實力更是強得過分。

現下的局面，對他們非常不利。

另一邊，白霜行抿唇，點開白夜商城，選中一件道具。

一面鏡子。

任何直視人蛇雙眼的生物，都會化為石像。如果由他透過鏡子……看見屬於自己的瞳孔呢？

至於林三。

身為人蛇，不愧為異生物之中的頂級戰力。蛇尾用力一掃，好似尖利刀鋒，劃破濃郁夜色。自他口中生出蛇般的毒牙，雙手亦是扭曲變形，呈現萬分古怪的綠紫色。

不給幾人反應的機會，人蛇飛速轉身，以迅雷不及掩耳之勢衝向白霜行！

正如任務所說，發現她變心後，林三會殺她洩憤。

感受到迎面而來的腥味，白霜行握緊手中小型的圓鏡，迅速舉起。

鏡面倒映出怪物的形體，一雙蛇瞳猩紅如血，恰好對上自己的目光。

四下靜了靜。

緊接著，林三發出悶聲冷笑，更為凶戾的掌風呼嘯而至！

鏡子毫無效果。

眼看人蛇即將觸碰到她，季風臨用刀鋒劃過怪物胸口，逼得林三匆匆躲過。

四四四忍不住笑。

垂死掙扎罷了。

人蛇的石化能力只存在於雙眼之中，任何鏡面反射都不可能重現這種力量。

白霜行兌換鏡子，純粹浪費積分而已。

『叮咚！』

『溫馨提示：鏡面反射，不會複製石化的功能喲！』

似是為了諷刺他們，提示音歡快響起。

然而意料之外地，握著那面鏡子，白霜行居然笑了笑。

只看鏡子裡的畫面，不會受到石化影響——

也就是說，他們能透過鏡子，看清人蛇的動作。

另一邊，沈嬋也沒閒著。她不像季風臨有那麼好的身手，很有自知之明，沒上前添亂。但隊友們都在拼命，她總不能坐享其成。

趁著人蛇的注意力不在她身上，沈嬋認真觀察對方的行動軌跡，如實相告。

「左邊！他在角落的樹下！」

「小心腳下！有蛇尾！」

「右上角——」

說到一半，匆忙低頭。

好險，差一點就和他對視了。

沈嬋心裡緊張，正要再抬頭，飛來一個圓形的小鏡子。

白霜行向她揚了揚下巴，無聲做出口型：「用這個，安全些。」

接下來——

深吸一口氣，白霜行看向人蛇所在的方向。

怪物渾身上下都是武器，牙齒、雙手甚至是帶有劇毒的尾巴，最重要的是，他們不能直視他。哪怕不看他的臉，只盯著胸口或小腹，只要林三稍微弓身，彼此就會四目相對。

很危險。

在這種壓倒性的劣勢下，季風臨對上他，非常吃虧。

『我靠，這根本無法打啊！』

『人蛇就是一個死局。嗅覺敏銳，白霜行必然會和他遇到，不可能躲開；一旦相遇，就只能殺了他，否則會引發修羅場。但這東西，普通人根本殺不了。』

『季風臨幾乎是憑直覺在打吧，居然還能有來有回，服氣。』

『說實話，這兩個隊友夠意思了。怪物男友是白霜行的個人任務，我要是季風臨或沈嬋，直接溜之大吉，才不要陪她送死。』

『快團滅了吧，嘻嘻。乾杯！』

留言接連閃過，季風臨無言皺眉。

為了防止與人蛇對視，他看不清對方上半身的動作，只能依靠沈嬋的提醒行動。不僅如此，人蛇的皮膚比他想像中更堅硬。

雙眼變成血紅後，林三的身體長出鱗片，從手背開始蔓延，覆蓋手臂、胸口、脖頸與半張臉。

被鱗片覆蓋的地方，連刀鋒都難以破開。

這樣下去，他們的劣勢只會越發明顯。

目光倏地一動，掠過半人半蛇的身體，他望見白霜行。

對方也在看他。

視線短暫相接，白霜行指指自己，比出「一」的手勢，又指指他，比出「二」。

當她抬手，幽藍色的火焰一晃而過。

白霜行比了個「三」。

夜色深沉，樹林四周不見人煙。

一盞路燈遙遙照下，裹挾著幽寂月色，映出林中不斷顫動的樹枝。

人身蛇尾的怪物只覺酣暢淋漓，情不自禁露出微笑。

他擁有絕對的種族優勢，能力、速度、殺傷力，遠遠高於身前的幾人。

看著他們，讓他想起平日獵殺人類的場面——脆弱不堪的男男女女哭喊著求饒，跌跌撞撞試圖逃跑，而他不慌不忙，饒有耐心地跟在他們身後。

那是屬於上位者的快意，就像貓捉老鼠，主導一切。

在他的俯視之下，其他生物都是沒用的垃圾，只配被他蹂躪耍弄。

眼前這小子有點意思，居然和他打得有來有回，哪怕受傷也絕不吭聲。

只可惜，僅憑目不能視這一點，就讓他落了下風。

看不見的話，還要怎麼躲、怎麼打呢。

長滿蛇鱗的手破開空氣，直直攻向季風臨咽喉，被後者謹慎避開。

恰在同時，林三察覺到身後的殺意，這是他們種族獨有的優勢。

側身遠離季風臨，林三朝著一方退出幾公尺，耳邊劃過一道帶有殺氣的冷風。

他輕鬆躲過，見到白霜行。

可愛又可憐，她手裡居然只拿了把小刀。

普通的刀具，根本沒辦法穿透蛇鱗。

不久之前，他還對她懷有滿腔柔情，現在林三只想將她碎屍萬段。

「明明發過誓，妳要永遠服從於我、忠誠於我，不會離開我——」想起從前，人蛇面目猙獰：「為了他，妳竟然背叛我？」

這個「他」，是指季風臨。

林三顯然產生不小的誤會，但白霜行懶得解釋。

她眨了眨眼，目光越過怪物，看向他身後。

林三冷笑。這個動作雖然微小，卻被他敏銳察覺。更何況，他能感知到一股乍起的殺意，以及突然靠近的人類氣息——後面有人。

白霜行還是太稚嫩，心瞞不住事情。

沒有遲疑，怪物猛然轉身，正對上季風臨的突襲！

疾風獵獵，一旁的沈嬋咬牙：「小心他的尾巴！左邊！」

蛇尾順勢而起，橫掃向少年腰身。

做出這個動作的同時，林三又一次感受到身後的殺意。

毋庸置疑，這道殺意來自白霜行。

一切發生在轉瞬之間，提防著季風臨，他沒有機會轉身。

或是說，林三沒打算轉身。

原因無他，白霜行太弱了。一個手無縛雞之力的女孩，拿著把沒什麼用的小刀，就算她拼盡全力，刀鋒也只能刺破他一點鱗片。

打從一開始，他就沒把她當成對手，玩玩就行，不必當真。

……等等。

嘴角的笑容緩緩褪去，意識到幾分古怪，林三表情僵住。

為什麼……他的心臟，會這麼疼？

剎那間，劇痛割裂神經，席捲全身。

人蛇發出撕心裂肺的哀嚎，聲音被沈嬋使用「言出法隨」，禁錮在森林裡。

這是什麼？白霜行她——

身體顫抖不停，林三睜大雙眼，不敢置信地轉過頭。

視線所及之處，是他無比熟悉的、白霜行的臉。

她伸著手，手裡空空如也，沒有小刀，只有一團幽藍色的火，如同妖冶的花。

白霜行笑了笑。

人蛇能感受到殺氣，他們的每一次攻擊，都會被提前知曉。

這裡不是秦夢蝶的主場，業火只能從她掌心而生，範圍有限。

於是白霜行認真思考：在這種情況下，怎樣才能接近林三，並且不被他躲開？

思來想去，她覺得，需要透過心理戰。

在之前的纏鬥裡，蛇鱗被季風臨擊中過很多次，普通的刀子無法造成傷害。

於是第一次進攻時，白霜行亮出手裡的小刀。

這樣一來，在林三的印象裡，她便成了個毫無威脅的廢物對手。

緊接著，她再刻意望向林三身後，佯裝「不經意」地引出季風臨。

林三看她，更會覺得是個花瓶。

於他而言，在整個計畫裡，白霜行僅僅是個吸引他注意力的工具，季風臨才是肩負著突襲任務的重要角色。

當兩人向他出手，林三必然會忽略她，全心全意對付季風臨。

然後被業火貫穿心臟。

『？？？』

『贏、贏了？他們贏了！』

『看得我冷汗都出來了……人蛇這算不算是死於輕敵？』

『別說他，連我也沒想到白霜行能有業火啊。她一個人類，哪來的業火？』

『忽然覺得……這群人，千萬別來我這。』

『也別來我這裡！求求了，我還不想魂飛魄散！』

直播間裡炸開了，鬱鬱林中，人蛇轟然倒落在地。

蛇尾抽搐，火焰從他胸口生出，逐漸蔓延整具身體。

林三睜著眼。

事情怎麼會變成這樣？他居然死在白霜行手裡、死在一個柔弱不堪的女性人類手裡？

他——他怎麼可能因她而死？

業火綿延，一點一點，吞噬他充滿不甘與驚駭的猩紅雙眼。

白霜行後退一步，看著自己滿手血污，皺起眉頭。

情況緊迫，她直接攻向林三的胸口，鮮血四濺，難免沾到手上。

黏糊糊的，很燙，也很不討人喜歡。

「你們還好嗎？」在生死關頭走了一遭，沈嬋心有餘悸：「傷口——」

她領著小修靠近，瞥過林外時，目光頓了頓。

與此同時，聊天室出現新的內容。

『怎麼了？她在看哪？』

『等等……快看森林入口！那是誰？』

『薛、薛爾？他怎麼來了？』

『在舞廳裡，這位哥聽到有人談論白霜行和季風臨舉止曖昧，來捉拿姦情了。』

觀眾陷入集體沉默。

半晌，有厲鬼打破尷尬。

『就，很想知道，他此時此刻的內心感受。』

——還能有什麼內心感受。

站在鬱鬱蔥蔥的密林中，薛爾愣在原地，目瞪口呆。

有那麼一瞬間，他覺得自己在做夢，或是中了某種幻覺。

他善解人意、溫柔優雅的女朋友，絕不可能一伸手就捅穿人蛇的心臟……是吧？

如果對方是人類也就罷了，可他是人蛇、人蛇啊！

異常生物裡堪稱頂級的存在，殘暴嗜殺、戰鬥力強得可怕，薛爾身為一個活死人，見到他們從來都要繞道走。

他打不過，只能躲。

但現在，是什麼情況？在白霜行手裡燃燒著的，該不會是頂級厲鬼才能擁有的業火吧？她究竟是哪種級別的怪物？

叢林盡頭，人蛇被擊殺，心臟燃出幽藍色火苗。屍體狼狽地癱軟在地，被越來越洶湧的火勢吞沒，而白霜行，慢慢回過頭。

心裡咯噔一下，不知怎麼，他感到前所未有的危險。

渾身上下的細胞都在吶喊著快逃，下意識地，薛爾後退一步。

『怎麼回事？他怕了？這就怕了？』

『你不瞭解情況吧。按照設定，人蛇的地位和凶殘程度遠遠高於活死人，是薛爾惹不起的存在——結果白霜行只用一個技能，就把人蛇秒殺了。你品，你細細品。』

『《關於我女朋友居然是恐怖大Boss，並且似乎打算殺我滅口這件事》。』

『角色完全反過來了啊喂！說好的弱小人類和狂暴鬼怪呢！為什麼鬼怪變成想要逃跑的那一方了啊！』

不只沈嬋，白霜行也注意到那道熟悉的影子。

是薛爾。

果然，系統會千方百計製造「男友」之間的偶遇，用來加大任務難度。

要不是他們動手夠快，薛爾已經和林三碰面，開啟雙雙獵殺她的修羅場了。

眼神在半空中相撞，她看見薛爾抖了一下。

真有意思。屠殺人類時，他們個個表現得迫不及待，如今自己的生命遭到威脅，反而畏畏縮縮，連話也說不出來。

接過季風臨遞來的衛生紙，白霜行朝薛爾靠近一步。

她擦著手，問：「你怎麼來了？」

薛爾又是一顫。

來者不善，他想轉身就逃，奈何有心無力——一堵火牆從他身後騰起，擋住去路。

殺氣十足。

她、她應該不會殺他吧？她是他的女朋友，一直對他一心一意、矢志不渝，他們的關係那樣好，白霜行一定、一定捨不得對他動手……吧？

「我聽到舞廳裡有人在說，妳和黑西裝……」

不該說這個的。

求生欲湧起，薛爾趕忙改口：「我告訴他們，一定是他們看錯了。妳是個好女孩，怎麼可能做那種出格的事情呢！」

火焰在他身後靜靜燃燒，始終沒有傷他。

薛爾勉強扯出微笑：「妳、妳這裡，發生什麼事了？」

「殺了條蛇。」白霜行安靜看著他，驀地，勾出意味不明的笑：「其實，他們說對了哦。」

薛爾一愣。

他們說對了？誰？說了什麼？難道是——心臟猛地一顫，薛爾睜大雙眼。

「你心裡也清楚吧？他們不可能騙你，我和黑西裝，關係的確很親密。」停頓一瞬，白霜行瞥向地上焦枯的屍體：「這條蛇，也是一樣。」

知道她在信口胡說，季風臨還是動作微頓。

薛爾的神情幾近扭曲：「什、什麼意思？你和他們……」

白霜行笑：「是男女朋友，現任。」

意想不到的事情一樁接著一樁，薛爾如遭雷擊，徒勞地動了動嘴唇。

觀眾同樣大為震撼。

『怎麼回事？她在想什麼？自爆？』

『實不相瞞，我現在的表情，和薛爾一模一樣。』

『這你們就不懂了吧。白霜行之前小心翼翼地藏，是因為鬼怪比她更強——現在有了業火的加持，活死人對於她來說，跟紙片似的，想殺就殺。』

『確實。而且薛爾很明顯已經不信任她了，解釋沒用，乾脆就挑明了說。反正現在不怕他。』

白霜行的確是這樣想的。

以薛爾的性格，在舞廳聽見別人的閒言碎語後，百分之百會認定她出軌。

這次前來找她，不用想也知道，是打算把她殺掉。

面對他，沒必要繼續虛與委蛇。

而且——

睇了掌心燃燒著的業火一眼，白霜行長睫輕顫。

薛爾來找她，他身邊的朋友們，一定全都知道。

要是他死在這裡，那群朋友追查起來，很可能發現她人類的身分。

那時等待她的，將是古堡內所有鬼怪的圍追堵截。

白霜行沒有信心能活下來。

被薛爾親眼目擊這幅景象，她既不能殺他，又不能輕易放走，讓這人洩露她殺了林三的消息。

好在，除了死亡，還有另一個辦法能封住他的口——名為「恐懼」的情緒。

就像被捲入白夜的人們掙扎求生，在極度的恐懼之下，不敢暴露自己的真實身分。就像她被安排了莫名其妙的任務，為了活下去，必須在四隻鬼怪之間來回周旋，隱瞞種種事情。

白霜行想，與其活在他們的威懾之下，為什麼不能讓她成為那個主導者，把這個規則徹底掀翻？

「總是懷疑我出軌，妄想禁錮我的人身自由，還說不再愛我，打算和我分手。」她說：「這位死掉的男朋友，很不聽話。」白霜行凝視他的雙眼。

她的聲音很輕，在滾燙的夜色裡，像被火焰沉沉一灼。

「他怎麼能和我分手？」

在這次的任務裡，白霜行被分配四名男朋友。

他們口口聲聲說著愛她，其實那根本不是愛，只是源於自我滿足的占有。

怯懦只會助長惡人的氣焰，善良更不可能帶來所謂的救贖。

能壓制「惡」的，唯有更純粹的惡。

他們殘暴冷漠、視人命為玩物，那她就讓自己顯得更殘暴、更冷漠。

這樣一來，就算她真的交了四個男友，他們敢有一句怨言嗎？

當然不會。

恐懼，從來源於弱小。

白霜行說得漫不經心，路過一塊燒焦的殘屍時，如同遇見攔路的石子，冷淡地踢開。

身體的顫抖愈發劇烈，距離越來越近，薛爾咬緊牙關。

那具屍體，曾是她的男友。他什麼也沒做錯，只不過得知她出軌，想和她分手——就像薛爾也想做的那樣。

恍惚間，薛爾看見自己的未來。

這讓他感到絕望。

林間草木繁茂，她步伐輕巧地經過，發出窸窸窣窣、不太清晰的聲響。

沙——沙沙——

業火幽藍，月色與血色遙相輝映，襯出極致的紅與白。

一襲黑裙勾勒出她模糊的輪廓，令人想起縹緲不定、詭譎森魅的幽靈。

一步一步，白霜行來到他身前。

業火在他喉前熊熊燃燒，差點就要觸碰到他。

薛爾意識到，白霜行，真的會殺掉自己。

「薛爾學長。」

她輕聲開口，長髮盤旋如蛇，雙眼好似漆黑的墨玉棋子，帶出冰冷的蠱惑。

人蛇的屍體被她踩在腳下，在她平靜的語氣裡，有股難以言說、不容拒絕的威懾。

白霜行說：「你會永遠服從於我、忠誠於我，不會從我身邊離開……對吧？」

直播間裡，霎時間一片空白。

幾秒鐘後，排山倒海般的留言瘋狂湧來。

『救命救命，這什麼頂級病嬌發言！』

『這是照搬林三的臺詞吧？真有妳的，空手套白狼。那條蛇都死透了，還要被當作素材庫。』

『姐姐姐姐姐姐姐！妳好會！』

『那句話怎麼說的，能讓反派恐懼的，只有比他更變態的反派。用魔法對付魔法，白霜行這副樣子……確實有夠變態。』

『這場景這語氣，把我嚇出一身雞皮疙瘩，已經代入薛爾了（誇張手法，俺們厲鬼沒有雞皮疙瘩）。』

『姐姐，也來踩踩我……』

『之前就想問了，我們觀眾裡，是不是混進什麼奇怪的東西？』

也許是被她的眼神灼得發慌，又或許出於別的原因，薛爾渾身一顫，眼眶竟突然發熱，落下淚來。

這女人，是個徹頭徹尾的瘋子。

她對他們沒有愛意，能毫不猶豫把他們殺光。

恐懼感鋪天蓋地，險些將他壓垮。

他明白，如果不順從她的心意，下一刻，自己也會淪為一灘焦黑。

他不想魂飛魄散。

重重咽下一口唾沫，薛爾用力點頭：「對……對！」

有風拂過樹林，撩起沙沙輕響。

白霜行笑得溫和：「放心，我不會傷害學長。我知道，你和他們不同。」

薛爾露出一絲茫然神色，彷彿受了莫大的恩惠，更加拼命地點頭。

交往中的點點滴滴浮現在心頭，他想，也許白霜行的本性並不糟糕。

至少，她沒殺他。

這就很好了。

耳邊沉寂片刻。

薛爾聽見白霜行繼續說：「有件事，希望學長能幫我個忙。你不會拒絕吧？」

四個男朋友，到現在，已經擺平了三個。

剩下最後的紅衣厲鬼，她想到一個有趣的玩法。

在開始行動之前，必須得到薛爾的協助。

不出所料，對方哭著點了頭。

白霜行心情不錯，勾起嘴角。

當恐懼的情緒到達頂峰，他將喪失反抗的念頭，為她所用。

而她需要做的，唯有靠近他，用凌駕於他之上的力量威脅他，偶爾給他一點小恩小惠。

最後，成功地支配他、驅使他。

就像現在這樣。

故事裡的反派角色，往往都是這樣做的。

一抹淺淡的笑意有如初雪消融，浮現在她嘴角。

業火在掌心打了個旋，白霜行看著薛爾，居高臨下，露出滿意的神色：「真乖。」

在此之前，白霜行從沒想過，原來活死人也會掉眼淚。

薛爾的眼中噙滿猩紅色液體，隨著雙肩一抽一抽，源源不斷滾落而下。

這讓她感到有些新奇，忍不住多看他幾眼，惹得薛爾瑟縮連連，後退一步。

白霜行：「……」

有點明白，那些大反派的感覺了。

沉默幾秒，薛爾討好般開口：「霜——」

剛說出第一個字，他就猶豫起來。

以前他覺得白霜行溫柔乖順、善解人意，私下相處時會親暱地叫她「霜霜」。

但現在，眼看菟絲花變成了食人花，這個稱呼，似乎不再適合她。

他、他這樣叫她，不會讓白霜行生氣吧？

『……薛爾，你半小時前的意氣風發呢？』

『他居然還抖了一下……看這個節目這麼久，第一次見到鬼怪們全程憋屈。』

『只能寄希望於最強的那位紅衣厲鬼了。話說，白霜行想讓薛爾幫她做什麼？』

實不相瞞，薛爾心中，和直播間觀眾們有相同的困惑。

遲疑片刻，他決定省略稱呼，殷勤道：「妳打算讓我做什麼？任何事情我都願意去做！」

沈嬋也覺得好奇，看向白霜行。

季風臨不知在想什麼，一直靜靜站在原地，聞言撩起眼皮，神色很淡。

「是這樣。」

白霜行繼續用衛生紙擦拭手上的血漬，十指纖盈，指尖被月色映出瑩潤的白。

她說：「顧斯，和你很熟？」

薛爾一愣。

不詳的預感瞬間湧上心頭，他只覺得，自己腦袋上的綠帽子又沉重了一分。

活死人嘴角輕抽，即便心中萬馬奔騰，臉上也勉強保持著微笑：「難道，妳和他也……」

白霜行覷他一眼：「他？我對他可沒興趣。」

嘴邊的抽搐聞聲停止，薛爾眨了眨眼睛。

在強烈的大起大落下，聽見這句話，他竟感到幾分滿足與心安。

至少，她沒和顧斯交往。

如今白霜行只有兩個尚存於世的男朋友，他好像，大概，可能，能夠接受。

把他的表情變化盡收眼底，白霜行笑了笑。

在如何對付顧斯這件事上，她有了辦法。

原本他們打算用掉一次季風臨的「風」，在叢林中迅速解決人蛇。

沒想到系統刻意隱瞞資訊，導致他們陷入苦戰。千鈞一髮之際，白霜行不得不使用業火。

業火和修羅刀，是他們對付厲鬼僅存的方法。

這場白夜不知還剩下多少個任務，為了以防萬一，修羅刀能省則省，絕不能隨意用掉。

也就是說，想解決顧斯，必須透過智取。

——厲鬼沒有實體，尋常怪物傷不了他，唯一能對他產生威脅的只有厲鬼同族。

這場舞會裡其他的厲鬼嘛……

白霜行可沒忘記，在沈嬋被分配到的角色設定裡，有個對她恨之入骨的死鬼老公。

確定對象以後，接下來，就要想想怎麼利用他了。

努力平復心情，薛爾試探性發問：「那妳問他，想做什麼？」

「他是個噁心的傢伙。」白霜行看著他的雙眼：「學長，你一定不知道吧？顧斯表面看起來是個正人君子，其實暗地裡一直糾纏我。」

薛爾頓住。

薛爾憤怒握緊雙拳：「什麼？」

「我拒絕過很多次，也告訴他，我有深愛的男朋友。」白霜行踢飛腳邊一顆石子：「但他始終黏著我，還說他才是我命中註定的伴侶，自顧自成了我的男朋友。就在不久前，我無意中發現……他在偷拍我。」

薛爾眉心一跳，表情十分複雜。

有震驚，有憤怒，也有一絲說不清道不明的遺憾——為什麼顧斯這麼不爭氣？如果那小子也能成為白霜行的男友之一，就可以陪他一起受苦了。

但思來想去，被好朋友挖牆腳的憤怒終究占據上風：「他居然對妳做過這種事！」

頓了頓，他又有些不放心：「妳想對顧斯下手嗎？可他身邊跟著不少鬼怪……」

能用出業火，他當然不會懷疑白霜行的實力。

她至少是個高階的厲鬼，能和顧斯平起平坐，但問題是，顧斯有不少幫手。他怕，不敢和那群鬼怪拼死拼活。

白霜行嘆了口氣，輕輕點頭。

「我明白，他罪不至死。但總被這樣纏著，我也會感到非常困擾。」

說到這裡，她抬起眼。

那是一雙微挑的漂亮鳳眼，倒映出月色、血色，以及薛爾慘白的臉。

白霜行低聲告訴他：「所以……今天晚上，我們不殺他，只是小小懲罰他一下，好不好？」

『我靠，好手段啊。』

『先讓薛爾以為他們要殺掉顧斯，給他強烈的心理壓力，再話鋒一轉，只說「小小懲罰一下」。兩相對比，薛爾肯定會接受。』

『而且她沒說顧斯是自己男朋友，把他胡說成了愛而不得的癡漢。代入薛爾想一想，好哥們背地裡追求他的女朋友，結果被女友毫不猶豫拒絕了……不管誰遇上這種事，肯定都會站在女朋友那一邊，對好哥們嗤之以鼻。』

『而且好哥們還瘋狂糾纏和偷拍。笑死，放在任何一個男人身上，都會超級憤怒吧。』

『猛。千層套路，我等凡鬼看不透，看不透。』

不出所料，薛爾遲疑一秒，用力點頭：「妳想讓我做什麼？只要、只要不太過分的話……」

白霜行溫和一笑：「顧斯手裡，拿著個黑色皮包。」

她說：「裡面裝著的，全是他偷拍我的照片。作為男朋友……學長，你把包裡的照片偷偷拿出來，沒問題吧？」

包？

薛爾微頓，恍然睜大雙眼。

顧斯確實經常拿著黑色的包。

看他包不離手，薛爾曾經好奇詢問過，裡面究竟裝了什麼寶貝。

得到的回應是，「包裡是他和心愛女友的回憶」。

想到這裡，薛爾又一次暗暗握拳。

……女朋友？那混帳，怎麼有臉說霜霜是他的女朋友？

「取走照片，是件很簡單的事情。」白霜行不緊不慢，為他出主意：「顧斯人緣那麼好，一定會參加舞會。你是他朋友，當他和人跳舞時，幫他暫時保管手裡的包……很正常，對不對？」

「對！」狠狠咬牙，薛爾點頭：「妳等著，我一定幫妳把照片拿來。」

說著，他露出困惑的神色：「不過，就算得到那些照片，妳又能做什麼呢？」

白霜行眨眨眼，笑意不變：「製造一個小小的惡作劇罷了。」

在和人蛇的纏鬥中，季風臨受了傷。

所幸並不嚴重，唯一的麻煩是血液讓活人的氣息更加明顯。

在小修的協助下，他於林中匆匆包紮好傷口，往西裝內側抹上人蛇的鮮血——

這樣一來，怪物的味道就能包裹住他，從而遮住大部分人氣。

感謝人蛇，死了也能為他們提供保命素材。

沈嬋心中好奇，等待他上藥時，悄悄湊近白霜行身邊：「霜霜，等薛爾把照片拿來，妳準備怎麼做？」

白霜行動作柔和，為她拂去頭頂的落葉：「還記得嗎？妳的個人任務。」

沈嬋一怔。

她的個人任務——

對了，四名鬼怪男友的出現頻率過於緊湊，沈嬋無時無刻提心吊膽，差點忘了，還有隻厲鬼正在尋找她。

她的角色是個不折不扣的惡女，為取得保險金，殘忍謀殺自己的丈夫。

在這座古堡裡，慘死的厲鬼將展開他的復仇。

「距離午夜十二點，只剩三個小時。」白霜行說：「白夜不可能給出毫無意義的個人任務，在接下來的三小時裡，那位『丈夫』一定會出現。」

沈嬋揉了揉太陽穴。

雖然都是夫妻相見，但比起打電話來的求助者，她的任務，顯然危險很多。

求助者的角色與丈夫關係不錯，見面以後，只需要在對方面前裝作鬼怪，就能蒙混過關。

而沈嬋那死鬼老公，打從一開始，便鐵了心殺她復仇。

只要雙方一碰面，她必然在劫難逃。

——以白夜的惡意，肯定會安排他們儘快碰面，留給她的安全時間所剩不多。

頭疼。

白霜行聲音很低，沒讓另一邊的薛爾聽到：「妳知道那位『丈夫』的詳細資訊嗎？」

沈嬋點點頭。

因為是相遇即死的高危任務，監察系統給予她一些提示。

「他叫『陸仁懿』，是個看起來很普通的公司職員。」沈嬋說：「在任務面板裡，系統有公布他的長相，讓我能夠提前防備。」

提起對方的名字，沈嬋有些無奈。

白霜行的男朋友囊括了一二三四，至於她死去的亡夫，則叫「路人乙」。

白夜真會取名。

可惜任務面板不能共用，她沒辦法讓白霜行也看看那人的模樣。

「妳知道他的長相？」白霜行挑起眉：「這樣就夠了。等等配合薛爾，打他們一個措手不及。」

沈嬋一愣。

聯想到那個裝滿照片的黑包，某個念頭在心底一閃而過，讓她微微睜大眼：「妳難道想……」

白霜行對上她的視線，比出一個ＯＫ的手勢，無聲一笑。

等季風臨用繃帶簡略纏好身上的傷口，一行人朝著古堡走去。

這一次，白霜行的心情輕鬆了不少。

時至深夜，正是鬼怪們縱情狂歡的時候。

走廊中鬼影重重，眾多異生物展露出真實的形體——生有獠牙利爪、人面鳥身的羽人、滿頭髮絲皆是細長毒蛇的美杜莎，以及身著西裝、正優雅啃食著人類心臟的厲鬼，群魔夜行，光影繚亂。

舞廳內，靡靡之音充斥每一處角落，裹挾著若有若無的香薰氣息，讓人飄飄欲仙。

經過一場死鬥，他們身上或多或少沾染了人蛇的味道，人類的味道被遮掩大半，行走其間不再提心吊膽。

擔心薛爾洩露資訊，白霜行不放心讓他單獨行動。

為確保百分之百的成功率，薛爾被迫跟著他們一路同行。

他害怕白霜行，把季風臨當作難兄難弟——

當時為了解釋她和季風臨在池塘邊的親密舉動，白霜行信口胡說，說季風臨也是她的男友之一。

「朋友。」朝著季風臨靠近一步，薛爾小聲：「你知道她有好幾個男朋友，還一直跟在她身邊？」

身旁的少年聞言一頓。

季風臨：「……嗯。」

薛爾更加不敢置信：「你、你就這樣，接受了？」

季風臨不知應該怎麼回答，乾脆還是回他：「嗯。」

「……噢。」活死人瞅他一眼，難掩目光裡的感嘆，由衷道：「那你可真夠喜歡她的。」

身邊那人又停頓一下，薛爾不經意間發現，他的耳朵很明顯地發紅。

喉結上下滾落，季風臨還是應他：「嗯。」

行吧，看來這是個戀愛腦。

薛爾訕訕挪開視線。

越往舞廳中央走，就越是人頭攢動、熱鬧嘈雜。

沈嬋的死鬼老公不知身在何處，現在還不是和他碰面的時候。

為了防止被提早發現，沈嬋、季風臨和小修暫時留在角落，謹慎觀察周圍的動靜。

而白霜行毫不費力，很快找到顧斯。

四號男嘉賓生有一副完美的皮相，加上個子很高，是人群裡眾星拱月般的存在。

他沒跳舞，懶洋洋斜倚在一根石柱旁邊，手裡端了個玻璃杯，輕輕晃動時，杯中的葡萄酒隨之搖擺。

在他跟前，是幾個談笑風生的鬼怪。

聞到熟悉的氣味，顧斯眸光一動，轉過頭。

與白霜行四目相對，青年揚起嘴角：「霜霜！」

默默旁觀的薛爾：「……」

謝謝。拳頭已經硬了。

『笑死，薛爾：敢怒不敢言。』

『哈哈哈哈哈哈這就是傳說中的當面戴帽子嗎！刺激啊！』

『我宣布薛爾是本場的最佳喜劇人，樂死我了。』

『帽子多到可以耍雜技的小帥哥一枚啊。』

顧斯和薛爾算不上特別好的朋友，彼此只知道對方有個女友，但並不清楚女友的身分。

白霜行完美利用了這個資訊差。

「顧斯。」她頷首笑笑，表現得熟稔又不失禮貌：「你也在這裡？」

這樣的微笑恰到好處，在薛爾看來，它是白霜行敷衍露出的假笑；而在顧斯眼裡，小女友只是害羞而已，矜持得可愛。

「妳也——」顧斯放下酒杯，將她上下打量一番，揚唇笑道：「我沒想到，妳不是人類。」

這是每個男朋友的固定開場白。

同樣固定的是，在今晚之前，他們都想把身為人類的她殺掉。

厲鬼抬眸，掃視她身後的人影：「妳認識薛爾？」

薛爾努力揚起微笑。

雖然很想把這傢伙暴打一頓，但，他做不到。

紅衣厲鬼的凶殘程度遠遠大於活死人，面對顧斯，他的實力根本不夠看。

薛爾所能做的，只有好好配合白霜行。

「你們也認識嗎？」白霜行語氣不變：「薛爾是我學長。」

在她身邊，居然跟著個男人。

就算只是朋友，那也不行——

隨便找個時間，讓他魂飛魄散吧。

顧斯神色微黯，下一秒，又恢復和煦慵懶的模樣：「好巧，我是她男友。」

「為了慶祝在這裡相遇。」白霜行挑眉：「去跳一支舞，怎麼樣？」

她仔細觀察過，顧斯模樣不差，來來往往的客人裡有好幾個向他搭訕過。

無一例外，都被拒絕了。

和所有經典的病嬌角色一樣，這四位男友雖然不幹人事，對她卻稱得上一心一意，很少與其他異性親密接觸。

想把顧斯引開，只能由她提出一起跳舞。

這是個再尋常不過的請求，顧斯沒有拒絕：「沒問題。走吧。」

他毫不猶豫地答應，正要向前邁開腳步，又聽白霜行說：「這包……你打算一直拿在手上嗎？」

她哼笑一聲，嗓音清淩澄澈：「拿著包跳舞，會不會太沒誠意了？」

薛爾早就迫不及待，趁機迅速開口：「我來幫你拿吧。她說得對，哪有跳舞還拿包的？」

一邊是親密的戀人，一邊是關係尚可的好友。

顧斯思忖一瞬，點頭：「那就多謝了，裡面裝著重要的東西，不要讓人打開。」

薛爾笑，拍拍他肩膀：「我們誰跟誰啊！」

『哈哈哈哈哈薛爾：我們誰跟誰，不死不休的情敵啊！』

『絕了，好好的一場大逃亡，被他們玩成勾心鬥角的戀愛遊戲，我居然還看得津津有味。』

『建議改名，《小時代四：鬼時代》。』

『雖然不知道他們要拿包幹什麼，但還是提前為顧斯點一根蠟燭吧。』

『點蠟點蠟。』

『你們覺得他們能贏顧斯？一群蠢貨。我壓顧斯贏！』

把包交給薛爾，顧斯跟著白霜行走向舞池。

她腳步輕快，似乎心情不錯，黑色長裙蕩開水一樣的漣漪。

窈窕有致，腰肢纖細，看起來很美，只可惜動作太快，顧斯牽不到她的手。

——白霜行當然不想和他牽手。

她厭惡陌生男性的接觸，想到還要和他跳舞，她就有些反胃。

一步步走進舞池，白霜行找了個略顯空蕩的角落，抬頭直視漸漸靠近的紅衣厲鬼。

與江綿和秦夢蝶不同，由於殘害過成百上千的無辜人類，在顧斯身上，有種說不出的、陰沉森然的氣質。

讓她很不喜歡。

耳邊縈繞著綿長曲音，白霜行把心一橫，準備開口。

然而毫無徵兆地，身後居然響起另一道聲音：「能和妳跳支舞嗎？」

是熟悉的少年音，乾淨悅耳，帶出細微的啞。
她胸口跳了跳，猝然回頭，見到一身筆挺的黑西裝。
季風臨。
他不是……在角落裡陪著沈嬋和小修嗎？
「喂。」顧斯毫不客氣：「她有舞伴了，看不出來？」
所有鬼怪都能感知到，這是一隻實力不弱的紅衣厲鬼。
換作其他的搭訕者，必然會落荒而逃，季風臨卻揚了下嘴角。
他沒帶面具，比起男生女相的顧斯，五官多出幾分淩厲與硬朗，挑眉笑起來，顯出鋒芒畢露的張揚。
「嗯。」季風臨說：「但很顯然，我更適合站在她身邊。」
平靜卻篤定的語氣。
白霜行微不可察地一僵。
「你這傢伙。」顧斯冷笑：「故意來找茬？」
季風臨：「實話實說。」
無論人類還是鬼怪，面對八卦事件，永遠會衝在第一線。
舞池裡，好幾道視線朝著他們這邊瞟來。
被他這樣攪和，顧斯的好心情蕩然無存，邁步上前：「你——」
他這句話沒來得及說完。

因為在舞廳另一邊，響起女人震耳欲聾的尖叫聲。

「啊——！」

白霜行心下一動，順著聲音望去，見到沈嬋。

小修沉著臉，握著漆黑的修羅刀，牢牢護在她身前；在距離他們不遠的地方，站著一個男人。

準確來說，是個男性厲鬼。

他相貌平平，戴著黑框眼鏡，因為終於找到沈嬋，身上的格子衫被層層浸染，暈開血一樣的猩紅。

正是她那位被謀害致死的亡夫，陸仁懿。

「這位客人，請冷靜！」一旁的服務生大驚失色：「舞會規定，客人之間不能大打出手！」只有人類，才會遭到襲擊。

沈嬋身上全是人蛇的氣味，至於小修，顯然也並非常人。

看他手裡那把纏滿怨氣的長刀，恐怕來頭不小。

「不能大打出手？」厲鬼面露殺機，咬牙切齒：「我不僅打她……我還要殺了這女人！謀害我、坑騙我，讓我死在那場車禍裡，好讓她拿到保險金！混帳！」

確實挺混帳的。

沈嬋表示贊同，很想和厲鬼大哥握個手。

不幸的是，她抽到這個混帳角色，無法跟他一起義憤填膺。

他們鬧出的聲響很大，一時間，舞廳裡所有鬼怪停止跳舞和交談，向他們投來目光。

沈嬋默默斜過視線，與白霜行對視一眼。

一切準備就緒，接下來，到她的表演時間。

「是，我承認，是我害了你。」

空氣裡沉寂了一秒。

沈嬋伸手捂臉，語氣裡，隱隱有幾分哭腔：「但我也是被逼無奈啊！」

「被逼無奈？」陸仁懿被氣笑：「有什麼能逼妳？沒錢是嗎？」

「在你心裡，我就是一個視財如命的女人？」沈嬋深吸一口氣，目露悲痛：「事到如今，好，我也不瞞你——知道我為什麼要害死你嗎？」

陸仁懿的耐心所剩無幾，皺眉看她。

而她的身體輕顫一下：「就在事發前不久，有人……不，有個東西找上我，祂覬覦你太久，想讓你丟掉人類的身分，成為祂的同類。」

沈嬋咬牙：「如果由祂親自殺你，你一定會對祂恨之入骨，不願和祂在一起。於是祂找到我，威脅我，逼迫我來動手。」

一個離譜的故事。

合理性為零。

陸仁懿聽得冷笑：「妳說有就有？妳身上人蛇味道這麼重，應該就是蛇族吧？除了厲鬼，有什麼東西能威脅妳？更何況，究竟有沒有那個厲鬼，還說不定呢。」

沈嬋脊背輕顫，停頓幾秒。

似是終於下定決心，她握緊拳頭：「是厲鬼，紅衣厲鬼。而且……祂今天，就在這裡。」

此言一出，周圍一片譁然。

圍觀群眾議論紛紛，沈嬋口中的「厲鬼」，儼然成了全場焦點，無論是誰，都急不可耐想要一睹真容。

即便是遠在舞池裡的顧斯，也被迫把整段故事聽進耳中，煩躁地皺起眉。

哪門子的狗血情節，浪費他時間。

他不願在這件事上多花心思，正要看向白霜行，忽地聽沈嬋道：「——就是他！」

手用力一指，所有鬼怪循著她的動作，眺望舞池中央。

突然被齊齊盯著的顧斯：？

顧斯：？？？

「就是他，顧斯！」沈嬋用力掐自己大腿一把，疼得眼眶發紅：「他有天找上我，說注意你很久，讓我動手……我當然想拒絕，可他是紅衣厲鬼啊！我怎麼可能贏得了厲鬼？」

陸仁懿只當她隨口胡編亂造，萬萬沒想到，沈嬋當真指出凶手。

他不由愣住，轉頭望向不遠處的青年。

應該……只是她隨便找來的替罪羊吧？

看八卦看到自己頭上，顧斯一頭霧水。

他不傻，等反應過來，眼中殺意一閃而過：「嫁禍我，當我好欺負？」

「我句句屬實。」沈嬋看向陸仁懿，義正辭嚴：「他說，他愛你幾近發狂，收藏所有與你相關的東西。你用過的筆、扔進垃圾桶的衛生紙，甚至你落在地上的頭髮，都是他珍愛的藏品。」

她加重語氣，閉了閉眼，不忍心繼續說下去：「每天晚上睡覺時，他都會握著那些頭髮，心滿意足進入夢鄉。」

『？』

『這是……人物描述裡，顧斯對白霜行做過的事！』

『六六六，打他一個措手不及，顧斯肯定會傻眼。』

這些事情，不可能有外人知曉。

被戳穿的剎那，顧斯神色僵住。

而沈嬋心明眼亮，發現他的僵硬：「你看！他被說破心思，表情變了！」

所有鬼怪齊齊看來。

緊隨其後，露出恍然大悟的表情。

顧斯：？？？

好兄弟薛爾佯裝震驚，倒吸一口涼氣：「什麼？難怪我曾見到你偷翻垃圾桶，還拿著一支筆親吻筆桿……不，顧斯，一定不是這樣的，她在撒謊，對不對？」

明面上表現出信任他的態度，實則把顧斯賣得澈澈底底。

觀眾不約而同讚賞：

『笑死了笑死了，薛爾大仇得報！』

『這是你應該有的人設嗎哈哈哈哈說好的儒雅病嬌學長呢！』

白霜行後退一步，配合這場演出：「你——？」

季風臨把她護在身後，煽風點火加油添醋：「既然如此，在你心裡，她又算什麼？」

亂了，全亂了。

劇情一瀉千里，舞廳驚叫連連。

虛空之中，小丑五官扭曲，狠踹身前的面板。

監察系統四四四號幾近抓狂。

這都什麼跟什麼啊！

「你們、你們別胡說！」平日裡的慵懶散漫消散無蹤，顧斯氣到渾身顫抖：「霜霜，我對妳矢志不渝，如果有半點虛假，就遭天打五雷劈！」

白霜行冷眼瞧他。

可惡！

突然想起什麼，顧斯眼前一亮：「對了！還記得我一直拿著的皮包嗎？之所以把它視若珍寶，是因為在包裡，全是妳的照片！」

這件事，他原本不打算告訴白霜行。

偷拍照片、並且悄悄隨身珍藏，對於普通女孩子而言，這種行為無異於變態。

但現在，它是他唯一可以用來自證清白的東西。

白霜行皺眉，從季風臨身後探出腦袋：「包？」

「對，包！」

整個舞廳的視線一股腦集中在他身上，讓他腦子嗡嗡作響，來不及思考其他。

顧斯加快語速：「包呢？薛爾，把包拿來！」

薛爾，他的好朋友好兄弟，及時上前一步，將皮包遞給他。

「我不可能騙你。」顧斯急急開口：「我愛妳，一刻也無法離開妳，所以留下這些照片，陪在我身邊。」

他記得照片裡全是白霜行的日常畫面。

白霜行嬌俏的微笑、白霜行精緻的側臉、白霜行吃著冰棒，開心比出剪刀手的模樣、白霜行坐在教室裡，趴於桌前嬌憨的睡顏……

只要展示出來，所有謠言就能不攻自破。

他真正愛著的，始終只有白霜行而已。

皮包拉鍊打開，發出輕響。

顧斯抓住最後一根救命稻草，嘴角情不自禁高高上揚，殊不知，觀眾已是一片哀嚎。

『還記得白霜行曾讓薛爾拿著他的包嗎？我好像，猜到會發生什麼事情了。』

『啊啊啊啊啊啊啊！不要啊！快住手！』

『我的腳趾已經開始動工了，不會真的是我想的那樣吧，救命救命！』

『顧斯，你糊塗啊啊啊啊啊！』

黑色皮包打開，顧斯迫不及待，從中拿出幾張照片，展示在眾人眼前：「看！」

不知道為什麼，回應他的，是令人恐懼的寂靜。

彷彿看到某種噁心的東西，白霜行拽住季風臨衣袖，縮回他身後。

顧斯：「……」

看著顧斯低下腦袋，站在另一邊的沈嬋，無聲瞇了瞇眼。

這就是白霜行的計畫。

沈嬋的死鬼老公之所以恨她，全因她謀財害命，是導致對方死亡的罪魁禍首。

那……如果他們編造出另一個故事，讓顧斯也加入進來呢？

把謀殺的罪名嫁禍給他，讓陸仁懿的仇恨，盡數轉移到他身上。

到那時，幾人只需要坐山觀虎鬥就可以了。

這個想法很好，不過在那之前，他們需要證據。

還有什麼，可以比隨身攜帶在身邊的照片更能成為證據呢？

當顧斯被白霜行帶去舞池，薛爾拿過皮包並將其打開後，沈嬋使用她最後一次技能。

言出法隨。

把照片上白霜行的面孔，全部修改成陸仁懿。

修改圖片用ＰＳ就能完成的簡單操作，而且照片並非重要任務道具，這一次，系統應允她的發言。

因此，當顧斯望向那些照片，他只能看到——

陸仁懿嬌俏的微笑、陸仁懿精緻的側臉、陸仁懿吃著冰棒，開心比出剪刀手的模樣、陸仁懿坐在辦公室裡，趴於桌前嬌憨的睡顏……

畫面太美。

如遭天打五雷劈，顧斯僵硬轉頭，看薛爾一眼。

好——兄——弟——？

薛爾沒說話，吹起口哨，假裝四處看風景。

舞廳之內，鴉雀無聲。

直播面板裡，聊天室充滿哀悼的悲傷氣息。

『……哦買尬，我不忍心看下去了。』

『他那麼慘，我卻笑得那麼開心，對不起。』

『有的人還活著，卻已經死了……點蠟點蠟……』

『蠟燭蠟燭蠟燭蠟燭。』

澈底打破沉默的，是沈嬋一聲淒婉悲泣：「造孽啊……！我何嘗不想要一個幸福美滿的家？親愛的，對不起，我只是太害怕了，我想活著。」

「你——」陸仁懿面目猙獰，用盡全身力氣，向舞池中的青年揮去必死的一擊：「你這變態！」

顧斯：「……」

顧斯：？？？

第七章　第五通電話

一直默默無聞、在白夜裡充當背景板的陸仁懿，今時今日，終於擺脫路人乙的身分，成為全場萬眾矚目的主人公。

厲鬼的強弱，與怨氣深重有很大關係。

陸仁懿死於謀殺，凶手還是自己最信任的妻子，自然心懷怨念、無法釋懷。

現在親眼目睹顧斯的變態行徑，滿腔怒火被瞬間點燃，伴隨一聲如雷般的怒吼，直直衝向舞池！

說實話，顧斯怔忪了好幾秒鐘。

有那麼一剎那，在他心裡浮起無比荒誕的念頭：或許，他穿越到某個平行時空，在這裡，他的的確確癡迷這個戴眼鏡穿格子襯衫的工程師，就像他愛著白霜行那樣。

否則的話，該怎麼解釋那一張張毫無違和感的照片呢？

好在他不是白癡，很快反應過來，是薛爾等人在搗鬼。

這群混蛋！

「你聽我說。」冷汗從額頭冒出，顧斯竭力保持冷靜：「我從沒見過你，連你的名字都——」

話音未落，陸仁懿的殺意已洶洶而至！

在陸仁懿的視角中，顧斯是威脅妻子、導致他死亡的罪魁禍首。

面對真凶，厲鬼的怨念暴漲數倍，只需一擊，就將顧斯掀翻在地。

劇痛襲來，顧斯深吸口氣，抽搐一下。

陸仁懿殺心很重，可他也不是省油的燈。

近些年來殺害了不知多少人，食用人類的血肉和心臟後，顧斯的實力日益提升，遠非尋常鬼怪能及。

從喉嚨裡發出野獸般的低吼，青年從地上搖搖晃晃站起，抬起赤紅色眼眸。

不過轉眼，舞廳裡陰風肆虐，怨氣橫生。

這是紅衣厲鬼之間不死不休的戰鬥，識相的客人們紛紛退讓，唯恐波及到自身。

服務生臉色發白，驚慌失措：「別打了，別打了！這裡是跳舞的地方，弄壞的話，古堡主人會生氣的！」

兩隻厲鬼當然沒理他。

死鬥一觸即發，聊天室亦是萬分熱鬧。

『嘻嘻嘻打起來！打起來！打得再狠些！樂子鬼就靠看這個過活了。』

『兩位大哥！能不能稍微冷靜一下，動動腦子好好想一想啊！這都什麼事啊哎喲！』

『看過這麼多期節目，顧斯是最慘的一個厲鬼了。不僅社會性死亡，還要面臨魂飛魄散的危險，大悲劇啊。話說，這場直播是不是快結束了？』

『下一場會是什麼？還有人敢往節目組打電話嗎？』

『一旦打電話，把他們拽進自己的世界……不會變成顧斯二代吧！我才不要！』

『等等，你們快看舞廳入口！是不是有什麼人進來了？好強的壓迫感。』

瞥見最後一則留言，白霜行目光倏轉。

她感覺到一陣陰冷刺骨的寒風。

舞廳裡人滿為患，大多數客人湊在一起圍成環狀，小心翼翼觀摩舞池中央的死門。

正門的入口處，隱隱約約現出一道漆黑影子。

另一邊，顧斯狠狠咬牙，身後騰起潮水般的洶湧黑霧，眼看就要朝著陸仁懿襲去——

忽地，另一股陌生卻強勢的力量陡然而至，有如平地風起，將他一瞬擊退！

顧斯再次重重跌倒在地，狼狽彈動一下，竟失去意識閉上眼睛。

服務生就像見到救星，大喜過望：「主人！」

主人？

白霜行挑眉。

服務生說過，在古堡裡彼此廝殺的話，古堡主人會生氣。

顧斯和陸仁懿鬧出的動靜太大，顯然把那位「主人」也吸引過來了。

白夜裡，存在必須遵守的規則——不僅對於人類，鬼怪同樣需要牢記於心。

一旦違反，無論是誰，都將遭受相應的懲罰。

念及此處，白霜行暗暗鬆了口氣。

萬幸，他們選擇在偏僻無人的角落幹掉食人貓和人蛇，沒被任何鬼怪發現。

顯而易見，古堡主人的實力遠遠高於顧斯。

陸仁懿察覺到危險，嘴唇翕動著一顫，還沒發出聲音，便也被擊昏在地。

議論聲不約而同地停下，鬼怪們面露驚愕，紛紛轉頭。

立在入口的黑影默不作聲，上前幾步。

白霜行得以窺見它的全貌。

那是一團不規則的黑影，好似蠕動著的黢黑泥潭，不同於她見過的任何一種非人生物。

就連它的語言，她也無辦法聽懂。

黑影渾濁不堪，保持著姿勢一動也不動，不知從身體中的哪個部位，發出念咒般含糊的低語。

服務生連連鞠躬，盡職盡責地翻譯：「主人說，這兩位客人破壞規則，只能把他們打暈，丟……啊不，是送出古堡。」

服務員擦去額頭上的冷汗。

「主人還說，希望各位玩得愉快，度過一個滿意的夜晚。」說到這裡，他扯動嘴角，擠出一個公式化的微笑：「只不過，請不要再破壞場地了，維修費很貴。」

白霜行抿唇，眼皮一跳。

即便是如此強大的鬼怪，也逃不過金錢的制裁，很好，很真實。

「這……這是當然！」一隻厲鬼討好地笑：「我們怎麼忍心破壞這麼美好的夜晚？感謝招待，感謝感謝！」

有他領頭，更多客人趕緊賠笑：「是啊！他們不懂事，難道我們還要跟著鬧？驚擾了您，真是抱歉。」

服務生戰戰兢兢，將他們的話翻譯給古堡主人聽。

黑影聞言微微頷首，身形一動，告辭離開。

當它離去，籠罩在整個舞廳裡的陰森寒意隨之消散，白霜行握了握掌心，觸到一片冷汗。

真正恐怖的鬼怪，僅憑自身攜帶的氣質，就足以讓其他生物為之震顫。

作為遭到驅逐的客人，顧斯和陸仁懿被服務生抬出古堡，丟在路邊。

當顧斯澈底消失在這片空間，四名男友的威脅散去，白霜行的任務，也就完成大半了。

季風臨在西裝內側塗上了人蛇的血液，人類氣息被大幅度遮掩，只要小心隱藏，必然不會露餡。

沈嬋更不用說，死鬼老公從此退場，身邊不再有任何威脅，她能舒舒服服靜候午夜十二點的到來。

「呼。」提心吊膽好幾個鐘頭，沈嬋坐在一張圓桌前，重重按揉眉心：「總算結束了。」

一旁的薛爾試探性探頭：「那我——」

白霜行瞥他一眼，不在意地擺擺手：「沒事了，你走吧。」

頓了頓，她揚起嘴角，溫和笑笑：「學長，這樣一來，我們就是同條船上的人了喔。」

薛爾微愣，旋即用力點頭：「明白！」

顧斯今晚受到天大的恥辱，等他從古堡外的大馬路上醒來，一定會對白霜行與薛爾恨之入骨。

薛爾只是個活死人，實力遠遠不及紅衣厲鬼，想活下去，只能尋求白霜行的庇護——

自從見到她掌心裡的業火，薛爾就堅定不移地相信，白霜行是一位比顧斯更凶殘可怕的惡靈。

因此，薛爾絕不可能背叛她。

薛爾慌不擇路迅速逃開，舞廳入口處，忽地傳來幾聲驚呼。

又怎麼了？

白霜行好奇轉身，看清門邊的畫面，暗暗皺起眉。

敞開的大門外，站著渾身是血的男人。

他身上毫無傷口，血液並非源自於他，而是被他一路拖行的女人。

沈嬋也望見這幅景象，眸光微動，下意識屏住呼吸。

男人看起來斯斯文文，嘴角帶著漫不經心的淺笑，手被鮮血浸濕，拽緊女人染血的長髮。

至於那女人，胸口被破開一個猙獰的血窟窿，已是半死不活。

「服務生呢？」男人鬆手，將女人丟在一邊：「抱歉，我老婆不知怎麼混進來了，還發現我活死人的身分……唉，還是把她送進廚房吧，一日夫妻百日恩，我就不親手殺她了。」

白霜行心頭一凜。

夫妻，活死人——

身分正好對上，這是打電話給他們的求助者。

早在這次的任務開始時，白霜行就和隊友們商討過，要不要保護求助者。

結論是，他們根本認不出對方究竟是誰。

舞會現場的客人有近百個，還戴著花樣百出的假面。

他們只匆匆聽過求助者在電話裡的聲音，對於她，無論姓名、身分還是長相，全都一無所知。

在這種情況下，幾人總不可能逐一和所有鬼怪搭話，從而分辨熟悉的嗓音。

更何況，求助者其實早已死去，置身於這場直播裡的，不過是一縷殘存的亡魂。

他們自身都難保，沒必要為此送命。

白霜行沒出聲，靜靜遙望門邊的人影。

他們沒有摻和求助者的劇情，此刻展現在眼前的，應該是當初真實發生過的記憶。

血洞貫穿胸腔，女人疼得奄奄一息，眼角不斷滲出淚水。

她雙唇翕動，用盡全身力氣，發出低弱暗啞的求救：「救救我……求求你們，別殺我……求求你們……」

然而無人理會。

服務生們向她靠近，如同架起一塊肥嫩的美味食材，心滿意足走入廚房。

女人的求救演變為哭嚎與掙扎，直到最後，是一聲撕心裂肺的慘叫聲——

有個服務生嫌棄她太吵，用怨氣凝成實體，再一次穿透她鮮血淋漓的胸口。

走廊上鮮血飛濺、絕望晦暗，隔著一道大門，舞廳裡音樂沒停，男男女女喜笑顏開。

淑女們舞步輕旋，裙裾翻飛，好似輕快優雅的蝴蝶；男士們西裝革履談笑風生，暢談今夜的美味佳餚。

白霜行一言不發地聽，眸色微深。

這讓她想起他們經歷過的第一個外景任務，在那棟與世隔絕的山間別墅裡，也有三個年輕人悲慘死去，屍骨無存。

他們都曾是拼命想活下去的普通人類。

直播間的聊天室，仍然進行著盛大的狂歡。

『好耶！終於看到有人死掉了！鏡頭能不能多給她一點？好想看她被碎屍萬段，做成肉泥哈哈哈！』

『這難道不比狗血愛情糾葛好看？我勸節目組好自為之，在下一場任務裡，儘快把三個主持人解決掉。』

『我倒覺得白霜行他們很有趣哈哈哈哈，今晚還有多少任務？快播出來讓我們樂一樂。』

『等白霜行死掉，我可以擁有她的屍體嗎？好想珍藏……我會好好保存的。』

明明是一個個常見的黑體字，拼湊起來，卻讓人無端感到噁心。

幾次風波有驚無險地過去，不知不覺，時間終於來到午夜十二點。

白霜行耳邊，響起系統提示音。

『叮咚！』

『深夜的古堡內，原來真有惡靈鬼怪齊聚一室，以人類為食物，拉開他們血腥盛宴的序幕。』

『真是太危險了！各位觀眾請務必小心，不要進入燈火通明的陌生城堡喲！』

『恭喜主持人們成功破解第四通電話，外景拍攝結束！』

眼前的流光溢彩、華庭盛宴，盡數消散無蹤。

熟悉的演播室回到視野之中，白霜行一眨眼，就看到那隻活蹦亂跳的章魚怪物。

「又是一次精彩的直播！」

節目熱度飛漲，不少觀眾都下了賭注，猜測他們之中，誰將成為第一名死者。

收視率越來越高，小克老師非常滿意：「主持人們，辛苦啦！」

話雖如此，但它也明白，絕不能任由這三個人類胡作非為，把節目弄得雞飛狗跳。

按照白夜規則，每晚的《死亡求生熱線》裡，一共會接通五次電話。

白霜行用走近科學的方式跳過了第一個挑戰，又在後面的三場中幸運存活，時至此刻，只剩下最後一次機會。

……無論如何，他們必須死在這裡。

在監察系統四四四號的白夜中，從來沒有人類僥倖活下去的先例。

眼底有殺意閃過，小克老師嘴角的笑容依舊燦爛。

「好啦！接下來，讓我們連線下一位觀眾吧！」章魚怪物用故作可愛的語氣，腮幫子鼓囊囊地一嘟：「不知道，這次會是哪位幸運兒呢？」

撥來熱線的觀眾，全是怨念深重的惡鬼。

譬如，第一通電話是死在十字路口的厲鬼所打，第二通是別墅裡的男主人，第三通是一位村民死去後的怨靈，第四通則是舞會的客人之一。

一旦來電被小克老師選中，祂們的記憶就會化作現實，並選取一名受害者，讓他（她）臨死前的靈魂重現，向主持人們求救。

緊接著，主持人將被強制帶入故事現場，體驗驚險刺激、幾乎必死的殺局。

看過直播以後，無數鬼怪想親手殺掉白霜行三人，它們相信，那會是極大的樂趣。

因此，在前幾次開通熱線時，打來電話的觀眾絡繹不絕。

對幾十上百個留言進行挑選，是小克老師的工作——

收到來電後，先由它初步回撥，再挑出最危險最驚悚的一個，交給三名主持人。

之前……的確很熱鬧。

章魚怪物立在臺前，表情僵了僵，不太好看。

為什麼這一次，過去整整兩分鐘，還是沒有一通電話打來？

「請觀眾朋友們，踴躍撥打熱線電話吧！」

章魚怪物揮動雙手，腳下觸鬚徐徐蠕動，愉快咧開嘴角。

「只要提供你們經歷過的真實故事，主持人們就會親身去往現場哦！我們的號碼是四四四四，千萬別忘啦！」

時間一點點過去，五秒鐘、十秒鐘，半分鐘，一分鐘。

保持著這個姿勢，它僵直站立了不知多久，身旁的電話始終安安靜靜，沒有人撥通。

氣氛有些尷尬。

小克老師勉強揚起嘴角：「嗯……是我們節目組的電話出了什麼問題嗎？讓小克老師來檢

查檢查。」

它扭動身體，拿著臺式座機左右觀察，同一時間，直播間裡討論洶湧。

『看完這幾場直播後，還有哪位勇士敢打電話過去嗎？』

『反正我是不打了。但凡在這個節目裡出鏡的鬼怪，要麼魂飛魄散，要麼社會性死亡……我不想在這麼多人面前丟臉，更不想死掉。』

『雖然很想被姐姐踩踩，可是也得在我活著的情況下啊哭哭。』

『懦夫！你們這群懦夫！快打電話啊，這有什麼不敢的！狠狠殺掉他們，我要看血流成河！』

『一直說血流成河的那位老兄，你這麼激動，自己打電話過去啊。』

血流成河不說話了。

電話久久未曾響起，小克老師尷尬得轉圈圈，不停用觸鬚擦拭額頭。

虛空之中，小丑同樣咬牙切齒。

監察系統四四四號不懂。

它真的不懂。

自從白夜降臨，由它主導的生存挑戰已然成了無數人心中的夢魘。

一場場直播節目，帶來一次次驚心動魄的死亡與折磨，被禁錮在白夜裡的惡鬼們看得不亦樂乎，熱情高漲。

在以往，熱線電話都會被打爆——

沒有厲鬼不想親身參與，看那群可憐可悲的人類淒慘死去。殺戮帶來前所未有的快意，讓祂們樂在其中。

然而這一次，唯獨這一次，出現意外。

如果沒有任何鬼怪撥打電話，那它的節目該如何進行下去？

難不成，現在就宣布直播終止，送白霜行他們回家？

四四四做不到。

好不容易等來這麼有意思的獵物，它想看著她被一點點折磨，最終堅持不下去，流著眼淚哀嚎求饒。

這樣想著，小丑恨鐵不成鋼，狠狠錘向身前的直播面板。

居然被三個人類嚇到，這些厲鬼怎麼回事！廢物！

演播廳內，空氣凝固稍許。

就在章魚怪物第一百零二次抓撓腦袋時，猝不及防，電話鈴聲猛地響起。

——終於來了！這是哪位救星！

心中騰起一團明亮的火焰，小克老師倏地躍起身體，顧不得再去篩選分辨，毫不猶豫將它接通。

「歡迎致電《死亡求生熱線》節目組！」觸鬚歡快晃動，章魚怪物的大眼睛眨呀眨：「請問，有什麼可以幫助你的嗎？」

聽筒另一邊，沉默幾秒。

緊隨其後，響起一聲低低的笑。

是年輕女孩的聲音，婉轉空靈，很好聽。

只是……為什麼這道聲音，很耳熟？

十分罕見地，小克老師愣在原地。

心裡冒出一個毛骨悚然的念頭，讓它呆呆轉頭，望向另一邊的主持臺。

電話裡傳來的，正是白霜行的聲音。

而此時此刻，白霜行拿著手機，眉眼彎彎朝它一笑。

雖然她還沒開口說出更多的話，但小克老師覺得，它可能，遇到大事了。

——被傳送到節目組演播室時，三人的著裝都沒發生變化，維持著剛進入白夜的行頭。

理所當然，他們擁有自己的手機。

就在它報出節目組電話號碼的瞬間，白霜行腦海中，有個計畫成型。

坐在主持臺上，她曾檢查過四周。他們所處的地方看起來空蕩蕩，其實圍了層無形的屏障，如同一堵牢固高牆，堅不可摧。

防止主持人試圖逃跑或反抗，節目組早早做了準備，把他們禁錮在主持臺的小小空間。

觸碰到屏障時，系統的提示很快響起。

『叮咚！』

『請主持人端坐於桌前，認真傾聽觀眾的來電哦！』

『外景拍攝時，才是自由活動時間。』

換句話說，只有接到任務、開始外景拍攝，這道屏障才會被消除。

那麼……如果她讓這個演播廳，成為外景拍攝的場所呢？

小克老師說過，撥打熱線的前提，是「講述自己的親身經歷」，並「牢記節目組的電話號碼」。

巧了，白霜行剛好能湊齊。

她好整以暇，安靜彎起眼角。

當她開口，現場所有電話聽筒裡，響起屬於白霜行的含笑嗓音。

「主持人，你們好。」白霜行說：「現在的我，正位於一個名叫《死亡求生熱線》的節目錄製現場。」

章魚怪物的身體開始顫抖。

它想掛掉電話，只可惜，被選上的內容一旦接通，就無法停下。

「這是由監察系統四四四號創造的白夜。我和我的朋友被迫擔任節目主持人，每接通一次電話，都會進入觀眾所說的故事裡，親自把故事體驗一遍。」白霜行不緊不慢，語調柔和：「直到現在，我們已經完成四場挑戰了。」

『？？？』

『沒看懂，這是什麼操作？』

『等、等等，她這樣做，豈不是——』

『等一下，我腦子笨，沒反應過來。「豈不是」什麼啊！妳倒是把話說清楚啊！』

聊天室被一片問號和驚嘆號填滿，章魚怪物後退一步，眼珠子亂晃。

不妙……很不妙。

如果發生意外，它從哪逃走最好？

『我來解釋一下。《死亡求生熱線》的規則是，所有來電內容都會變成現實，讓主持人們執行生存挑戰。一旦任務開始，白霜行他們身邊的無形屏障，就會消失。現在，她以自己的身分撥通求助電話，說自己被困在《死亡求生熱線》的節目裡——那麼執行任務的地點，就是現在的演播室。』

『靠，我懂了。只不過那時候，由於到了「外景拍攝時間」，他們不再受到屏障限制……能在演播室裡隨心所欲，四處走動。』

『？？？』

『這是Bug吧！屏障消失，白霜行在演播室亂來怎麼辦？』

「至於我想拜託主持人們完成的訴求——」白霜行輕輕倚靠在椅背上，長睫微垂，眼底沁出若有似無的笑。

她說：「我很討厭這個節目，不如……把它毀掉吧？」

空氣凝滯一秒。

隨之而來，仍是她不變的柔和語調：「對了，還有那些躲在螢幕後面、不停留言的『觀眾』。沒猜錯的話，祂們也正藏在這場白夜的某個角落。」

直播間內，留言駭然停住。

「祂們是一群讓人噁心的厲鬼，如果可以的話，請把祂們一併解決掉。那句話怎麼說的？啊，想起來了。」白霜行揚起嘴角：「是……『血流成河』。」

冷意從身後襲來，裹挾著讓它頭皮發麻的危機感。

章魚怪物情不自禁縮起身子，忽地劇烈顫抖。

完蛋了。

它成任務對象了。

『吱……吱擦！』

白霜行話音落下，在場所有人耳邊，同時響起播報任務的系統音。

無比清晰，也異常響亮，帶著十分少見的雜音。

『吱吱……嘶……叮咚！』

『成功接通觀眾來電，主線任務已更新！』

『任務五：死亡求生熱線。』

『這是一檔詭異至極的深夜節目。三名年輕人無故被拉入其中，並成為節目主持人。死亡的陰影，狂歡的觀眾留言，無處不在的惡鬼……在它們的團團包圍下，你能否存活？』

『外景拍攝即將開始，請主持人們做好準備！』

『本次任務……嘶……吱吱……』

『摧毀……吱擦……摧毀節目錄製現場……找出留言的厲鬼，並……吱擦……』

寂靜空蕩的直播間裡，一時死寂。

沒過多久，排山倒海般的留言滾滾而來，每一則，都帶著肉眼可見的驚懼與恐慌。

『我靠我靠我靠我靠！出事了！』

『？？？？？？』

『還待在這呢！兄弟姐妹們，快！逃！』

完了完了完了。

一切全完了。

白霜行每說出一句話，主持臺旁的章魚怪物，臉色就差上一分。

到最後，它已是五官扭曲、戰慄不止，哆哆嗦嗦說不出話，下意識後退幾步。

聊天室充斥著鬼哭狼嚎，虛空之中，小丑的表情更差。

身為主持人卻親自打電話給節目組，讓演播大廳成為任務的執行地，從而擺脫束縛……這是正常人能想出來的辦法嗎！

習慣在白夜裡一次又一次掌控全域，這是第一次，監察系統四四四號感到手足無措。

在此之前，從沒有人使用過與白霜行類似的手段，它更是萬萬沒想到，節目裡還能出現這樣的 Bug。

——難道真要讓他們把白夜掀翻不成？

心中的怨憤愈發強烈，小丑咬緊牙關，用力握拳。

那種事情，它當然不可能允許發生。

演播廳的這片空間看似風平浪靜，實際上殺機四伏，潛藏不少怨念和鬼怪。

瘋狂留言的觀眾們更不用說，清一色是怨氣深重的厲鬼，四四四不相信，白霜行能把祂們全都幹掉。

一旦讓她得逞，它就完了。

演播廳是這場白夜存在的基石，也是最為重要的核心，如果真像她所說那樣，讓他們破壞演播大廳……

白夜必定毀滅，四四四也將魂飛魄散。

更何況，這場白夜對於它們的神，有重要意義。

想到這裡，小丑神色更暗。

白霜行要拼死一搏，可以，它願意奉陪。

它倒要看看，究竟是三個人類的實力更強，還是滿室的厲鬼能搶先把他們殺掉。

與此同時，主持臺上。

當白霜行話音落下、系統提示響起後，和之前的狀態如出一轍，三人都有了剎那的意識恍惚。

不同的是，這次睜開眼，他們沒被傳送到其他地方。

視線所及之處，白霜行看見冰冷的白熾燈光，以及那隻呆立於牆角的章魚怪物。

四目相對，她揚唇笑了下，旋即伸出手。

小克老師一動也不動，密密麻麻的眼睛緊張瞪圓，眼睜睜看著那隻手漸漸上前——

穿過主持臺。

白霜行，越過原本屏障佇立的地方。

主持臺上，沈嬋的驚訝不比它少。

從瞥見白霜行拿出手機撥通電話，再到現在的最後一場任務正式開始，沈嬋一直處於震驚與茫然疊加的狀態，被震得有點茫然。

欸？原來還可以這樣操作嗎？這不就成了反客為主？所以……

他們能對節目組做出反擊了？

「小心。」季風臨環顧四周，喉音微沉：「這裡不安全。」

白霜行知道這一點，朝他點了下頭。

至於小修，男孩正呆呆抱著修羅刀，想不明白剛才發生什麼，恍惚眨眨眼。

然後被季風臨輕輕握住手，聽他低聲道：「跟著我。」

看著臺上幾道人影，小克老師十足謹慎，不敢出聲。

它本身是隻怪物，擁有不俗的實力，但平心而論，目睹一次次直播後，面對白霜行，它有些害怕。

她的技能萬分古怪，不知得到多少鬼怪的能力。

既然白霜行敢放話「掀翻演播廳」，就說明，她留有一張強力的底牌。

……或許，不只一張。

『小克老師別怕！殺光他們！』

『我笑了，那群口口聲聲說「快逃」的蠢貨，真是丟盡我們厲鬼的臉。我們這有成百上千個魂魄，憑數量就能壓死她，能不能有點自信啊。』

『我也覺得。只不過是個普通的人類，居然敢和整個白夜抗衡。白霜行是不是通關前面幾次任務後，心態膨脹了？再膨脹，也不應該和這麼多厲鬼作對吧。』

『可是……我覺得……你們忘記她的技能了嗎？她能召喚業火欸！那可是頂級厲鬼的能力，我要是碰上，一下子就被燒成灰了。』

『你也說了，那是「頂級厲鬼」才擁有的力量。白霜行能收集到幾個頂級厲鬼？最多一兩個吧。信我，業火用完以後，她掀不起什麼風浪。』

『……說這句話前，你要不要看一眼，在她身旁跟著的那個小孩。』

此話一出，直播間裡沉默更久。

無數隻眼睛齊齊垂下，看向白霜行身邊。

差點忘了。

那個豆芽菜一樣的小男孩……是惡神修羅的靈魂碎片。

而白霜行，曾與修羅簽訂過契約。

沒記錯的話，直到現在，她始終沒使用過修羅的能力。

『……』

『……』

『同志們我先跑為敬！不是……這地方怎麼出去啊！』

留言數量銳減，演播廳內，建築隱隱顫抖起來。

章魚怪物將不遠處的三人上下打量一番，半晌，從喉嚨裡發出含糊不清的咕嚕輕響。

白霜行心中警鈴大作，凝神後退一步——

再眨眼，伴隨一聲混沌轟鳴，數根灰褐色觸鬚襲來！

咕嚕聲久久沒停，章魚怪物的身體正以不可思議的速度劇烈膨脹，幾乎要觸及天花板，把演播廳撐破。

白霜行加強過體能，瞬息間躲開席捲而至的長鬚，然而觸手鋪天蓋地，一味躲藏絕不是辦法。

季風臨眼疾手快，在又一根觸鬚到來之前，抽出小修懷裡的修羅刀：「能用嗎？」

既是詢問白霜行，也在問藏於其中的修羅。

「別說廢話，拿去。」修羅嗓音冷峻，帶出一絲不耐煩：「好好用，別輸了給我丟人——我還在裡邊呢。」

「把小舅舅本尊當作刀來使。」即便到了這種時候，沈嬋也不忘初心：「好傢伙，不如改名叫『舅舅刀』？」

修羅：「……」

取這種奇奇怪怪的名字，快跟他的寶貝刀道歉啊妳這傢伙！

白霜行：「需要我用技能嗎？」

她沒使用技能，此刻的修羅刀，只是一把稱得上鋒利的長刃而已。

只有點開技能面板，才能讓它擁有短暫的附魔期，展現出強悍無匹的力量。

「修羅刀有時間限制，留下來對付厲鬼吧。」季風臨很輕地笑笑，握緊手中長刀：「現在，用它就夠了。」

最後一個字落下，少年長睫倏動，無聲抬眼。

白霜行從白夜裡得到的積分，大多數用在了「神鬼之家」的建設上，季風臨不同。

商城中的道具形形色色，甚至能提供取之不竭的金錢和奇珍異寶，不少人對此趨之若鶩。

而他的關注點，在於體能和格鬥技巧。

只有夠強，才不會成為她的累贅和負擔。

刀身凜冽，在白熾燈的映照下，泛起寒冬飛雪般的冷意。

季風臨手骨微動，在幾條觸鬚同時襲來的瞬息，毫不遲疑地揮刀而起。

手起刀落，觸手被斬斷，飛濺出團團墨綠色血漿。

章魚怪物發出痛苦的悲鳴，觸鬚狂顫，一股腦湧向他。

季風臨眸光閃爍，未有退卻之意，快步迎上前。

與此同時，演播廳裡響起震耳欲聾的尖銳嗡鳴。

『警報——！』

『檢測到直播出現異常，現將出動保全人員，對主持人進行肅清！』

『警報，警報！』

警報聲響徹大廳，沈嬋心有所感，看了腦海中的小丑一眼。

果不其然，四四四臉色很差。

如果白霜行沒有撥打那通電話，他們身為主持人卻把演播廳鬧得一塌糊塗，作為監察系統，四四四能以「違反白夜規則」為理由，立刻將他們抹殺。

不幸的是，電話成功撥通了。

這樣一來，「破壞演播大廳」就成了主系統安排給他們的任務，他們只不過是一群兢兢業業執行任務的小主持人，能有什麼壞心思呢。

三人沒有違規，四四四無法直接抹殺，只能召集白夜裡的厲鬼進行圍剿。

而厲鬼，不一定贏得了他們。

不經意間對上四四四的視線，沈嬋做了個鬼臉。

小丑面孔扭曲，看不出眼底的情緒，只有嘴角抽了抽。

另一邊，季風臨已逼近章魚怪物身前。

他動作迅捷，下手狠而快，一條條觸鬚被斬斷，地面滿是污血。

感受到越發明顯的殺意，小克老師疼得驚聲嚎叫，狼狽彈動幾下，密密麻麻幾十雙眼睛裡，淌出大顆大顆淚滴。

旋即，便是刀光輕旋。

血飆射而出，打濕少年衣襟。

尖利長刀直直刺入它的心臟，怪物睜大黑白分明的眼，滿目都是不敢置信。

怎麼會這樣？

它待在這場白夜裡，見到一個又一個人類哭著死去，如同看著一場場滑稽的喜劇。

為什麼……今天，它會死在人類手裡？

季風臨垂下眼，不動聲色抽出刀身。

修羅刀破風而過，發出錚然輕響，蕩開一抹血光。

小克老師抽搐片刻，不再動彈。

「有、有衛生紙嗎？」刀裡藏著的〇九九小聲說：「章魚的血，有點噁心。」

修羅恨鐵不成鋼：「妳一個鬼魂，還怕血？我以前——」

不等他說完，〇九九趕忙應答，堵住他的嘴：「知道知道，前輩以前浴血奮戰，帥氣瀟灑英俊逼人蔑視群雄——所以，能擦一擦嗎？」

它可以接受厲鬼的怨氣和猩紅的鮮血，但章魚怪物的血液黏黏糊糊，還泛著古怪黑綠色澤，沾在刀身上，讓它不太舒服。

主持臺上就有衛生紙，季風臨把刀迅速擦拭乾淨，站開幾步遠的距離，將它交還給白霜行：「接下來去哪？」

兩人之間隔著不遠不近的一段距離，唯有那把刀被遞到她身前。

白霜行一樂：「站這麼遠做什麼？」

對方頓了頓。

幾縷黑髮垂落在額前，不久前的肅殺戾氣消散殆盡，季風臨看著她，雙眼黑沉，似是有些赧然。

指了指身上的血跡，他低聲道：「很髒。」
他記得白霜行有小小的潔癖。
因為要把修羅刀遞給她，所以他把手也擦拭得格外乾淨，沒有絲毫血跡。
胸口像被貓爪撓了一下。
白霜行接過修羅刀，禮貌頷首：「謝謝。」
停頓須臾，她繼續說：「你們也聽到警報聲了，接下來，白夜裡的眾多厲鬼會陸續找來。」
演播廳就這麼大，他們對這裡的地形布置一概不知，就算想跑，也無路可去。
默了默，白霜行側過頭，看向不遠處一扇房門。
房門安靜緊閉，屋子裡沒有聲音，彷彿剛才的所有驚變都與它無關。
在門上，標有幾個工整大字：導播室。
「去導播室看看吧。」她說：「如果沒猜錯的話……在那裡，有重要的東西。」

對於綜藝節目的演播大廳，白霜行有一定程度的瞭解。
演播室是嘉賓和主持人的互動場所，而導播室，則是錄製過程中的「中樞神經」。
在這裡，工作人員能對節目進行調度，並監控每個鏡頭，負責全面統籌。
簡單來說，前前後後所有節目內容，都能在這裡找到。
季風臨走在最前，推開房門時，聞到一股刺鼻血腥味。
他皺了下眉，確認沒有危險，回頭向白霜行和沈嬋無聲示意。

屋子裡沒有開燈，卻自帶光亮——

在正門對面的牆壁上，懸掛著幾十個運作中的監控螢幕。

看清螢幕裡的畫面，門邊的沈嬋不由愣住。

每一幅場景……都是在不同白夜裡，人們淒慘死去時的模樣。

有藏在床底、捂著嘴落下眼淚的女人，有死不瞑目、被斬斷四肢的男人，也有心知死到臨頭，抱在一起尋求慰籍的老老少少。

目光所及，盡是血紅。

鮮血，殘肢，頹然睜大的雙眼，遍地鋪開的內臟，以及一塊又一塊腐敗的血肉。

與之相對，是鬼怪們縱情的狂歡，浮動的暗影，愈發靠近的腳步聲，以及貓捉老鼠般充滿期待的獰笑。

置身於昏暗狹窄的小房間裡，每一秒都能聽到瀕死之際，人類如同野獸般的慟哭哀嚎。

場面太過殘酷，只看一眼，就讓沈嬋胃裡難受。

「這是……」季風臨沉聲：「被困在白夜裡的所有受害者。」

白霜行點頭。

從這場白夜開始時，他們就得知一個重要消息。

在這裡，禁錮著數量眾多的人類靈魂。

別墅裡的姜采雲、李子言和曾敘，村莊裡的兩位民俗學家，以及古堡中無辜殞命的死者。

他們要麼誤入邪神的領地，要麼被拉進白夜，在漫無止境的殺虐裡，死無葬身之地。

就算沒了性命，他們也得不到解脫——

靈魂被困在白夜之中，一遍遍重複死去時的苦難折磨，甚至被做成綜藝節目，淪為鬼怪們的笑料。

想明白這一點後，白霜行就一直在思忖，他們的靈魂，究竟藏在哪裡。

毋庸置疑，演播大廳是白夜的核心。

既然要把這些靈魂隨時做成綜藝，為了方便起見，受害者一定在這棟建築裡。

而整棟建築，最關鍵、最能統籌全域，並且涵蓋前前後後所有鏡頭的……

只有導播室。

現在看來，她沒猜錯。

白霜行不傻，更不會自我膨脹到目中無人的地步，覺得僅憑他們，就能對抗數量不明的全部厲鬼。

不過……除了那群愛吃人血饅頭的看客，這場白夜裡，還有其他鬼魂。

被囚禁在直播裡，不知輪迴過多少次痛苦至極的死亡……

這些受害者的怨氣，一定強得可怕吧。

他們因為白夜而死，那她釋放他們、讓他們摧毀白夜作為復仇，很合理不是嗎。

『喂……妳、妳想幹什麼！』覺察白霜行的心思，小丑猙獰嬉笑著的臉上，終於出現一絲驚慌。

此刻以前，對付白霜行，它可謂十拿九穩。

但現在，四四四倉促後退一步。

『妳瘋了？知道這裡面都是什麼東西嗎！祂們被囚禁這麼久，早就瘋了！』小丑慌不擇路，奮力怒吼：『一旦把這些傢伙放出來，妳自己也會完蛋！喂！妳能聽到嗎！』

受害者們遭到邪神污染，本身又怨念極深，很可能喪失理智，淪為只懂得殺戮的惡鬼。

這個問題，白霜行也考慮過。

幸運的是，於她而言，這並不能成為問題。

「導播室，是綜藝節目的中樞。」白霜行輕聲開口：「破壞這裡，過往的白夜幻境，也會一併被摧毀吧。」

這原本只是她的猜想，但看四四四那副癲狂的模樣，顯然猜對了。

房門外，響起窸窸窣窣的聲響。

節目組派來的厲鬼正在靠近，白霜行瞇了瞇眼，仰望牆上一幅幅畫面。

『警報！』

『導播室遭到入侵，請保全人員迅速前往，排查風險！』

白霜行沒理會。

她深吸一口氣，握緊手中纏滿殺意的長刀——

電光石火間，劈向節目總控臺！

修羅刀削鐵如泥，伴隨著破風而落的綿長響音，寂靜小室裡，傳來碎裂的哢擦聲。

第一面監控螢幕倏忽閃爍，投映出明暗不定、森幽詭譎的光。

好似波紋縷縷蕩開，緊接著，是第二面、第三面。

條條裂痕自下而上，蛛網般飛速蔓延，不過一秒，便占據於每一面螢幕。

幾縷黑氣盤旋而出，耳邊的尖嘯更加嘈雜。

『警報，警報！』

『檢測到……呲啦……主控臺受損……請及時……呲啦……』

『混蛋！你們這群混蛋！』小丑用力抓撓滿頭卷髮，臉上五顏六色的油彩雜亂暈開，讓它好似地獄惡鬼。

它不停咒罵，口不擇言：『你們活該下地獄！等他們出來，我要看著你們被殺光！蠢貨！白癡！』

白霜行笑了笑。

下一秒，小丑怔然愣住。

被她握著的修羅刀凶戾殘暴，是聲名遠揚的邪物。

但現在，白霜行持刀的手中，竟溢出一縷明晃晃的輕柔白光。

心臟咯噔一跳。

四四四張了張嘴，一時兩腿無力，跌坐在地。

白芒如霧如煙，不過轉眼，就將導播室籠罩。

似是漫長黑夜過去，天邊朝陽陡現，刺破厚重昏黑的層疊雲朵，綻出第一道柔光。

絲絲縷縷，水一樣緩緩蕩開，卻也不掩鋒芒，勢不可擋。

這是光明神的淨化領域，能確保那些慘死的人們不被怨氣吞噬，得以保留人性。

光暈散開，一面螢幕轟然碎裂。

同一時刻，滿牆上下所有畫面裡，瀕死的男男女女如同得到感召，齊齊仰頭。

殺戮，宰割，絕望，以及與日俱增、愴痛難消的恨。

在綿亙延展的白光下，醜惡無所遁形。

而將他們幽禁於此的枷鎖，出現裂痕。

禁錮已除，積壓許久的苦痛頃刻爆發。

導控室裡，牆壁與天花板劇烈顫抖，監察系統四四四號渾身發冷，步步後退。

不可以。

這是它的白夜……它的白夜！

它為神明獻上那麼多食物，它是祂最忠誠的系統，祂——

眼看劇情被攪和得一塌糊塗，絕望感沉重如山，壓得它喘不過氣。

然而，忽地，小丑猛然睜大眼睛。

『警報，警報！』

『檢測到……』

『呲啦！』

監察系統四四四停滯在原地，一動也不動。

它的表情，有種說不出的詭異。

注意到這一點，白霜行斂起眉目，看向門邊。

白夜派來的厲鬼，已到了門外。

不知從什麼時候起，壓抑的窒息感沉沉壓在她胸口上，陰冷刺骨，沉悶難言。

這絕不是普通鬼怪所能帶來的震懾。

房門被用力推開，她看見十幾隻血肉模糊的惡鬼。

同一刻，在接連不斷的哢擦雜音裡，廣播再度響起。

這一次，不再是用冰冷機械音發出的警報。

當廣播聲響起，不知怎麼，白霜行心底猝然騰起寒意，身體如被冰封，猛地一僵。

她聽見……

一首歌。

歌聲響起，厲鬼們紛紛停下動作。

歌曲歡快悠揚，用她從未聽聞過的陌生語言，混雜著男女老少不同聲音。

曲調此起彼伏，由最初的歡愉一路狂飆、逐漸高亢，漸漸變為令人膽寒的尖銳高音，帶著若有似無的低喃與癡笑——

驀地，背景音停下。

偌大的演播廳裡，從廣播中，響起一聲癡狂長嘯：「讚美我神！」

壓迫感更濃。

白霜行目光微沉。

某些白夜，殘存著邪神的意識。

「惡鬼將映」和「第一條校規」裡，由於保存著祂的神像，白霜行得以與祂有過一面之緣。

至於當下這場白夜，顯而易見，是為邪神收集人類恐懼的培養皿。

無數厲鬼滯留於此，在監察系統四四四的誘導下，催生出對祂虔誠至極的信仰。

也因此，很可能引來邪神的力量。

手裡的修羅刀，微不可察晃動一下。

廣播裡，笑聲和低語聲不停，細細聽去，其中還夾雜著人類聲嘶力竭的哭喊求饒。

無數人同時開口，聲音一浪蓋過一浪，全盤混在一起，聽不清晰。奇怪的是，白霜行居然能明白他們說的話。

「祂在看著妳。」

「祂在哪？」

「祂在群星之巔，祂在萬物之始，祂在……」

「噓，祂要來了！」

最後一道聲音落下，立於門邊的厲鬼，驟然發起突襲！

早在導控室大門被打開時，白霜行就點開了腦海中的「修羅刀」。

她從沒放鬆警惕，面對襲擊並不驚慌，正要拔刀，卻瞥見一道黑影從身邊掠過。

白霜行怔住。

她嗅到近似於木頭香氣的、說不清道不明的味道。

修羅刀被那人熟稔奪過，耳邊響起青年低沉慵懶的哼笑。

「認真看好，這把刀，應該怎麼用。」

「前輩。」〇九九小小聲：「想要保護他們，明明直說就可以了。」

修羅沒理它，右手修長，五指根根用力，握緊刀柄。

行雲流水的動作。

小室黢黑，冷光一晃——

白霜行甚至沒來得及看清他的動作，修羅便已斬下厲鬼的頭顱。

技能全開，修羅刀不再受到白夜束縛，展現真正的力量。

與此同時，被白霜行喚醒的受害者們一擁而起，破開直播螢幕，衝向門邊的重重鬼影！

怨氣叢生，暗影如潮。

在白夜中當了這麼久任由宰割的螻蟻，此時此刻，他們終於成為能夠隨心所欲、掙脫禁錮的「人」。

接下來，獵人與獵物角色互換。

復仇，開始了。

「你……」

修羅的氣勢囂張無匹，絕非尋常人類。

前來追殺團剿的厲鬼們負責保全工作，之前一直在建築裡巡邏，並非直播間觀眾。

理所當然，對於他的身分，祂們一無所知。

在如此恐怖的壓迫感下，一隻厲鬼止不住瑟瑟發抖，試探性開口：「你是、你是誰？」

身為一名強大的神，修羅擁有許多足以讓祂們聞風喪膽的頭銜。

但手持長刀的青年只是挑眉笑笑，眸光微閃，看白霜行一眼。

「我？」他說：「這丫頭的小舅舅。」

眸底血色暈染，有風撩起他足邊黑髮。

修羅腕骨一動，笑得懶散卻張揚，引出鋒芒畢露的殺機。

「外甥女惹了禍，我來擺平一下。」

第八章　邪神

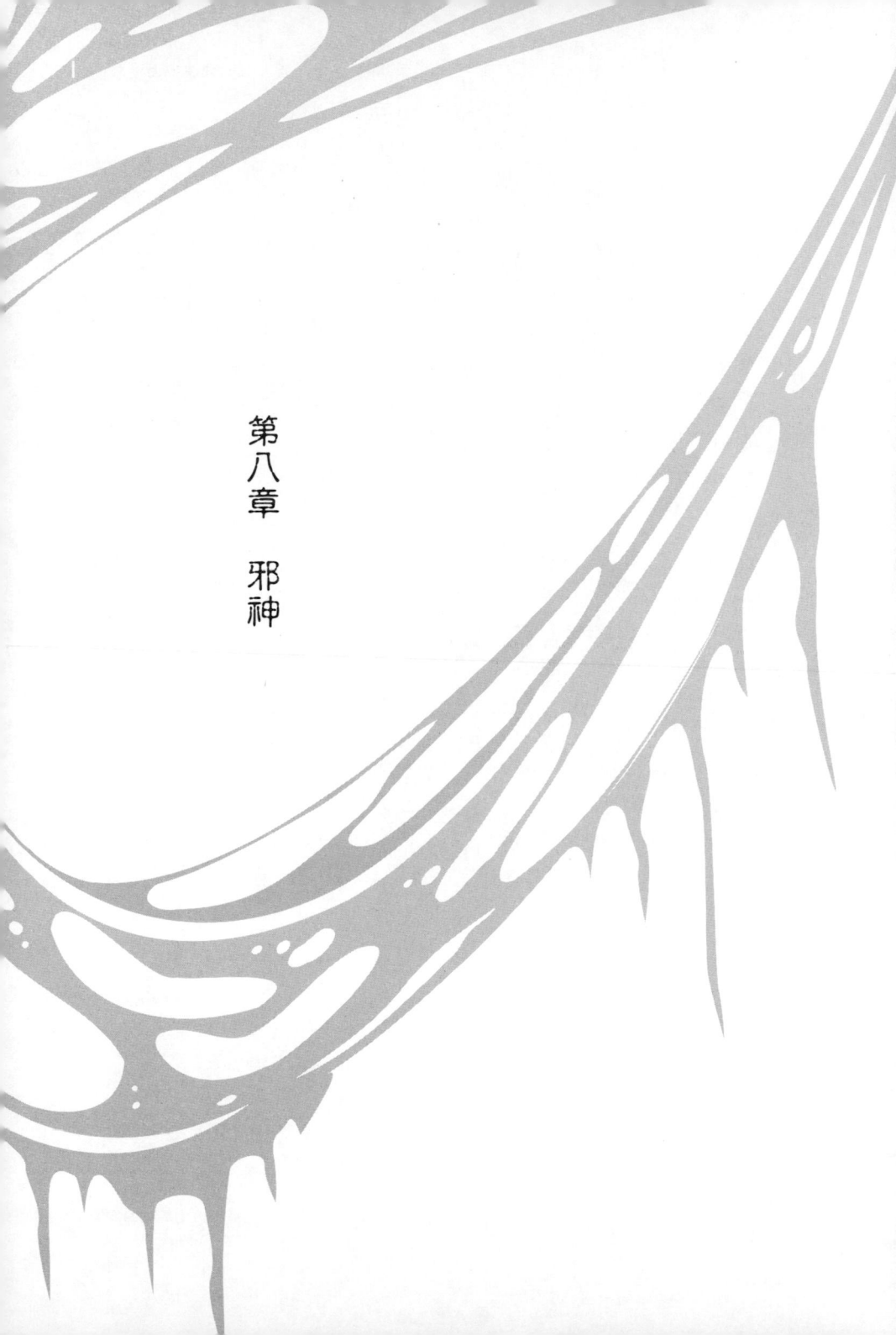

在真正的主人手中，修羅刀展現出勢不可擋的驚人銳意。

刀鋒冷峭，於半空劃開一道漂亮俐落的圓弧，所過之處，生出由怨氣凝成的縷縷黑霧。

當它應風驟起，寒冽刀意瞬間漫開，白霜行聽見龍吟般的清脆嗡鳴。

修羅被她召喚而來，在這場白夜裡，本身並不具備特殊的力量。

但千百年過去，於極惡煉獄經歷過的一次次殘酷殺戮，已印刻進他的本能。

他記得如何揮刀、如何閃躲，也知道要用怎樣的刀式，才能更快斬下對方首級。

這是修羅刻入骨血中的本能。

不過幾秒鐘時間，前來剿殺白霜行等人的厲鬼，就被屠戮大半。

這無疑是一邊倒的局勢。

修羅的攻勢無懈可擊，受害者們的魂魄，同樣開始反擊。

演播室偌大空蕩，一時間，只剩下厲鬼們狼狽不堪的哀嚎。

不久前的祂們盛氣凌人，到現在，有的被修羅一刀砍下頭顱，也有的被受害者們死死纏住、一點點剝開血肉。

但……

暗暗皺起眉頭，白霜行放不下心，看向腦海中的小丑。

就在剛剛，她聽見廣播裡詭異的歌謠，感受到邪神的存在。

與之對應地，哪怕劇情崩壞成這樣，監察系統四四四號也始終沉默不語，再也沒有最初手足無措的慌亂。

它的嘴角，甚至帶了一抹若有似無的淺笑。

就像勝券在握一樣。

能讓它如此倚仗的，只有那位未曾真正露過面的邪神。

邪神……會在這裡出現嗎？

彷彿為了回應她的疑惑，猝不及防間，整個建築劇烈顫抖一下。

「哢擦」一聲，廣播再度響起。

還是那首歡快愉悅的歌謠，脆生生的童音伴隨著動聽樂曲，綿長悠揚，偶爾溢出意義不明的輕笑。

明明是靈快輕俏的風格，此刻聽來，卻令人心生忌憚。

沈嬋站在白霜行身邊，不由打個哆嗦，低聲道：「這場白夜裡的大Boss，恐怕要來了。」

「我有種不好的預感。」

話音剛落，整棟建築陡然一震！

廣播聲越來越躁，越來越快，如同千萬人貼在耳邊厲聲狂嘯。

白霜行竭力穩下心神，腦子裡嗡嗡作響。

首先感覺到的，是一股難以言說的威壓。

胸口像被壓上一塊巨石，讓她無法喘息，緊隨其後，沉重而無形的巨力向著四肢百骸飛速擴散，束縛住整具身體。

冰冷的空氣彷彿能把血液凍結，寒意從脊背生出、逐漸蔓延，好似無數條蟲子在血管之中蠕動爬行，帶來頭皮發麻的癢。

祂來了。

這一次，比起百家街和興華一中，祂的力量恐怖許多。

掙扎逃生的厲鬼們停下動作，雙眼空洞無神，不再哭喊求饒。

受害者的魂魄紛紛僵住，如同被絲線牽引著的木偶，扭動僵硬乾澀的四肢，遙遙望向演播大廳外的走廊。

在走廊另一側，正對著演播室的位置，是個安靜佇立的房間。

四下無風也無人，房門卻忽地敞開，發出吱呀輕響。

廣播裡的笑聲愈發刺耳，當房門打開，猛然靜下。

這片空間安靜得落針可聞。

當白霜行抬眸望去，透過忽明忽暗的燈光，見到一尊再熟悉不過的——

不對，房間裡的那個，已經不能再被稱作「雕像」。

雖然仍舊蒙了塊紅布，看不見具體模樣，但透過最下面露出布料的部分，白霜行窺見祂的足底。

那裡聚集著眾多觸鬚，類似章魚觸手，或是什麼深海巨獸。

觸鬚之間，生有一隻隻人類的手與腿，慘白扭曲，毫無血色，隨著觸鬚一起徐徐蠕動，讓她想起半空中搖曳的絲線。

並非鋼鐵、石塊、金銀材質，如今展露在白霜行眼前的，是貨真價實的血肉之軀。

久久沉寂的直播間裡，飄過第一則留言。

『這是……神？』

緊接著，是激情澎湃、越來越多的驚呼：

『真的是祂！我們有救了！』

『天無絕鬼之路！』

『信仰我主，讚美我主！請將這群人類碎屍萬段吧！』

『血流成河！哈哈哈哈哈血流成河！』

「這鬼東西……」恐懼感盤旋不退，沈嬋心裡發毛，嗓音微顫：「不會是邪神本體吧？」

「不至於。」修羅皺眉：「每個神都能分化一部分靈魂碎片，作為所謂的『分身』。這場白夜凝聚太多恐懼和怨念，於祂而言，是汲取食物的絕佳地點。」

信徒們的信仰，引來邪神的側目。

為了更好地感受人類瀕死時的絕望，從而獲得力量，祂剝離出一小塊靈魂碎片，將其放置於此。

很符合那位「神明」的行事作風。

「那，」沈嬋咽了口唾沫，「我們現在，該怎麼辦？」

「白霜行展開過光明神領域，壓制了祂對你們的污染。」

修羅神色稍斂，目露警惕。

同為神明，對於邪神的實力，他再瞭解不過。

「這只是祂的一小塊靈魂，力量遠遠不及本體。」長髮青年握緊長刀，雙眼微瞇：「你們——」

這句話，他沒說完。

就在修羅張口的時候，一縷陰風陡然襲過，在場所有人，都聽見含糊不清、緩慢冷沉的低語。

廣播裡，傳來音爆般尖銳刺耳的轟鳴聲——

下一秒，白霜行瞳孔驟縮。

視線所及之處，一切都變了模樣。

演播大廳消失不見，她身邊的人、周圍遊蕩的厲鬼，乃至於不遠處的邪神，全然沒了影蹤。取而代之，是一片空茫的原野。

天邊濃雲密布，穹頂之上，懸有一輪碩大圓潤的暗紅血月。

月光冷然，四下無聲，倏然間，閃過一道漆黑人影。

大腦變得一團空白，好似混亂融合的沼澤泥漿，在思緒裡翻湧騰挪，讓她稀裡糊塗無法思考。

出於本能，白霜行仰頭，眺望人影所在的方向。

在原野正中，儼然是個圓形祭壇。

祭壇面積不大，中央燃著一簇篝火，火光刺眼，正灼燒著什麼東西，發出劈啪輕響。

祭壇地面畫有一圈圈繁複錯雜的陌生符號，色澤猩紅，像是用血浸透。

她總覺得這樣的祭壇自己曾經見過，似乎是在白夜，在某個與世隔絕的小村落，但頭腦之中空白無物，白霜行捨棄了思考。

彷彿受到牽引，她輕輕邁開腳步，朝著祭壇走去。

離得近了，她終於看清篝火上綁著的東西——

那是一個面目模糊的人。

他，又或是她，渾身上下不著寸縷，胸膛被剖開。

傷口一直蔓延往下，經過那人的小腹與大腿，幾乎將其開膛破肚，血肉橫流。

景象極度血腥，白霜行定定看著，居然不覺得噁心。

把視線從篝火挪開，她木木望向另一邊。

祭壇外，正匍匐著一道道人類的影子。

他們虔誠而專注，在闃然黝黑的深夜裡，沐浴著血一樣的月光，口中喃喃低語。

每道影子都被無限拉長，讓她想起彎起的長弓，靜謐，也暗藏殺意。

察覺她的到來，好幾個信徒猝然抬頭，與白霜行四目相對。

他們沒開口，白霜行卻聽見在耳邊響起的聲聲呢喃。

「快來。」

「來加入我們。」

「信仰祂，信仰我們的神。」

「讚美我主！」

後腦勺隱隱生疼，反射地，白霜行將他們的話語複述一遍：「信仰……祂？」

「世間太多苦難。」為首的男人凝神注視她，神情木然：「唯有神，能讓妳得以解脫。」

「醜惡是人類的本性。」他身側的女人雙眼一眨不眨：「難道妳不曾受過毫無理由的斥責毆打，從沒遭到諷刺嘲笑？不想報復嗎？不想讓那些人死無葬身之地，在地獄裡永受煎熬嗎？」

聲音越來越多。

到後來，白霜行漸漸分不清，究竟是誰在對她說話。

「財富。」

「迷途的羔羊。」

「地位。」

「只需微不足道的祭品。」

「復仇。」

「祂都能給妳——」

「快看！」為首的男人忽然睜大眼睛，漠然冷淡的臉上，浮起極致狂熱：「祂來了！」

心下一動，白霜行循著他的目光，仰頭看去。

血月冷寂，幽幽懸於天邊，最後一縷殘雲從它身旁消散，露出圓月完整的形體。

直到這時，白霜行才後知後覺意識到，這輪月亮太近了。

就像緊緊貼著半空，隨時都有可能沉甸甸壓下來，巨大，浩渺，能將她一舉吞沒。

驀地，月亮輕微一動。

顫慄感席捲全身，白霜行屏住呼吸——

原來那並非月亮……而是一隻龐然大物的眼睛！

當祂撩起眼皮，「月亮」表面隨之顫動，鮮紅的血管層層褪去，露出渾濁巨目。

無數瞳仁擁擠在同一只眼睛裡，好似密密麻麻的小蟲，血絲自上而下悄然蔓延，無悲無喜，讓人看不出情緒。

神明臨世，信徒們歇斯底里的狂熱，在這一刻達到頂峰。

篝火劈啪作響，作為祭品，死者的雙腿已近焦枯，頭顱墜入熊熊烈火，咕嚕一轉，睜圓死氣沉沉的雙眼。

有婦人不顧火焰燒灼，奔向屍體旁側，從胸腔掏出血肉內臟，恭敬抬起雙手，將其獻給高高在上的神明。

一名老者號啕大哭，匍匐在地連連俯首，口中喃喃自語，乞求庇佑。

一個小孩癲狂大笑，被火光映出猩紅雙目，捧起塊塊碎肉，行走在飛濺的血液之中，放聲吟誦古老歌謠。

黑雲翻湧，巨眼靜默無聲。

眼皮上虬結的血絲匯作條條暗紅河流，千百個瞳孔齊齊一轉。

如同降下一座沉重的、令人無法喘息的山。

祂看向白霜行。

「加入我們吧。」

為首的男人半闔雙眼，兩手交叉胸前。

他說：「神明終將降世，到那時，我們是新世界的主人！」

思緒凝滯。

邪神的注視帶來前所未有的壓迫，讓白霜行忘記一切思考。

她緩緩邁開腳步。

身後的世界逐漸模糊，淪為記憶裡可有可無的幕布。

身前的信徒們面帶微笑，紛紛向她伸出雙手，在明亮火光裡，顯得慈祥而莊重。

這是一個美好的，充滿希望的新世界。

隱隱約約，耳邊再度傳來那首歡樂動人的童謠。

白霜行走向距離自己最近的女人，將她擁入懷抱。

歌聲愈響，火光愈烈。

碎肉血塊散落滿地，祭品的屍體被火舌一次次舔舐而過，空氣氤氳出濃郁的焦臭氣息。

在血與火的團團圍繞裡，所有人同時揚唇笑開，場景幸福且溫馨。

沒人不喜歡闔家歡樂的大團圓結局。

然而下一刻，血氣散開。

被白霜行抱住的女人，駭然睜大雙眼——

一把小刀自白霜行袖口伸出，毫不猶豫，直直刺入她胸口！

所有人始料未及。

手起刀落，白霜行面無表情。

當刀鋒刺進女人身體，她的意識，總算恢復幾分清醒。

……好險。

差一點，就陷進去了。

未雨綢繆，是白霜行一以貫之的作戰方式。

在此之前，她曾和邪神短暫交手過幾回，印象最深的，要數興華一中。

白霜行清清楚楚記得，在她靠近邪神像時，曾遭遇過幻象的蠱惑。

這是祂對人類精神造成的「污染」。

想通這一點後，白霜行早早做好準備。

身為人類，她當然不可能直接反抗邪神的侵襲，唯一能做的，只有讓自己努力保持清醒。

當演播大廳外的房門吱呀敞開，她默不作聲，從系統商城兌換一把小刀，塞進袖口。

就在意識恍惚的瞬間，白霜行握緊刀鋒，讓小刀刺穿自己的手掌心。

劇痛難忍。

但正因如此，當她被邪神的力量所蠱惑，滿心滿眼只剩下祂，急不可耐想成為祂的信徒時，在白霜行的腦子裡，多出點別的東西。

疼痛的感覺太過強烈，讓她難以忽視。

於是白霜行忍不住去想：這把刀為什麼會在自己手上？她為什麼要刺破自己的手掌？是為了掙脫什麼，還是逃離什麼？

總而言之……有驚無險地撐過來了。

左手的痛感有增無減，白霜行深吸一口氣，閉了閉眼。

旋即後退一步，讓女人面目扭曲的屍體跌倒在地。

後腦勺重重磕在地面，發出令人膽寒的一聲砰響。

信徒們愕然停止動作，向她投來困惑不解的視線。

和諧美好的新世界，因她而出現裂痕。

天幕劇顫，暗紅巨眼不悅地蹙起，眼底泛出絲絲血管，淌下濃郁血淚。

就像月亮下起了雨。

也正是在這一刻，白霜行聽見似曾相識的嗓音——

「白霜行！」

有誰在叫她。

渙散的意識重新聚攏，她想起來，那是季風臨的聲音。

不能繼續待在這裡。必須清醒過來。

一剎恍惚。

白霜行猝然眨眼，望見少年滿是擔憂的臉。

見她恢復神志，季風臨緊繃的脊背終於放鬆些許。

「妳還好嗎？」

話說完，似是心有所感，季風臨看向她沾滿血污的掌心，皺起眉。

意識昏昏沉沉，白霜行晃了下腦袋：「現在——」

她剛開口，身後就有冷風襲來。

季風臨速度極快，一把將她拽向身後，揮出一張驅邪符。

白霜行回頭，看見一隻痛苦扭動的厲鬼。

「那傢伙沒對妳做什麼吧？」

沈嬋身在不遠處，正奮力驅散厲鬼，眼看白霜行有所動作，心裡的石頭總算落地。

她不大放心，瞥見滴落在地的鮮血，匆匆避開又一次突襲：「這道傷口是怎麼回事？」

白霜行言簡意賅：「我中了祂的幻象。」

所以……現在是什麼情況？

看出她的困惑，季風臨輕聲解釋：「邪神甦醒，厲鬼的實力增長數倍，數量也越來越多。」

「那聲廣播響起後，它們就開始反攻，妳——」他停頓一下：「妳站在原地沒動，修羅說，這是邪神的污染。」

白霜行頷首，表示聽懂了。

「這傢伙，看來對妳情有獨鍾，鐵了心要弄死妳。」

修羅手持長刀，斬殺洶湧而來的數道鬼影。

即便到了這種時候，當他開口，仍帶著懶散輕笑：「在場所有人裡，只有妳中了祂的幻術——想必是把所有惡念，全傾注在妳一個人身上了。」

這次的污染，確實比之前嚴重許多。

當白霜行置身於那片一望無際的原野，連自己的名字都快要記不清。

她眼睫顫了顫，望向走廊另一頭的房間。

光影晦暗，彌散出眩然迷幻的朦朧色澤。

這場白夜裡的，僅僅只是邪神一塊微小的靈魂碎片。真正的祂……

會像幻象裡一樣，擁有令人不敢直視、陷入癲狂的恐怖力量嗎？

當下的情形，對他們很不妙。

厲鬼的反撲勢如破竹，受害者的靈魂被死死壓制，幾乎要魂飛魄散。

而他們幾人，也處在包圍之中。

「喂。」修羅邊打邊退，朝著白霜行靠近幾步：「從商城兌換一把刀，長的，給我。」

〇九九不解：「前輩，你不是有一把刀了嗎？」

它正張口，就見青年一動，把修羅刀塞進白霜行尚且完好的右手。

「這個，妳拿著。」修羅看她一眼：「普通的刀，破壞不了祂的靈魂碎片。」

言下之意，是讓白霜行拿著修羅刀，斬碎房間裡的邪神。

「我仔細觀察過，這是祂一小部分力量而已。那傢伙本體不在這個世界，靈魂碎片無處安放，於是寄居在一座神像裡，不能動彈，威脅不大。」

修羅沉聲：「妳既然能撐過祂的幻象，抵禦祂的污染，靠近祂不成問題。」

白霜行：「那你呢？」

長髮青年挑眉笑笑，目光一轉，看向源源不斷湧來的厲鬼浪潮。

「得有人對付祂們。」他說：「相信我，就算沒有修羅刀，這幫雜碎也不是我的對手。」

不等他解釋更多，一旁的季風臨已依言換了把長刀。

修羅見狀笑笑，若有所思，輕撫下頷：「不錯，家裡的小輩都挺乖。」

他說著順勢接下，把刀身靠向修羅刀，從而汲取怨氣。

這樣一來，即便是普普通通的刀具，也擁有了微弱的驅邪之力。

季風臨無言抿唇，望向白霜行：「我掩護妳。」

白霜行點頭，不忘側過視線，揚聲叮囑：「沈嬋，小心。」

沈嬋咧嘴一笑，揮了揮手裡的驅邪符，向她比出OK的手勢。

「修羅刀」是白霜行的專屬技能，當她握住刀柄，能感受到其中蘊藏著的怨念和戾氣。

當然，也有野獸一般，銳不可當的殺機。

距離「修羅刀」的使用時限，只剩下三分鐘。

必須速戰速決。

惡鬼如浪，紛然不絕。

感受著左手手心傳來的絲絲劇痛，白霜行沉下眼，猛然前衝。

沈嬋守在小修身旁，眼看又一隻厲鬼襲來，迅速揚起手中的暗黃符籙。

驅邪符數量有限，她用得小心謹慎，忽地，感到身後有陰風呼嘯。

還沒轉身，就聽見一聲痛苦嚎叫——

小修手中凝出黑氣，如絲如縷，蜿蜒似蛇，一舉穿透厲鬼胸口。

他是修羅殘存的靈魂碎片，經過這段時間的休養生息，已經恢復小部分力量。

雖然遠遠比不上全盛時期的毀天滅地，但殺掉厲鬼，足夠了。

「姐姐。」男孩輕聲開口，有些緊張，也有些靦腆：「妳別怕。我會、我會保護妳。」

沈嬋一怔，噗嗤輕笑：「也不要小看我哦。」

另一側，走廊鬼影重重，其中之一正要前撲，猝不及防，瞥見冷冽刀光。

長刀落下，厲鬼身首分離，引來青年不屑的嗤笑。

「想過去？」

嘴角輕揚，修羅看著它們，像在俯視不值一提的垃圾。

長刀於他手中一震，而他語氣懶散，挑了挑眉：「先幹掉我再說。」

白熾燈瘋狂閃爍，演播廳內，儼然化作血腥煉獄。

厲鬼的嘶嚎毫無間斷，白霜行咬緊牙關，斬殺幾隻殺氣騰騰的惡鬼。

季風臨守在她身後，為她排除一切隱患，手起之際，欲圖偷襲的鬼影散作黑煙。

距離邪神越近，受到的污染就越嚴重。

之前的幻象顯然是祂的極限，被白霜行破除後，編織出的幻覺大不如前。

此時此刻，白霜行感到血管傳來難以言喻的痛與癢。

像有什麼東西藏在她的皮膚下，迫不及待想要掙脫而出，她不經意看了看，右眼皮一跳。

皮膚鼓脹，隆起一個個水泡般的小包。手腕上青筋暴起，血管瘋狂震顫，條條迸裂——

不過眨眼，鮮血便染紅全身。

而體內藏著的事物，終於露出一角。

那是一隻飛蛾的翅膀，正在輕輕顫動，遍布古怪詭奇的暗色花紋。

她的身體，是飛蛾孵化的繭。

白霜行：「……」

真是有夠噁心。

萬幸，她知道一切都是幻象。

見到這樣的場景，雖然下意識會感到難受，但理智清清楚楚告訴她，不必害怕。

她還沒有脆弱到，會因為這種幻覺就精神崩潰的地步。

……不過，確實會體驗到疼痛和反胃就是了。

「是幻覺。」季風臨也生出同樣的幻覺，輕聲開口：「當成在看驚悚科幻電影，會不會好受一點？」

這是在安撫她。

很不合時宜地，白霜行笑了笑：「３Ｄ立體投影，體驗還不錯。」

體內的飛蛾展翅將出，帶來以假亂真的疼痛。

與此同時，他們來到房間外。

修羅說過，邪神不具備實體，靈魂碎片只能寄居在神像裡。

換句話說，一旦被人逼近，祂便無路可逃。

局勢驟然逆轉。

『？？？』

『不能吧？神不可能被他們幹掉吧？區區幾個人類⋯⋯』

『不愧是修羅。就算憑藉這種狀態，也能擋下那麼多鬼怪，還好我們不用和他對上。』

『白霜行手裡拿著的，可是修羅刀啊！』

『別小看邪神，祂待在這間房子裡，肯定有自保的辦法。』

只剩下幾步之遙。

白霜行正要往前，驀地，耳邊揚起幽幽冷風。

風的目標，並不在她。

隱約意識到什麼，不祥的預感鋪天蓋地，讓她心臟一震。

疾風飄忽而上，掠過她和季風臨⋯⋯湧向與雕像融為一體的邪神。

糟糕了。

在祂身上⋯⋯正蒙著一塊紅布。

邪神擁有能摧毀人心的力量，信徒們供奉祂時，往往會在神像蓋上紅布。

凡是見過祂真實長相的人，都會遭受精神污染，陷入癲狂。

如今祂走投無路，唯一的辦法，就是掀開那塊紅布。

容不得思考，白霜行腳下發力快步上前，但人類的速度，哪能趕得上風。

紅布好似浸透鮮血，當她即將靠近，被冷風掀起一角。

同一時刻，她聽見季風臨的聲音：「閉眼！」

「修羅刀」的使用時限，只剩下一分鐘。

閉眼之際，有長鬚破風而來，撕裂周遭平靜的空氣——

邪神寄居在神像裡，本身無法移動。

但祂身上的觸鬚與人類手臂，卻能隨心所欲凌空騰起。

觸鬚數量繁多，而他們不得不閉上眼睛，看不清對方的動作。

修羅刀內，〇九九也喪失言語。

身為一縷脆弱的魂魄，僅僅看邪神一眼，就讓它心神劇顫，遭到重創。

這種情況下，如果不睜開雙眼，只會被觸鬚穿透心臟。

白霜行咬牙，長睫將起，聽見季風臨喑啞的低語：「我來看。」

他嗓音沙啞，不剩太多力氣，連呼吸都很輕。

季風臨說：「妳一直往前，其他東西，我來解決。」

話音方落，身側騰起另一陣風。

與不久前的陰森冷風截然不同，這一次，白霜行嗅到乾淨的皂香香氣。

僅憑驅邪符，顯然對付不了擁有實體的觸鬚。

季風臨毫不猶豫，從商城兌換出一把長刀，動作乾脆俐落，斬斷一條躍起的長鬚。

至於房屋盡頭的那尊神——

他窺見些許，喉間腥甜。

這遠非普通人類所能承受的壓力。

頭腦生出無邊劇痛，迅速傳向四肢百骸，季風臨咽下鮮血，語氣仍舊和緩：「抓緊時間。」

現在不是矯情猶豫的時候。

白霜行握緊長刀，邁出第一步。

有觸鬚即將觸碰到她的身體，被護在身後的那人決然斬開。

在邪神為她鑄造的幻象中，身體裡的隻隻飛蛾破開皮膚，血管碎裂，溢出濃郁腥臭。

身邊則是震耳欲聾的童謠歌聲，伴隨著自亙古傳來的虔誠祈禱，精神幾近崩毀，讓她一度眩暈。

不能停。

白霜行咬破舌尖，用疼痛勉強拉回理智，聽見季風臨的聲音——

「揮刀！」

修羅刀順勢揚起。

童謠消弭，禱告終止，盡數化作聲嘶力竭的尖叫。

白霜行牢牢記得祂的高度，刀鋒斬斷大半個身體。

然後是「咚」的悶響。

耳邊歸於平靜。

小丑呆愣原地，直播間裡的狂歡霎時停息。

這聲悶響，預示著它們末日的來臨。

現在，是真的完蛋了。

白霜行睜開眼睛，下意識地，回頭看向季風臨。

他雙眼溢出血淚，似是痛極，半垂著眼睛。

下頜與胸口被猩紅浸透，想來是從口中湧出的血液。

與她四目相對，他眨眨眼，殷紅唇邊無聲上揚，居然安慰似的笑了一下。

身前傳來窸窸窣窣的低語，白霜行扭頭看去，見到邪神顫動的半邊身體。

它的下半身軀，是不停蠕動的觸鬚。

有的被季風臨斬斷，淌出污黑的黏稠液體；有的呈現出人類手臂的形態，水草一樣無力晃動，細細看去，每隻手都有蜷曲著的六根指頭。

耳邊的語言她從未聽過，卻清楚明白它的含義。

那是至高無上的神明在對她說——

「瀆神者……必遭天譴。」

天譴。

白霜行揚了下嘴角。

「或許吧。」

握著修羅刀的右手浸滿冷汗，她手腕倏動，揚起長刀。

然後正對著祂的殘軀，重重刺下。

「下次見面——」

腥血四濺，染上白霜行白皙的半邊側臉。

走廊燈影忽閃，在她黢黑的雙眼中，映出晦暗難明的色彩。

白霜行低聲告訴祂：「我會再次把你砸個粉碎，讓你好好體會，什麼叫作『瀆神』。」

第九章　可愛

邪神被斬斷身軀，黏膩的血液浸濕地板，暈開大片污黑。

「修羅刀」的使用時限來到盡頭，在不斷蠕動著的詭異軀體裡，化為一縷輕煙。

這把刀蘊含神明的力量，被它穿透身體後，靈魂碎片堅持不了多久，就會破散碎裂。

含糊的低語仍在繼續，白霜行沒再理會，把目光從祂身上移開。

眼下，還有更重要的事情。

她淺淺吸了口氣，轉過身去，快步走向季風臨。

面對邪神，他搶先睜開了眼，目睹那位神明的真容，精神幾乎被撕裂。

瞥見白霜行走來，他張了張口，想說話，卻只重重一咳。

瘀積在喉間的鮮血隨即湧出，季風臨皺眉抬起手，用袖口擦拭血漬。

看他這副模樣，白霜行一時竟開不了口，不知道該說什麼。

「……太亂來了。」她微微踮起腳尖，認真觀察季風臨的狀況：「現在感覺怎麼樣？還能看見嗎？很疼對不對？」

臉上毫無血色，白得像紙。

眼中血淚滲出，黑白分明的瞳孔附近，布滿蛛網一樣密密麻麻的血絲，此刻長睫低垂著，覆下一片濃郁陰影。

看起來很糟糕。

被她死死盯著，少年眸光一動，脊背僵住。

嗓子乾澀得發不出聲音，季風臨安靜眨眼，搖頭。

頓了頓，他垂下視線，指指白霜行的手。

在邪神製造的幻象裡，她曾用小刀刺破自己的掌心。

之前時間緊迫，來不及治療，現在再看她的左手，仍然往下淌著血滴。

仔細觀察，透過翻開的皮膚，能看見內裡森白的骨。

這人真是……

白霜行抿了下唇。

他明明才是受傷最重的那個，卻還惦記著她的傷。

她口袋裡留著衛生紙，把季風臨認認真真端詳一遍後，拿出幾張，為他擦拭眼角和唇邊的血跡。

他臉色蒼白，嘴唇卻是赤紅的，被血液勾勒出單薄明晰的輪廓。

衛生紙輕輕一擦，就被暈濕。

感受到白霜行的動作，少年下意識低頭俯身，似是想到什麼，驀地伸出手。

他手上沾染些許血漬，這時探出指尖，在衣擺擦拭。

確認乾淨沒有污濁，季風臨抬起拇指，小心翼翼劃過她側臉，拂去濺射的邪神血液。

動作很輕，像是小貓小狗用溫熱的肉墊蹭了蹭。

白霜行微微頓住。

「沒事了，好好休息吧。」片刻後，她溫聲開口：「這場白夜，快結束了。」

等他們離開白夜，季風臨的傷勢應該能恢復。

……雖然這樣想著，但見到他這副模樣，白霜行心裡還是堵得發悶。

季風臨卻笑了笑，喉結一動：「嗯。」

白霜行所說沒錯，這場白夜，的確到了窮途末路。

自從邪神被她一刀斬斷身體，直播間裡鴉雀無聲，監察系統四四四號亦是陷入崩潰狀態，彷彿大腦死機，癱坐在地一動也不動。

它的神。

它始終信仰著的、無所不能至高無上的神……

在今天，因為一個人類而隕落了。

它無法接受。

邪神的力量在此消失，厲鬼們受到的庇護，自然也隨之消散。

演播大廳裡，無窮無盡的恐怖威壓倏然褪去，剛才還氣勢洶洶的惡鬼，眼中露出幾分茫然。

它們能清楚感受到，身體裡莫名其妙多出的強大力量，突然不見了。

「——呼。」察覺厲鬼的頹勢，沈嬋長出一口氣：「看來，他們成功了。」

小修始終守在她身邊，清除不少突襲的鬼影，喘著氣，擦了擦頰邊血跡。

「哈？」另一邊，修羅本尊揚刀皺眉，聽語氣，居然有點不情願的意思：「這就結束了？」

許久不曾體驗到殺戮的快意，他還沒玩夠。

這場白夜裡的厲鬼們，大多由人類的惡意所化。

這些鬼魂生前不是好人，死後無所事事，留在直播間看熱鬧，盡情宣洩心中邪念。而受害者們被白夜折磨致死，在痛苦中一遍遍循環往復，積攢下強烈的怨氣，實力遠遠高於前者。

失去邪神的加持後，孰強孰弱，一目了然。

糟糕了。

意識到不妙，一隻厲鬼匆匆後退，還沒離開多遠，就被冰冷如寒鐵的手掌死死抓住腳踝。往下看，距離它近在咫尺的地方，赫然是張死不瞑目的血臉。

驚叫、哀嚎與求饒傳遍整棟建築，演播廳內鬼影肆虐，外面的走廊裡，亦是殺機四起。

一道道幽影飄忽而出，在走廊中緩慢穿行。

離開演播大廳，走廊兩側是一個個房門敞開的小房間。

房間空無一人，只有直播顯示幕仍然懸在半空，發出瑩瑩光亮。

直播畫面裡，正清晰投影著每一位挑戰者的身形與動作——

這是觀眾們的房間。

現在，察覺到危險的來臨，觀眾紛紛逃出房外，試圖躲避追殺。

可祂們怎麼可能躲得開。

穿過漫長走廊，建築的盡頭，是一扇緊閉的鐵門。鐵門前，無數厲鬼拍打著門板、搖晃著把手，試圖把門打開，從而逃出生天。

可惜，這扇門永遠不可能開啟。

——每場白夜擁有固定的範圍，無論是誰，都不可逾越。

在這裡，這棟建築，就是白夜的全部範圍。

鐵門緊鎖，透過窗戶向外看去，只能見到一片虛無空茫。

厲鬼們仍不死心，敲得門板砰砰作響，直到在它們身後，響起撕心裂肺的慘叫。

「別殺我、別殺我！別讓我魂飛魄散，求求你——！」

受害者們的魂魄，已經追上來了。

幾隻厲鬼哆嗦著回頭，還沒來得及看清身後景象，就被扼住喉嚨，決然扭斷脖頸。

『叮咚！』

『檢測到本場白夜已近崩壞，力量本源消失！一分鐘內，請監察系統儘快修復漏洞，否則白夜將自行關閉！』

四四四：『……』

它又急又氣又想哭，只想罵人。

這種級別的漏洞，是它能在一分鐘之內修復好的嗎？別說一分鐘，就算給它一百年時年，它也不能當場造出一個邪神啊！

全完了。邪神沒了，白夜廢了，這樣一來，它也將要被主系統摧毀了。

小丑頹然跌坐在地，兩行淚從眼角流出，浸濕它臉上五顏六色的厚重油彩，顯得狼狽又滑稽。

更讓它感到無語凝噎的是，就在這聲播報之後，又有另外的機械音響起。

『叮咚！』

『恭喜挑戰者們順利破解來電謎題，完成第五次挑戰！』

『這是讓無數人為之戰慄的午夜電視臺。主持人接連死去，陰謀背後，居然是一場殘忍的邪神祭祀！只有摧毀神像、斬殺厲鬼，將演播大廳徹底肅清，才能超脫諸多亡靈。』

『成功接聽五通電話、達成五名觀眾的逃生訴求，恭喜恭喜，真是盡職盡責的優秀主持人！』

然後是無比歡慶喜悅的背景音。

四四四：『……』

很好。

老巢都被人掀了，廣播還在這「恭喜恭喜」，不愧是人工智障。

完成任務後，白霜行他們甚至可以得到一筆不菲的積分。

它好冤，它為什麼被賣了還要幫人數錢？

雖然平日裡，它最喜歡的事情就是觀看直播，欣賞人類被折磨、被虐待、被迫痛苦死去的畫面——

但當這種遭遇輪到自己，在將要消亡的前一刻，因為恐懼，四四四哭得抽抽噎噎、站不起身。

『警報！』

『檢測到一分鐘時間已到，監察系統尚未對漏洞進行修復。』

『白夜能量不足，無法支撐本場挑戰繼續運作，正在自行關閉……』

『本場白夜自動銷毀倒數計時，三十分鐘！』

吞噬數量眾多的厲鬼後，受害者的力量，得到了提升。

觀眾們心知無路可退，只能倉促逃亡，紛紛作鳥獸散。

有的被扭斷脖子，有的被吞食血肉，有的被穿透胸口，也有的被直接撕成碎片，不成人形。

時至此刻，它們涕泗橫流、跪地慟哭的模樣，與曾經被嘲笑戲耍的人類如出一轍。

又是一瞬陰風騰起，幾顆頭顱轟然落地。

厲鬼們慌不擇路，其中之一跌跌撞撞跑向走廊，瞥見房門敞開的雜物室，匆匆藏到門後。

因為恐懼，它渾身顫慄，牙齒不停顫抖。

怎麼會變成這樣？早知道要發生今天這種事，它絕不會在直播間裡肆意嘲笑謾罵，還一次次叫囂「想看血流成河」。

萬萬沒想到，一語成讖。

它自己，成為了那條猩紅長河中的一部分。

走廊裡鬼影飄忽，它捂住嘴巴，不讓自己發出聲響。

一名名受害者從門前穿行而過，似乎並未發現它的蹤跡，這讓它安心稍許，放鬆緊繃的神經。

雜物室很安靜。

有種詭異的死寂。

它站在門後的陰影裡，莫名地，感到身後傳來冷意。

如果它擁有活人的心臟，現在一定怦怦跳個不停。

隱隱生出不好的預感，鬼魂握緊雙拳，試探性動了動脖子，卻不敢回頭。

——因為下一秒，有雙蒼白纖細的手從它背後伸出，勒住它的脖頸。

驚懼與絕望，強烈得無以復加。

「還記得嗎？」有道聲音貼在它耳邊，幽幽告訴它：「當初，你就是這樣殺掉我的。」

緊隨其後，寂靜房間裡，傳來清晰的、某種事物被擰斷的脆響。

咔擦。

這場觸目驚心的單方面屠戮，持續了二十多分鐘。

白夜即將結束時，厲鬼大多魂飛魄散，而受害者們齊齊來到演播大廳，向白霜行幾人深深鞠躬。

他們明白，自己之所以能掙脫束縛，全因眼前的陌生人們打破了白夜。

若非如此，他們將被永生禁錮在這場白夜裡，因絕望而崩潰。

「謝謝你們。」在山中別墅裡見過的姜采雲輕聲笑笑：「原來我已經重複了那麼多次死亡的經歷……每次都像新的一樣。」

同樣地，每次她都在努力求生，嘗試著勘破死局。

可惜，還是沒能活下去。

她的目光暗淡下去。

「白夜這種現象，不知道還要在這個世界持續多久。」沉默幾秒，姜采雲看向白霜行的雙眼：「也許以後，你們會遇到更加危險的情況，無論如何……要加油啊。」

這是來自人類的善意。

與那些藏在陰溝裡、只會打字羞辱嘲諷的渣滓不同，即便自己沒了性命，面對活著的人類，姜采雲衷心祝願他們能夠活下去。

白霜行迎上她視線，頷首揚唇：「嗯。」

「話說回來。」

沈嬋腦子轉得很快，瞥修羅一眼。

這位惡神的脾氣實在令人捉摸不透，不久前還全力以赴協助他們，到現在，一言不發地冷冷站在角落，和所有人拉開距離。

或許……這就是傳說中的裝酷？

「上次在怪談小鎮裡，光明神使用自己的力量，鞏固整個小鎮居民的魂魄，還送他們前往另一個世界。」沈嬋說：「這一次——」

修羅淡淡瞟她，神色淡漠。

「不過，那種事情很難吧。」白霜行若有所思，無奈嘆氣：「修羅剛結束戰鬥，精力一定被消耗許多。雖然光明神能輕鬆做到……但對現在的他來說，可能還是太不容易了。」

說完，她頗為體貼地仰起腦袋：「我沒說錯吧？小舅舅。」

最後三個字，被她咬得格外清晰。

哦豁。

沈嬋一樂，忍住嘴角揚起的笑。

激將法。

修羅一看就是腦子不怎麼好的狂氣性格，這招放在他身上，恐怕有奇效。

更何況，被白霜行用來刺激他的對象，是每天都與修羅暗中較勁的光明神。

不出所料，長髮青年眉心皺起，從喉嚨裡發出不屑嗤笑。

修羅冷哼：「這種事，小菜一碟。」

——成了。

沒過多久，系統提示音準時響起。

『恭喜通關本次白夜挑戰！』

『由於監察系統暫時離開，接下來，將由白夜主系統為你進行積分結算……』

『姓名：白霜行。』

『接通五個求生熱線，並完成觀眾訴求，主線任務完成度：百分之百。』

『獲得二十積分。』

『檢測到第五通電話為高危難度，能量波動遠遠超出中級副本，特此補償，並進行嘉獎。』

『獲得十積分。』

『主線分支中，挑戰者多次被評為貢獻度最高，額外獎勵十積分。』

『獲得積分總額：四十。』

『感謝與你共度的美妙旅程，期待下一次相見！』

「……唔，『特此嘉獎』。」身旁的沈嬋心情複雜，有些想笑：「這主系統不太智慧啊，我們砸了它的大老闆，居然還能得到補償。」

這也是沒辦法的事情，白霜行撥打那通電話後，演播廳裡的所有鬼怪神明，全成了他們需要解決的任務對象。

斬殺邪神，也是任務的一環。

她的調侃在耳邊掠過，當眼前景象倏然變幻，白霜行迅速回頭，看向季風臨所在的位置。

只要能活著離開白夜，挑戰者的傷口都將復原。

但僅限於身體上的創傷而已。

她看過不少與白夜相關的新聞，從白夜活下來後，有人被嚇到精神失常，有人從此產生幻覺，也有人性情大變，淪為冷血殘暴的殺人狂。

邪神帶來的，是深刻的精神污染。

看清他的模樣，白霜行皺起眉。

衣襟上的血跡消失無蹤，季風臨站在客廳外，背靠牆面。

雙眼仍是半垂狀態，幾乎被血絲填滿，處處皆是令人心驚的紅；至於臉色更加差勁，正緊抿著唇，嘴角泛出死白。

頭痛欲裂，他強忍著沒發出聲音。

江綿一直守在門邊，見他們終於回來，立刻小跑過來。

白霜行和沈嬋安然無恙，唯獨季風臨，一眼就能看出不對勁。

女孩張了張口，眼眶倏地發紅，小心拽住他的袖口：「……哥哥？」

季風臨笑笑，伸手摸上她的腦袋：「沒關係，太累了，休息一陣子就好。」

聲音也是啞的。

江綿當然不信。

「這孩子，」光明神靠近，目光沉凝，「怎麼了？」

她擁有淨化的力量，只用不到兩秒，便察覺出邪神殘留的惡意：「看見那傢伙了？」

「嗯。」修羅覷她一眼，懶聲應答：「妳能解決吧？」

光明神點頭：「需要一點時間。」

說到這裡，她不經意間眸光一動，發現在門後的牆角裡，居然還站著個陌生小孩。

不對，似乎……也不是那麼「陌生」。

薛子真和秦夢蝶也看見了小修，不由一愣。

被拉進白夜的，只有白霜行、季風臨和沈嬋三人，結果三個人進去，五個人出來。

這孩子既然能跟著他們離開白夜，就一定和白霜行簽訂了契約。

但仔細觀察他的長相，為什麼總覺得眼熟？

秦夢蝶看豆芽菜般靦腆害羞的男孩一眼，又抬起目光，望一望冷冽寡言、渾身散發危險氣息的長髮青年。

修羅板著臉，默默避開她的視線。

秦夢蝶：哦豁。

正一點點彎起雙眼的光明神：哦豁豁。

唯獨筆仙沒看出問題，蹦蹦跳跳仰起腦袋，由衷感慨：「這是新來的家人嗎？年紀好小，長相好可愛。」

突然被所有人注視，小修後退一步，往角落裡縮。

臉有些紅。

「不要害羞，大家都很照顧小朋友。」他赧然的模樣實在可愛，筆仙沒忍住，溫聲笑笑：「你叫什麼名字？」

「別怕。」白霜行拍拍他的肩頭：「這些都是和我們住在一起的家人。」

江綿眨眨眼，拽著季風臨袖口，悄悄打量他。

「小……」男孩生澀回答：「小修。」

「小修，很好聽！是修煉的『修』嗎？我們家裡也有一個叫——」

筆身輕旋，終於意識到異常，停下絮絮叨叨，看向另一邊。

修羅雙目陰沉，正死死看著祂。

像針，也像刺。

「介紹一下。」白霜行輕咳一聲：「這是小修，修羅幼年時期的靈魂碎片，以前和過去的很多事情，他都不記得。」

筆仙：「……」

粉色鉛筆不再出聲，一跳一跳躍上沙發，開始裝死。

以人類目前的科技水準，無法清除邪神帶來的污染。

為保險起見，光明神很快開始對季風臨進行治療——

她與邪神彼此相克，如同一明一暗的兩個對立面，對應祂的污染，能力恰好是「淨化」。

白霜行和沈嬋的外傷被修復，坐在沙發上，向薛子真詳細描述這次的白夜經過。

聽到別墅裡背靠背的厲鬼，薛子真蹙起眉頭。

不得不說，這群人，還真是莽撞。

如果她是監察系統，絕對被氣瘋。

到後來，聽見白霜行冒充邪神先知、一手策劃古堡裡的愛情戰爭、以及最終的破局方式，每場任務結束，薛子真都要倒吸一口涼氣。

收回前言。

這些操作，已經遠遠超出了「莽撞」的範疇。

她覺得，白霜行是個不可多得的神人。

「出事以後，我立刻彙報給上級。」薛子真輕揉眉心：「他們已經把那信徒帶回監察局，希望能從她口中問出有用的資訊……另外，公寓周圍會暗中加強保護。」

白霜行點頭：「多謝。」

不過她們都清楚，邪神的手段千奇百怪，僅憑人類，恐怕難以阻擋。

薛子真搖頭：「這次是我防備不當，讓你們進入白夜，抱歉。」

沈嬋嘆了口氣，輕聲安慰：「沒事。誰能想到，他們會用這麼損的陰招。」

三人被莫名其妙拽進白夜，過去這麼久，都已饑腸轆轆。

秦夢蝶是做飯好手，打開冰箱拿出食材，為他們準備了頓清淡的晚餐。

沈嬋和白霜行想要幫忙，被她一口回絕——

明明是為她們接風洗塵，哪有讓死裡逃生、疲憊不堪的人操勞做飯的道理。

江綿點點頭，認真洗淨手裡的生菜：「你們好好休息，我來幫忙就行。」

語氣關切又認真，讓白霜行情不自禁笑了笑。

在此之前，她和沈嬋也有過雙雙辛苦一天，回家躺上沙發的經歷。

不想做飯，不想出門，更不想動彈。

在那種情形下，兩人要麼外賣點餐，要麼餓著肚子倒頭就睡。

她從沒想過會有一天，回家能見到許多人上前迎接，心心念念在乎她的遭遇，甚至耐心為她準備熱騰騰的飯菜。

有種不太真實的錯覺。

秦夢蝶手藝很好，做出的食物香而不膩，非常下飯。

至於江綿，在教小修拿筷子。

等飯菜逐一上桌，白霜行飛快吃完，沒過多久，聽見客房房門被打開的聲音。

光明神從中走出，微微頷首：「已經清理了一部分污染，不過邪神的影響根深蒂固，接下來還要繼續治療。」

她停頓片刻，語氣裡，多出感慨：「這孩子真夠勇的。人類不能直視邪神，是你們都知道的常識吧？還好白夜裡只有邪神一小部分的靈魂碎片，否則，他會當場身亡。」

常人或多或少都懂得惜命，唯有季風臨是個例外，居然毫不猶豫便睜開了眼，只為替另一個人掃清障礙。

念及此處，光明神彎了下嘴角，迎上白霜行視線：「他對妳，倒是挺好。」

見光明神出來，江綿快步跑進客房，白霜行也從桌前起身，端上為季風臨準備的青菜粥。

緊接著，是同樣放心不下他的秦夢蝶、嘴裡說著「麻煩」卻冷臉走向客房的修羅、以及對一切看破不說破的沈嬋。

房門外突然探進一個接一個的腦袋，季風臨嚇了一跳。

江綿的腳步又輕又快，靠近他床前：「哥哥，你感覺怎麼樣？」

好奇怪。

與之前的蒼白面色截然相反，此刻在他臉上，浮著病態的紅。

「有點發燒，沒關係。」季風臨還是笑笑，沒表現出絲毫難受。

白霜行把手裡的瓷碗吹涼，確認溫度適宜，小心遞給他：「秦老師熬的粥。」

季風臨：「謝謝。」

「發燒了？」筆仙站在江綿肩頭，認真回憶：「我記得……發燒要注意通風透氣，少吃辛辣食物，多喝熱水。」

秦夢蝶點頭：「很嚴重嗎？」

「跟學校裡請個假吧。」白霜行說：「週一還要上課，總不能拖著這副身體去。這幾天，你在家裡好好休息。」

說罷，她伸出手，貼上季風臨額頭。

有些燙，好在並不嚴重。

嗯，「家裡」，而不是「我家」。

沈嬋輕聲咳了咳：「抽屜裡有發燒用藥，我去拿。」

她原本還想詢問邪神的模樣，但擔心激起季風臨不好的回憶，於是把衝動壓回心底。

「嗚……好難受。」〇九九鹹魚般躺在修羅刀裡，氣息奄奄：「我只看祂一眼，現在還不舒服。你要不多睡一下？我睡個覺，醒來感覺好些。」

大家你一言我一語，面積不大的客房裡，充滿嘈雜聲響。

季風臨喝一口青菜粥，感受暖洋洋的熱流從喉間滑落，熱意溫暖，融化在胸腔和小腹。

從小到大，他一直是從不會給人添麻煩的性格，習慣獨自解決所有問題。

感冒發燒的話，喝水吃藥，再睡上一覺就好。

如今耳邊圍著嘰嘰喳喳的嗓音，讓他無所適從，卻並不討厭。

「對了，關於你的靈魂碎片。」想起某件重要的事，光明神瞥修羅一眼：「這孩子，不是和霜行簽訂契約嗎？在家裡，我們都有屬於自己的身分……」

頓了頓，她笑意加深：「所以吃飯時，我們幫他也確定了一個。」

修羅猝然抬眼，神情不悅。

他現在的任務，是收集一塊塊靈魂碎片，並與之融合，從而恢復力量。

白夜裡，幼年時期的他被主系統禁錮，只能暫且跟在他們身邊；如今離開白夜，他已經做好了和那孩子融合的準備。

聽她的意思……想讓小孩繼續留在這？

「沒什麼好意外的吧。」光明神不緊不慢，語氣如常：「每個神都有自己獨立的分身，就算你現在和他融合，以後也可以隨時剝離出來。」

就像邪神能分裂出一塊靈魂碎片，坐鎮於白夜裡的演播大廳一樣。

神的靈魂與意識，分為很多部分。

「至於我們為他選中的身分呢——」

光明神笑眼彎彎，看向白霜行。

大多數時候，光明神都是和藹溫順，看起來溫柔過了頭，沒有脾氣。

與她相處後，白霜行才發現，這位神明擁有自己的脾氣。

討厭魚和香菜，對電視裡播放的電影劇集很感興趣，偶爾會和別人開玩笑。

譬如面對修羅，為了在家庭地位上比他高出一頭，光明神選擇了「姑姑」的身分。

刻意沒要「小姑姑」，坐穩長輩風範。

白霜行：「……咳。」

白霜行：「是那個，嗯，表弟。」

「表弟」。

嘗試理解這個稱呼，長髮青年呆愣了五秒鐘。

修羅：？

修羅：？？？

修但幾疊。

如果他對人類文化理解沒錯的話，所謂「表弟」，是「舅舅」的兒子……吧？

家裡的舅舅是誰。

哦。

原來是他自己。

所以——「我」是「我」爹？

「提出這個身分時，小修很高興地接受了。」光明神笑得溫柔：「真可愛，是個好孩子。」

完美詮釋什麼叫笑裡藏刀。

修羅眼皮狂跳，攥緊長刀的右手握了又握。

幼年時的他對人際交往懵懵懂懂，根本不懂那些彎彎繞繞的親戚關係。

於是就被他們合起夥來坑進去了。

除去光明神以外，還有另一個罪魁禍首——

目光一轉，落在白霜行含笑的雙眼。

而她揚起嘴角，毫無愧疚之意，朝小舅舅豎起大拇指：「和你的家庭身分很搭呢！」

……至少表現出一丁點內疚啊！

「叫姑姑顯老。」光明神輕撫下頷，對上男孩的視線：「還是叫我『姐姐』吧。」

修羅狠狠瞪她。

誰要叫妳姐姐啊！

而小修被看得不好意思，怯怯低頭：「姐……姐。」

乖得像張白紙。

澈底占據上風，光明神笑得得意至極。

「小修如果想要學習，可以跟著綿綿一起。」秦夢蝶笑道：「家裡有課本和習題。」

江綿趴在床頭，眼中溢開金燦燦的陽光，好奇端詳著與自己年齡相仿的家庭新成員。

聽聞秦老師的話，女孩咧開嘴角：「想學寫字嗎？我教你。」

「還有，千萬別忘了教他拿筷子。」光明神：「小孩不會用筷子，是很常見的情況；要是長大以後還拿手扒飯，那就——」

她沒再說下去，意有所指，嘆了口氣。

修羅：？

變著花樣罵他？

白霜行佯裝沉思，做出結論：「是笨蛋。」

修羅：？

得寸進尺了是嗎？

沈嬋拿藥回來，聞言樂得不行：「羞羞。」

修羅：？

妳也開始了？

修羅手裡，長刀輕顫。

〇九九仰頭瞧他一眼，頭腦飛速運轉。

前輩看起來，表情很奇怪。

受了他這麼多恩惠，它一定要給前輩找回面子！

修羅刀悠悠一晃，〇九九義正辭嚴：「還好啦。你們不覺得，那人其實很可愛嗎？」

修羅：？？？

用這種詞語形容他本尊，找死？

每天都忍不住問一遍：〇九九究竟是哪一邊的？

季風臨又喝了口粥，心情不錯，乖巧看戲。

薛子真站在門邊，默默扶額。

在她心裡，修羅與光明神，都是可望不可及的遙遠存在。

神明理應不染塵埃，高高在上，但房間裡的這兩位——

她不做評價。

心情複雜。

聽見〇九九的形容詞，白霜行噗嗤笑開：「嗯……是挺可愛。」

略微停頓，她摸了摸兩個小孩的腦袋：「我覺得小修和綿綿也很可愛。」

江綿很喜歡她，貓咪似的蹭蹭她掌心。

被猝不及防地觸碰，小修瑟縮一下，耳邊溢出潮紅。

紅暈迅速蔓延，搭配著白皮膚和孩童稚嫩的面部輪廓，如同白裡透紅的圓團。

「之前告訴你的家人稱謂，都好好記住了嗎？」白霜行抿唇忍住笑，指向另一邊的修羅：「忘了說，這位是你的——」

白霜行：「噗。」

修羅：「……」

是可忍孰不可忍。

滾燙熱意在耳後洶湧滋生，令無數厲鬼聞風喪膽的惡神拍案而起，臉上是顯而易見的紅：「喂！你們這些傢伙！」

第十章　畫作

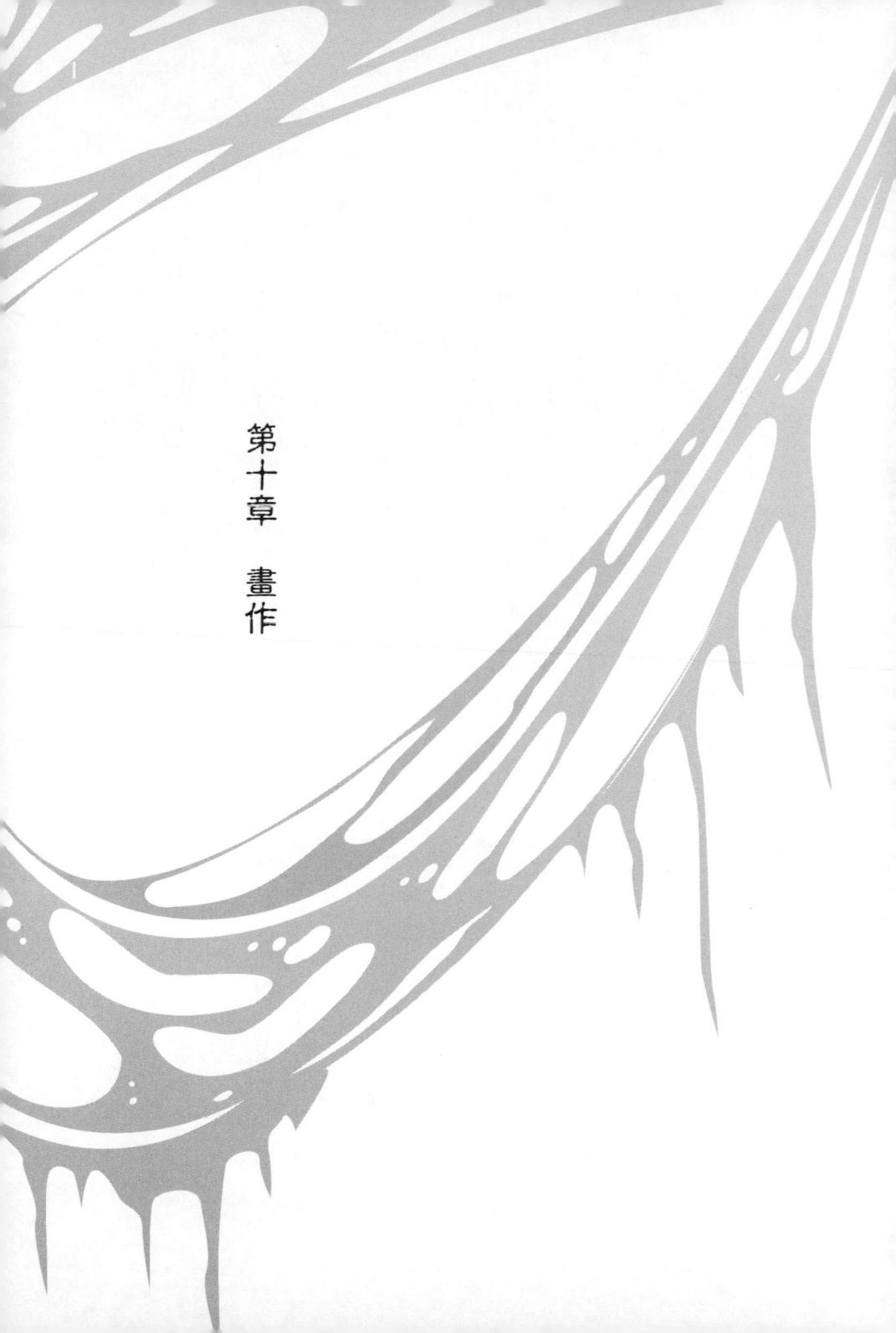

一天之內喜當爹，兒子竟是我自己。

這樣的家庭關係過於複雜且超前，遠非修羅構造簡單的大腦所能理解。

只可惜，縱使他有百般怨言，如今木已成舟，由家譜系統定下的身分無法更改。

否則，筆仙也不至於頂著個小輩的頭銜，生活在家庭最底層了。

「沒事的。」白霜行好心安慰：「你不是小舅舅嗎？以後可能還會出現大舅舅、二舅舅，對了，姑姑家的兒子，也被叫作表弟。說不定在家譜上，小修是其他姑姑舅舅的孩子，和你沒關係。」

沈嬋兢兢業業當一個職業捧哏人：「孔子說過，他大舅他二舅都是他舅，高桌子低板凳都是木頭。總之都差不多啦。」

長髮青年眼角一抽。

他沒聽說過什麼孔子洞子，也不在乎這人究竟是誰。

——所以說，人類到底為什麼要創造這麼麻煩的親戚關係？

修羅一個頭兩個大，只覺得這些稱謂成了密密麻麻的細線，混亂無序攪和在一起，分不清究竟誰是誰。

他逐漸失去耐心。

就算不是父子，叫自己長輩的話，還是會覺得奇怪。

至於姑姑家的兒子……

在白霜行家裡，確實存在著一位「姑姑」。

修羅無言抬眼，目光掃過正對面的光明神。

如果讓他幼年時期的靈魂碎片叫她「媽」，修羅覺得，他寧願死。

算了。

肥水不流外人田，這爹媽與其讓別人當，不如由他自己來。

我是我爹，不讓外人撿便宜，挺好。

修羅深吸口氣，成功說服自己：「隨便你們。稱謂不過是虛名而已，我不在乎。」

明明剛才還滿臉通紅。

白霜行沒有揭穿，捏了把江綿冰冰涼涼的小臉，手感很不錯，像觸到一團軟糯冰糕：「小修剛來，對很多事情不太瞭解，作為姐姐，要麻煩綿綿教一教他囉。」

修羅一瞬警覺：「她怎麼就成姐姐了？」

要他，對著一個九歲小女孩，叫姐姐？

做不到。

修羅刀裡，〇九九瞇眼瞟他，欲言又止。

一分鐘前，是誰口口聲聲說不在乎虛名的？

「綿綿比小修高一點。」白霜行摸了摸下巴：「她現在是九歲，至於小修……」

看他骨肉嶙峋、瘦瘦小小的模樣，應該連八歲都不到。

白霜行耐著性子，詢問男孩：「你記得自己的年紀嗎？」

修羅的靈魂碎片遭受重創，喪失記憶。

他當然不會記得，茫然搖頭。

修羅：「……」

修羅：「我覺得，是九歲零三個月。」

沈嬋表情複雜，定眼瞧他。

江綿剛剛過完生日，現在是九歲零兩個月。

為了讓自己成功混上哥哥的位置，這位神，真的在很認真地計算加減法。

大人有大人們的心思，與之相比，小孩的情緒就簡單許多。

江綿抿著唇，雙手背在身後，小心翼翼看向身邊的男孩。

她本身是內向靦腆的性格，和白霜行等人生活這麼久，才終於培養出幾分孩子應該有的活潑自信。

至於小修，狀態比當初的她還要糟糕。

修羅的童年時代，生活在漫無止境的掙扎與屠殺裡。

小修記憶缺失大半，模模糊糊能夠記得的，只有與鬼怪廝殺時的血腥場景，以及後來被困在村莊地下、日復一日遭受的剖骨鑽心之痛。

此刻男孩站在窗邊，被陽光浸濕蒼白的半邊臉頰，紅眸如血，裡面有慌張，有羞怯，有茫然，也有小獸般純粹的野性。

就像從沒和別人有過正常交流一樣。

思忖一番，江綿輕挪腳步，朝他靠近。

覺察她的動作，小修眸光倏動，警惕抬頭。

仰頭看去，卻只見到另一雙葡萄似的圓潤黑眼睛。

他緊繃的身體放鬆下來。

「你是修羅叔叔的靈魂碎片。」江綿看著他，眼裡沒有恐懼，只有童稚的好奇：「修羅叔叔能用刀，你也會嗎？」

沒有哪個小孩，不崇拜花裡胡哨的打鬥技巧。

小修沉默須臾，安靜點頭，引得她睜圓雙眼，眸底浮起不加掩飾的羡慕與期待。

秦夢蝶站在江綿身邊，見狀笑笑：「你們要好好相處哦。」

江綿點頭。

身為年紀最小的妹妹，她在家裡受了不少照顧。

每位家人都對她很好，而現在，江綿終於也能以「姐姐」的身分，保護家中的另一位成員。

這讓她感到難以言說的開心。

房間裡嘰嘰喳喳，白霜行站在床邊，瞧季風臨一眼。

她用只有兩個人能聽見的聲音：「抱歉，我們會不會打擾你休息？」

季風臨正喝著粥，聞言揚了下嘴角，搖搖頭。

「這種氣氛很好。」他學著她的語氣，把嗓音壓低。

因為發著燒，聲音聽起來暗啞綿長，噙著淡淡的笑：「……謝謝。」

停頓片刻，季風臨繼續道：「綿綿，一直想交到同齡的朋友。」

過去的記憶漸漸模糊遠去，很多事情，他卻一直沒忘。

因為從小就遭到親生父親的家庭暴力，在他和江綿身上，總有很多顯眼的傷。頂著這樣的傷疤去上學，穿的衣服洗得發白，看起來落魄又狼狽——

理所當然地，在班級裡，他們交不到親近的朋友。

就連家長見到他們，也會毫不避諱地告訴自家小孩，千萬要離他們遠一點，更別去他們家，要是碰上那酒鬼父親，不知道會發生什麼意外。

再說，在那種家庭環境裡長大的孩子，性格肯定有問題。

會這樣想這樣做，其實是人之常情。

季風臨理解這種做法，只是每次見到其他人刻意疏遠、目露嫌惡時，會覺得有些難過。

江綿也曾眼眶通紅問過他：「哥哥，我是不是很糟糕？班裡的同學都不喜歡我。」

這句話，江綿只說過一次。她很懂事，慢慢想通了前因後果，於是不再嘗試去交朋友，變得更加沉默。

而現在——

季風臨看向床邊。

江綿表情認真，正在向小修介紹「神鬼之家」的家園系統，說到占地面積時，抬起雙手，比了個誇張的圓圈。

男孩聽著，把她每句話牢牢記在心底，不時點點頭，鼓勵她繼續往下說。

很長一段時間內，他們應該都不會覺得無聊了。

「治發燒的沖劑和膠囊，我放在床頭。」見他們總算說完，沈婶清了清嗓子：「說明書上說，最好在吃飯一小時後服用。」

季風臨點頭，禮貌回應：「謝謝。」

接下來發生的一切，和白霜行預想中相差不大。

季風臨的症狀不輕，等他把粥喝完，所有人退出客房不再打擾，讓他好好睡覺休息。

薛子真把三人遭遇的白夜彙報給上級，沒過多久，有人敲響大門。

透過貓眼確認，是監察局派來的調查組。

修羅最討厭這種麻煩事，懶得應付他們，跟白霜行打了聲招呼後，帶著〇九九回到「神鬼之家」裡。

這次領頭的，是那個名叫鐘寒的白夜調查員。

由監察系統四四四號構建的空間極為特殊，和其他白夜迥然不同。

它並非源於某一個厲鬼的怨念，而是千百冤魂凝聚在一起，最終形成一場呈現出圍剿之勢的殺局。

監察局會因此找來，白霜行並不意外。

「薛子真傳來的錄音，我聽過一遍。」鐘寒開門見山，沒有更多客套：「按你們的說法，今天那場白夜，是邪神的……」

他想了想，做出結論：「力量補給處。」

白霜行點頭：「透過直播的形式，既能讓深陷其中的人類感到絕望恐懼，又能催生出觀眾們的惡意，循環往復，綿延不絕。」

鐘寒身後，那個叫向昭的實習生打了個冷顫。

最可怕的一點是，人類即便死去，也掙脫不了白夜的禁錮。

邪神，擺明了是把他們看作食物。

糟蹋起來毫不心疼，可以反覆利用的那種。

那樣的怪物，如果有朝一日真的降臨在世上……他們一定會完蛋吧。

對於四四四號白夜，鐘寒追問了更多細節。

到後來，這位盡職盡責的探員不忘詢問白霜行，是否願意前往監察局，接受二十四小時的全方位保護。

白霜行笑：「有期徒刑？不必了吧。」

她有自己的思路，說著聳肩：「和家裡人生活在一起，我覺得挺安全。」

這能不安全嗎。

向昭心有所感，悄悄抬頭。

從公寓外面看，這裡只是普通的富人區公寓，誰能想到居然臥虎藏龍。

視野之中，僅僅在白霜行的客廳裡，就有兩個紅衣厲鬼，和一位……光明神。

比他看過的電影還離譜。

這到底是什麼家庭背景啊。

向昭吞了口唾沫。

他覺得白霜行說得沒錯，邪神無孔不入，如果連這群「家人」都保護不了她，那監察局，大概也是無能為力的。

鍾寒啞然失笑：「也對。」

他說罷拿出手機，話鋒一轉：「這次登門拜訪，其實還有件事要告訴妳。」

白霜行眨眨眼，有些好奇。

鍾寒不賣關子，打開一段電話錄音：「白夜性質特殊，對於每通打來監察局的電話，我們都有錄音。」

錄音裡，傳來一個老人年邁沙啞的聲音。

『喂？是、是白夜監察局嗎？』

電話另一頭，工作人員溫聲回應：『是的，您好。請問有什麼可以幫助您的嗎？』

『是這樣的。』老人重重吸了口氣：『我兒子，死在一個月前的白夜裡……就在剛剛，他給我托夢了！』

親人因為白夜去世後，很多人思念成疾，每晚夢到他們。

工作人員一定也是這樣想的，不過面對一名喪子的老人，她沒有直接戳破，而是耐心詢問：『托夢？您夢見了什麼？』

『我夢見……他。』

老人頓了一下。

再開口，他的嗓音更沉更啞：『他說，他被困在一場白夜裡，這麼多天以來，一直很痛苦。』

工作人員嘆了口氣，她語氣溫柔：『然後呢？』

『不過，多虧有幾個人進了那場白夜，把白夜摧毀以後，拯救了他，還有更多慘死的人。』老人說：『他說，想在夢裡見我最後一面，接下來，就要去另一個世界了。』

前面的內容，全可以看作老人思念兒子、做了場與之相關的夢。

但提起「另一個世界」，讓工作人員微微愣住。

作為白夜調查員，她知道那個由鬼神構成的詭譎空間，也明白人死以後，靈魂會去往那裡。

『不好意思，打斷一下。』工作人員試探性開口：『另一個世界？』

『嗯。』老人回答：『他告訴我，存在一個與我們彼此隔絕的地方，白夜毀滅後，他被好心人保住了意識，不會消散。』

聽到這裡，白霜行已經明白了。

老人的兒子，正是四四四號白夜裡的犧牲者，也是被囚禁在直播間裡的亡靈之一。

至於那位保住他意識的「好心人」，正是修羅。

老人還在喃喃低語：『他還說，要我好好吃飯，天冷注意保暖，長命百歲……你們是白夜偵查局，能幫我問問，是誰破了那場白夜嗎？謝謝、謝謝他們……』

鐘寒聽著錄音，開口：「是你們吧。」

白霜行頷首，若有所思。

白夜結束時，她曾請求過修羅，拜託他將受害者的意識送去另一個世界，不讓他們魂飛魄散。

她記得清清楚楚，當時的修羅冷言冷語，一副不情願的樣子。

沒想到，他不僅鞏固那些慘死之人的魂魄，還給他們留出時間，讓他們和生前的家人道別。

「哇哦。」沈嬋湊到她身邊，小小聲：「妳那位小舅舅，很善解人意嘛。」

「不只這一通。」鐘寒說：「在不久前的一個小時之內，我們收到好幾個受害者家屬打來的電話。」

開口時，他轉動錄音器。

這次，裡面傳來中年女人的聲音。

『你好。』

『我、我是一名白夜受害者的母親，我做了夢。』

『我女兒回來了，站在客廳裡，穿著她很喜歡的一套登山服……她說……』

『我不知道還能不能再見到她，請問，真有另一個世界的存在嗎？』

『名字？我女兒嗎？……她叫姜采雲。』

陸陸續續，還有更多電話錄音。

來電者身分各異，有受害者的父母、兄弟姐妹、未婚夫妻，清一色地，他們說起夢裡的告別。

白夜來得悄無聲息、毫無防備，走在上學途中的學生，或是打開公司正門的普通上班族，稍不留神，都會被拉入其中。

而眾所周知，白夜的存活率很低。

於是，幾乎所有家屬都經歷過相同的狀況：幾小時前還和自己親密無間的人，幾小時後，就被宣布死在白夜裡，屍體血肉模糊，出現在某個角落。

連一句好好的道別都沒有。

「很多家屬，都提出想要當面感謝你們。」鐘寒道：「監察局尊重個人隱私，一切看你們自身意願。」

沈嬋誠實地挺直身板：「我渾水摸魚，被霜霜全程帶著——你還是問她吧。」

白霜行沒有猶豫，搖了搖頭。

「能讓他們最後告別一次，已經很好了。」她說：「失去親人，家屬們正是傷心難過的時候，還是不要讓他們費心費力，專程過來了吧。」

白霜行不是愛出風頭的性格，再說，如果真要和那麼多陌生人逐一見面，說不定又會遇上麻煩。

沈嬋早就猜到她的答案，乖乖點頭。

憑藉三個人類的力量，成功拯救白夜裡幾十上百的靈魂，這可是個大新聞。

放在大多數人身上，無論為名還是為利，都不可能拒絕。

鐘寒對這個決定有些驚訝，低聲笑笑：「明白了。」

與白夜相關的事情總算告一段落，等鐘寒離開，白霜行靜候一陣子，算好時間，為季風臨沖泡發燒藥。

她一向討厭吃藥，被沖劑的味道薰得直皺眉頭，想了想，從零食櫃裡拿出那顆甜梅。

江綿放心不下哥哥，跟著她一起走進客房。

季風臨在睡覺。

因為發燒，臉上沁著濃郁的紅，髮絲凌亂散在額前與耳邊，漫出極致的黑。

他其實是帶了點少年氣的、略顯凌厲的長相，五官精緻，加上個子很高，即便站在擁擠人潮裡，也能被其他人一眼窺見鋒芒。

病弱中的季風臨，是另一種截然不同的模樣。

白霜行靠近床邊，不知有意還是無意，目光落在他漆黑的眼睫上。

毫無攻擊性。

似乎輕輕顫抖了一下。

她沒多看，小心翼翼伸出手，戳戳季風臨肩頭。

對方便睜開眼。

醒來就見到她，季風臨有些茫然，破天荒地，眼中浮起一絲近乎於錯愕的茫然。

耳朵好像紅了些。

白霜行習慣了他溫和有禮、對一切變故都泰然處之的樣子，乍然見到這種反差，忍不住輕笑出聲。

季風臨更不好意思，抬手理了下蓬亂的黑髮，讓自己顯得不那麼不修邊幅：「……學姐。」

江綿從白霜行身後探出腦袋：「哥哥，要喝藥了哦。」

沒想到屋子裡還有別人，他驀地怔住。

見到白霜行時的緊張無措悠悠退去，季風臨從床上坐起身，努力恢復平日裡可靠的哥哥形象。

他下意識摸了摸耳朵，一片滾燙。

「已經幫你把溫度調好了，不燙。」白霜行把瓷杯遞給他，手腕輕旋，張開手掌。

裡面是幾顆包好的甜梅。

她耐心解釋：「覺得苦的話，可以吃這個。」

季風臨微怔，旋即笑笑：「謝謝。」

江綿安靜看著他。

她是厲鬼，不用吃苦喝藥，以前嚐過幾次，每次都被苦得齜牙咧嘴。

哥哥感冒生病時，很少主動吃藥。他們沒有足夠多的錢，能省則省，每次都是江綿把藥泡好硬生生塞給他，哥哥才會乖乖喝下。

當然，他們也沒錢買糖。節省下來的零用錢，要拿去購買上學用的紙和筆。

季風臨沒有停頓，將杯子裡的液體一飲而盡。

不只江綿，連白霜行也表現出震驚的神色：「……哇！」

被她小孩似的這樣一起鬨，季風臨垂著眼，不由咳了咳。

白霜行趕忙把甜梅遞給他。

外面的包裝早就被她撕開，梅子瞬間入口，溢開濃郁的酸與甜，把難以忍受的苦味沖散。

季風臨眼裡浸出笑：「謝謝。」

他說著抬眸，眼中仍帶著病態的血絲，語氣卻在笑：「妳很怕苦？」

「嗯。」白霜行毫不遮掩：「藥的味道很讓人難受啊，你不討厭嗎？」

說話間，又撕開兩顆梅子，分別遞給他和江綿。

對方沉默幾秒。

把梅子放進口中，季風臨用舌尖抵了抵它圓滾滾的核。

是甜的。

當他開口，眨了下眼睛，語氣輕而淡：「至少，現在不討厭吧。」

白霜行微微僵住。

不等她反應過來這句話的意思，就聽江綿說道：「姐姐，杯子我去洗就好。妳辛苦這麼久，要早點休息。」

季風臨撩起眼皮：「妳沒睡覺？」

他們兩人都經歷了今天的白夜，有多疲憊，季風臨心知肚明。

「因為要叫醒哥哥喝藥。」江綿接過瓷杯，老實回答：「秦老師原本可以來做，但姐姐說，她有時間，交給她就好。」

白霜行：「……」

江綿揮揮手：「我先去洗杯子，哥哥姐姐好好休息噢！」

白霜行摸了下耳朵。

白霜行：「之前監察局的人來過，問完以後，距離一個小時沒剩多久……我就想著乾脆等一等，來這找你。」

白霜行：「就，順便。」

空氣裡沉默剎那。

季風臨看著她，倏而一笑：「嗯。」

從季風臨的房間離開後，白霜行回到自己臥室。

她今天累得厲害，渾身上下快要散架，腦子更是嗡嗡作響，瀕臨透支。

在床上打了個滾，回想起不久前的對話，迷迷糊糊間，心裡生出些許古怪的情緒。

季風臨吃著她給的梅子，說「至少現在不討厭」。

……為什麼是「現在」？

白霜行把臉埋進枕頭。

還有當時鐘寒等人離開後，她忍著睏意，居然很有耐心，一直等到了吃藥的時間。

這是個不經意的小心思，被江綿一語戳穿後，不知怎麼，讓她有了短暫的慌亂。

思緒錯雜，迷迷濛濛，白霜行不知道自己什麼時候進入睡眠。

——因此，當深夜醒來的時候，她不太能分清時間。

看手機一眼，現在是半夜三點。

窗外下起了淅淅瀝瀝的小雨，落在窗戶上，發出啪嗒響音。

四四四號白夜雖然持續了很長時間，但在現實世界裡，只過去幾個小時而已。

白霜行記得，她上床時是下午。

難怪深夜會突然醒來。

在床上翻來覆去一陣子，白霜行實在睡不著，騰地坐起身。

腦細胞在白夜裡死了大半，她不想動腦，也懶得刷手機，後來覺得太無聊，隨手披了件毛衣外套，打開房門。

現在已入深秋，夜裡溫度極低。

客廳裡沒有亮燈，也沒有其他人。

季風臨、沈嬋和負責保護他們的薛子真一定都在睡夢之中，至於鬼怪們，則回到「神鬼之家」。

整座城市彷彿也陷入沉睡，喧囂如潮水退去，耳邊只剩下雨滴灑落在地的輕響。

白霜行揉了揉蓬亂的頭髮，走向陽臺。

這是她從小養成的習慣。

那時候家裡安靜又冷肅，她不敢去找爸爸媽媽，每當無事可做，就會坐在陽臺邊，獨自一人發呆。

公寓樓外是條綿長大道，因為修建在社區裡，隔絕了街邊的嘈雜聲響。

街燈一字排開，暖洋洋的柔黃光線在水窪裡暈開，飄飄蕩蕩，如同跌入水中的月亮。

一幅絕佳的景象。

大概發呆了半個多鐘頭，白霜行放輕腳步走回房間，拿出素描紙和鉛筆，開了燈，坐在陽臺旁的木椅上。

她對藝術很感興趣，大學也是讀美術系，拿起筆時，腦子裡什麼都不用去想，能放空片刻。於白霜行而言，那是十分輕鬆愜意的感受。

鉛筆在紙上摩挲而過，發出輕微的沙沙聲響。

路燈，陽臺，樓邊一棵葉子枯黃的樹，盡數被她描出形體，躍然紙上。

忽地，白霜行動作停住。

她聽見很輕的腳步聲，混雜在連綿雨聲裡，窸窸窣窣，越來越近。

轉過頭，居然是季風臨。

四目相對，兩人都有些驚訝。

季風臨先一步出聲：「在畫畫？」

「嗯。」白霜行笑笑，壓低聲音，不去吵醒房子裡的另外兩人：「睡不著。」

腳步聲更近，季風臨垂頭，看向她手裡的速描。

他洗過澡，靠近時，攜來清爽乾淨的沐浴露香氣。

和雨天潮濕的味道混在一起。

白霜行很有天賦，寥寥幾筆，便勾勒出雨夜的幽美靈動。

季風臨看得認真，眉眼稍彎。

大學裡，他每次佯裝不在意地打聽她時，總會聽到相似的評價：「哦，那個特別漂亮的美術系第一名啊！聽說她的畫又被送進了那什麼什麼展……唉，記不清了，反正她很有名。」

她沒遮擋畫的內容，坐在靠椅上，仰頭與他對視：「倒是你，發著燒，怎麼還深夜溜出來？」

季風臨學她的語氣：「我也睡不著。」

他看向那張素描紙，沒吝惜讚美：「畫很好。」

白霜行挑眉。

「忽然想起來，」她有些好奇，「你也是美術社的。」

微不可察地，季風臨一頓：「嗯。」

「聽說你參加好幾次社團活動。」白霜行問：「你學過畫畫？」

她說著偏了偏腦袋，露出修長白皙的脖頸。

陽臺邊燈光很暗，像是蒙了層古早濾鏡，昏黃幽淡，襯出幾縷被雨水打濕的髮絲。

「學過一點。」這次對方停頓很久：「想看看？」

白霜行從善如流，把紙筆遞給他：「畫什麼？」

季風臨張了張口。

他斟酌一番措辭，後退一步站得筆直：「妳別動。」

白霜行怔愣一秒。

然後反應過來，季風臨打算畫她。

……話還沒說兩句，她怎麼忽然成模特了？

為保障一定的還原度，進行素描或速寫時，畫者需要時時刻刻觀察參照對象。

季風臨直直望過來，由於逆著光，分辨不出他臉上的神情。

白霜行下意識想看得清楚一些，不自覺定了定神。再眨眼，兩人的目光在空氣裡交匯剎那，又迅速錯開。

微妙的靜默莫名蔓延。

沒人開口說話，空氣黏膩，耳邊持續響起滴答雨聲。

白霜行摸了下耳朵。

在這種極致的寂靜裡，一切感官都變得格外清晰，對面那人的視線彷彿也凝作實體，若有若無向她壓來。

有風從陽臺掠過，撩動奶白色窗簾，裹挾來透骨涼意。

水汽氤氳成片，幾滴落在她腳邊，薄霧飄散其中，如同某個女人遺落的薄紗。

奇怪的是，在這個寒冷秋夜裡，她居然感到耳後的熱意。

……不過對視了一眼而已。

季風臨很安靜，右手骨節分明，握緊鉛筆時，現出手背上的青色血管。

鉛筆聲沙沙。

白霜行試圖開口，打破寂靜：「……你，對畫畫很感興趣？」

「還好。」季風臨說：「加入美術社，是因為在社團招新時見到妳。」

這是她早就知道的答案，但此刻被他說出來，不知怎麼，多出點別的寓意。

白霜行靠坐在椅子上，眼底映出暖黃燈光：「所以是進入美術社，才開始學畫畫的？」

這一次，對方的回答出乎她的預料：「從高中的興趣課，就開始學了。」

白霜行挑起眉梢：「所以，還是有點興趣？」

季風臨似乎笑了下，聲音很低：「嗯。」

他說：「更重要的原因，是想畫出某個人。」

這句話來得猝不及防，白霜行愣住。

有條絲線拽住胸口，細且銳利，猛地一拉。

她隱約猜到答案，望見季風臨手一動，遞來畫紙。

談話間，他已經畫完白霜行的身形，速度快到不可思議。

線條更是熟稔乾淨，似是練習過無數遍，讓他足以記住每一道最微小的輪廓。

季風臨看著她。

少年目光沉凝，影子被燈光拉長，一部分覆蓋上白霜行身體，沒有重量，卻沉沉下墜。

過去的記憶隨著時間流逝，很快就會漸漸模糊。

他沒有那個人的任何信物，連她的身分都並不知曉，若非兩場白夜，彼此只是毫無交集的陌生人。

季風臨害怕有朝一日，自己會記不清她的模樣。

那樣一來，即便重逢，也會錯過。

所以當初學校安排興趣課時，他沒有猶豫，選擇了素描。

一件和他完全不沾邊的事情。

在那之前，季風臨只在乎大大小小的數學物理競賽。

「因為不想忘記——」

這一次，他沒有叫「學姐」。

少年垂下眼，睫毛纖長，覆下濃郁陰影。

季風臨喉結微動，嗓音是發燒時獨有的啞，一字一頓，無比清晰地念出那個名字。

像團火，在冷雨夜忽地一燎，生出曖昧滾燙。

他凝視她的眼睛：「白霜行。」

——《神鬼之家（伍）死亡求生熱線》完——

——敬請期待《神鬼之家（陸）末路》【完結篇】——

高寶書版 致青春

美好故事
觸手可及

蝦皮商城同步上架中！

https://shopee.tw/gobooks.tw

高寶書版集團
gobooks.com.tw

YS 032
神鬼之家（伍）死亡求生熱線

作　　者　紀嬰
責任編輯　吳培禎
封面設計　茵萊登曼特
內頁排版　賴姵均
企　　劃　何嘉雯

發 行 人　朱凱蕾
出　　版　英屬維京群島商高寶國際有限公司台灣分公司
　　　　　Global Group Holdings, Ltd.
地　　址　台北市內湖區洲子街88號3樓
網　　址　gobooks.com.tw
電　　話　(02) 27992788
電　　郵　readers@gobooks.com.tw（讀者服務部）
傳　　真　出版部(02) 27990909　行銷部 (02) 27993088
郵政劃撥　19394552
戶　　名　英屬維京群島商高寶國際有限公司台灣分公司
發　　行　英屬維京群島商高寶國際有限公司台灣分公司
初　　版　2023年12月

本著作物《神鬼之家》，作者：紀嬰，由北京晉江原創網絡科技有限公司授權出版。

國家圖書館出版品預行編目(CIP)資料

神鬼之家. 伍, 死亡求生熱線/紀嬰著. -- 初版. -- 臺北市：英屬維京群島商高寶國際有限公司臺灣分公司, 2023.12
　冊；　公分. --

ISBN 978-986-506-887-5(平裝)

857.7　　112021394

凡本著作任何圖片、文字及其他內容，
未經本公司同意授權者，
均不得擅自重製、仿製或以其他方法加以侵害，
如一經查獲，必定追究到底，絕不寬貸。
版權所有　翻印必究

GOBOOKS
& SITAK
GROUP©